Blanche

Hervé Jubert

Blanche

RAGEOT

Une première version de ce roman a paru
en grand format sous le titre
Blanche ou la triple contrainte de l'Enfer
aux éditions Albin Michel en 2005.

Cet ouvrage a été imprimé sur un papier
issu de forêts gérées durablement,
de sources contrôlées.

Couverture : Miguel Coimbra.

ISBN : 978-2-7002-3890-7
ISSN : 1772-5771

Avant toute chose

Paris, bois de Vincennes, 1851

L'homme fut surpris par l'orage alors que deux lieues de bois profonds l'entouraient de toutes parts. La pluie se mit à tomber dru en même temps que le premier éclair. Il était trop tard pour faire demi-tour. Ç'aurait été trop bête, si près du but. Il rabattit le capuchon de sa cape, en serra le nœud, raffermit sa prise sur son bâton de marche et siffla entre ses dents pour appeler le lynx.

L'animal sauta d'un arbre tout proche à ses pieds. Son poil fauve se dressait sous l'effet de l'électricité qui saturait l'atmosphère. Son museau barbouillé de sang indiquait qu'un rongeur inoffensif venait de croiser sa route.

– Au chêne, enjoignit l'homme. Par le chemin le plus court.

Le lynx ouvrait la marche avec assurance. Iouri le suivait, courbant l'échine à chaque éclair.

Un bosquet dessinait une barre plus noire que le ciel droit devant eux. Il suffisait de le traverser pour atteindre le cœur de cette forêt où les égorgeurs des barrières hésitaient à se rendre.

Iouri sentit le contact rassurant du couteau battre contre sa cuisse. Sa carrure de colosse lui avait jusqu'à présent épargné bien des déboires. Et le gros chat sauvage qui l'accompagnait en dissuaderait plus d'un. N'empêche. Il jetait autour de lui des coups d'œil nerveux.

Une certaine inquiétude le saisit lorsqu'il s'engagea sous le couvert des arbres dont les hautes branches malmenées par le vent cognaient comme mille squelettes essayant de démêler leurs os.

Le lynx ne l'avait pas attendu, tout à sa joie de gambader librement hors des grilles de la ménagerie. Cette balade, c'était une fleur que le gardien lui accordait. En échange, il ne s'échapperait pas et le raccompagnerait au Jardin des Plantes où il réintégrerait sa cage.

L'allée des Pendus. Les platanes jetaient leurs branches au-dessus du tapis de feuilles mortes. L'allée portait parfaitement son nom.

Le but de Iouri : la souche du grand chêne. Une dizaine de Parisiens s'étaient pendus à l'arbre maudit l'an passé avant qu'on ne se décide enfin à le scier à la base.

Il attrapa la sente qui zigzaguait entre deux rangées d'ormes vers l'endroit où la clairière du grand chêne s'ouvrait. La pluie s'était éloignée. L'orage tonnait maintenant sur Paris.

Iouri rabattit son capuchon sur ses épaules pour inhaler les odeurs de terre gorgée d'humidité. Il était impatient de cueillir les champignons qu'il savait trouver près de l'arbre où saint Louis avait peut-être rendu la justice, impatient de les mêler à l'eau tiède et au lait, impatient de les tourner et retourner avec amour pendant sept jours, impatient de déguster le résultat de cette manipulation étrange en agréable compagnie.

Le vin de champignon était l'une des traditions qu'il avait rapportées de sa Sibérie natale. Et pour rien au monde il n'aurait raté ce rendez-vous annuel qui lui permettait de renouveler sa modeste cave. Le kéfir 1851, chai de la ménagerie, serait une grande cuvée.

Il s'arrêta près du dernier orme. Le lynx l'y attendait, les moustaches frémissantes. Il fixait la souche énorme, dans la pénombre. Instinctivement, Iouri chercha des traces d'animaux sur le sol.

– Si c'est le chevreuil que tu as repéré, interdit de l'attaquer. Le dernier de Vincennes mourra de sa belle mort.

Le lynx ne s'intéressait pas au chevreuil, mais à ce qui se passait là-bas, à cinquante pas. Une scène anormale se déroulait près de la souche. Iouri s'accroupit et posa une main sur l'échine du lynx.

Il vit la pierre plate qu'on appelait l'autel de Teutatès, l'enfant allongé dessus.

Il vit les adolescents qui le tenaient par les bras et par les jambes.

Il vit les autres disposés en demi-cercle autour de la pierre.

Il vit l'un d'eux soulever un livre, l'embrasser, le ranger dans une poche, exhiber un couteau.

Il y eut un éclair blanc, un grondement de tonnerre. Le couteau s'enfonça dans la poitrine de l'enfant dont le corps se raidit sous la douleur.

L'officiant retirait la lame sombre. La victime ne bougeait plus, les bras ballants. Iouri réagit enfin.

– Attaque !

Le lynx franchit la distance qui le séparait du chêne en trois bonds et sauta au visage du sacrificateur pour le labourer à coups de griffes. Les silhouettes se dispersèrent dans les bois. Le lynx partit à leur poursuite.

– Espèce de *raskolnik* ! se morigéna Iouri, pleurant de rage à l'idée qu'il aurait pu sauver l'enfant.

Il courut jusqu'à la pierre. La pluie avait collé des boucles brunes en forme d'accroche-cœur sur le front du gamin. Quel âge avait-il ? Huit ? Dix ans ? Ses traits étaient fins, presque féminins. Sa chemise ouverte montrait une plaie béante à l'emplacement du cœur. Elle ne saignait pas.

Le lynx revint de sa chasse et sauta sur la pierre pour renifler le visage du garçon. Iouri se demandait quoi faire. Le ramener en ville ? Prévenir la police ? Il venait d'être témoin d'une messe noire, d'un crime abominable.

Il glissa ses bras sous le corps léger comme une plume.

Iouri se figea.

Dans le ciel, les nuages filaient devant la lune, donnant à la scène des éclats d'obsidienne et de métal froid.

L'enfant avait ouvert les yeux. Il fixait le gardien du Jardin des Plantes.

– Aidez-moi, implora-t-il.

Les bourreaux pouvaient revenir à tout moment.

L'homme plaqua le petit corps contre lui et courut vers la ville. Le lynx, sur ses talons, feulait en direction des ombres.

≈ **1** ≈

Où tout commence avec un conformateur de chapelier

1

Paris, 1870

Ceux qui se pressaient dans le hall de la gare Montparnasse chargés de ballots, de sacs en tissu et de grappes d'enfants n'avaient qu'une idée en tête : quitter Paris. Un train de quinze wagons attendait le long d'un des quais, gardé par des contrôleurs formant une chaîne au coude à coude.

Les heureux possesseurs d'un billet tentaient de se frayer un chemin dans la cohue. Des familles, pour la plupart, à l'organisation invariable : le père fendant l'obstacle, son haut-de-forme en guise de balise, agitant ses billets dans le ciel de la gare, la mère faisant voiture-balai et s'assurant que sa progéniture ne s'éloignait pas du chemin éphémère. Telle la famille Paichain qui s'était envolée de la rue Neuve-des-Petits-Champs pour fuir la capitale assiégée.

L'armée prussienne marchait sur Paris. Dans quelques heures, la ville serait encerclée, coupée du reste du monde.

Robert Paichain, en tête, voyait la barricade de contrôleurs, ensuite les voitures grenat, jaune et vert, enfin la locomotive noyée dans un nuage de vapeur.

Accrochée aux basques de sa redingote, Bernadette, vingt et un ans, avançait les yeux fermés. L'expérience de la foule s'apparentait, dans son esprit, à un pur cauchemar.

Berthe, douze ans, tenait l'aînée par la main. Elle contemplait cette forêt de corps compressés avec stupeur.

Mme Paichain – Madeleine Loiseau de son nom de jeune fille – poussait Berthe. Elle ne cessait de parler, de conseiller, de se répéter.

Blanche, dix-sept ans, avait le privilège de marcher en dehors de la colonne familiale, à côté de sa mère. Non qu'elle ait hérité d'une place d'exception dans cette famille. Simplement, elle portait les châles. Ils protégeraient les Paichain des courants d'air qui riment avec chemins de fer.

– Regardez où vous mettez les pieds !

Une grosse dame sur son flanc gauche profitait de sa corpulence pour bousculer ses congénères.

– On suit, on ne me lâche pas, on garde confiance ! lança Robert Paichain vers l'arrière.

Vingt mètres les séparaient des contrôleurs. Les plus durs à franchir. Ceux qui n'avaient pas de billet bloquaient le passage.

– Nous aurions dû partir avec Jeanne, se lamenta Madeleine. Pourquoi toujours attendre le dernier moment ?

Jeanne, la bonne, avait pris un train la veille au soir avec les bagages. Sage résolution. Qui ne voyageait pas léger aujourd'hui avait peu de chances de trouver place dans un wagon.

– Donnez des coups de canne, Robert ! ordonna la matrone. Le train part dans dix minutes. Si nous le ratons, c'en sera fini de nos misérables existences !

Dans cette foule, tout s'entendait et se répétait. Et Madeleine Paichain n'était pas la mieux placée pour calmer les esprits. Un vieillard en manteau poils de souris se permit d'ajouter :

– Les Prussiens sont à Versailles. Ce soir, plus personne ne pourra sortir de Paris.

La rumeur courut de bouche à oreille. Certains jouèrent des coudes pour atteindre le bureau télégraphique pris d'assaut depuis son ouverture.

– Sainte Marie Mère de Dieu, gémit Madeleine. (Elle se tourna vers Berthe.) Tu as bien pris ta Pélagine Pausodun ?

Berthe acquiesça avec une mine navrée. Le médicament était recommandé par les Messageries Maritimes pour se prémunir du mal de fer. Madeleine appela Bernadette, collée contre son père.

– Tu te sens bien, ma chérie ?

– J'ai la nausée.

Madeleine leva les yeux au ciel et se mit à tempêter contre son assureur de mari.

– Robert, faites place devant vous ! Nous avons acheté nos billets, que diable !

– Je fais ce que je peux.

Paichain père réussit à avancer d'un coup. En tendant le bras, les billets entre les doigts, il pouvait presque atteindre le contrôleur qui avait enfin remarqué sa présence.

– Blanche, se rappela Madeleine, tu as bien les châles ? Oh, là, là ! Vivement que nous soyons au Mans.

– J'aurais préféré rester à Paris, répondit-elle.

Blanche avait des expériences en cours, des livres à lire, de nouvelles découvertes à faire. Si Napoléon III ne s'était pas attaqué au Kaiser, ils n'auraient pas été obligés d'aller se cacher chez une tante à moitié sourde dans une maison glacée et malodorante.

– C'est la guerre, ma fille, rappela Madeleine, tragique.

– Oncle Gaston reste à Paris, lui, insista Blanche.

Les déjeuners du dimanche avec le commissaire de police lui manqueraient. Mais sa mère ne l'écoutait déjà plus. Elle s'ingéniait à pousser son monde, malgré les plaintes des uns et les quolibets des autres, lorsqu'une série d'événements quasi simultanés provoquèrent la catastrophe qui allait séparer Blanche de sa famille, pour de longs, de très longs mois.

La foule, comme par miracle, s'ouvrit devant Robert Paichain. La voie était libre pour donner les billets au contrôleur.

Bizarrement, un silence énorme tomba sur la gare, de ces silences qui précèdent les grands vents et que les marins redoutent.

Moment de flottement qui permit à Blanche d'entendre les pleurs d'un enfant, pas très loin sur sa gauche. Elle vit, dans la forêt de jambes, un petit garçon, assis par terre, en larmes. Il appelait sa mère. Blanche quitta la colonne familiale pour se glisser jusqu'à lui. La foule molle n'offrait plus trop de résistance.

Le chef de gare s'approcha des contrôleurs pour leur dire quelque chose.

Blanche avançait à croupetons vers le petit garçon lorsque deux bras se saisirent de lui. « Au moins, il a retrouvé sa mère », pensa-t-elle. Blanche se redressa, se tourna et se retourna, cherchant le haut-de-forme de son père. Elle choisit une direction et tenta de se frayer un chemin.

– Pardon, pardon. Excusez-moi. Pardon.

Mais la foule, énorme animal anxieux, s'était refermée comme un piège.

L'information apportée par le chef de gare aux contrôleurs mit le feu aux poudres : le train pour Le Mans serait le dernier à quitter Paris.

Tous, avec ou sans billets, voulurent alors monter dans ce maudit train.

Cris.

Coups.

Tumulte. Blanche se réfugia du côté de la salle d'attente. La vague humaine balaya tout devant elle puis s'arrêta. Sans doute les contrôleurs avaient-ils réussi à la stopper. La locomotive siffla. Blanche entendit l'entrechoquement caractéristique des wagons qui s'ébranlent. Le train partait !

Elle se précipita contre la barrière humaine, échoua à la percer. Une passerelle survolait les voies. Elle grimpa les marches quatre à quatre et, de ce belvédère, scruta la foule. Il y avait des hauts-de-forme, mais pas celui de son père. Ni le chapeau de sa mère. Les contrôleurs faisaient front. Des cannes, des sacs, des parapluies jonchaient le quai.

– Maman ! Papa ! hurla Blanche.

Le train était parti. Les contrôleurs se séparèrent. La foule se dispersa. La gare se vida. Chacun avait hâte de rentrer chez soi.

Le chef de gare remarqua la jeune fille, en haut, sur la passerelle. Elle tenait un rouleau de châles entre ses bras et gardait les yeux fixés sur les rails.

– Mademoiselle ?

Blanche sursauta, descendit jusqu'au chef de gare comme une somnambule.

– À quelle heure partira le prochain train pour Le Mans ?

– Il n'y a plus de trains. Nous fermons la gare.

La naufragée jeta un regard désemparé au fonctionnaire.

– Vous avez un endroit où aller ? s'inquiéta l'homme, compatissant.

– Oui, oui. Bien sûr.

Elle le remercia d'un pâle sourire. Séparée des siens, pensait-elle. C'était bien sa veine. On l'avait déjà oubliée plus d'une fois. À la poste du Louvre quand elle avait dix ans. Dans un omnibus quand elle en avait douze. Au Cirque d'hiver… Elle était tellement discrète, s'excusaient à peine ses parents.

Blanche gagna le parvis de la gare. La rue de Rennes était hérissée de fontaines Wallace, de cabinets inodores et de kiosques à journaux. S'y croisaient fiacres jaunes et verts, passants en redingotes et macfarlanes, en capes et robes à volants. Un chien courait après une charrette d'équarrisseur. Trois gamins se poursuivaient en riant.

Blanche coinça ses mèches de cheveux derrière ses oreilles, raffermit sa prise sur ses châles et partit à pied vers la rive droite.

2

La concierge de l'immeuble de la rue Neuve-des-Petits-Champs ouvrit l'appartement familial à Blanche et lui confia un double de sa clé. Sa fille Émilienne était partie encourager les soldats de la garde nationale.

Blanche remercia la concierge et l'assura de ne pas s'inquiéter. Son oncle commissaire était encore à Paris. Il l'aiderait à quitter la ville.

Elle avait toujours connu l'appartement résonnant des voix aiguë de Berthe, traînante de Bernadette ou autoritaire de sa mère. Quand ce n'était pas Jeanne qui chantonnait quelque air de sa Provence natale. En lieu et place de cette agitation, le couloir qui desservait les pièces était sombre et silencieux comme un tombeau égyptien. Blanche se dépêcha d'ouvrir les volets du salon.

Des flonflons l'attirèrent sur le balcon. Des soldats en uniforme bleu et rouge traversaient la place des Victoires, la fleur au fusil. Les passants les acclamaient. Les femmes les embrassaient.

Blanche s'agrippa des deux mains à la rambarde de fer forgé. « Seule, pensa-t-elle. Je suis seule dans une ville en guerre. » Son ventre gargouillant lui arracha une grimace.

– Et j'ai faim.

Elle ouvrit les placards de la cuisine pour en faire l'inventaire et déjeuna d'une boîte de bœuf salé accompagnée d'un verre de vin allongé.

Blanche troqua sa tenue de voyage contre une autre plus passe-partout. Bottes de cuir marron, robe grise sans faux-cul, les cheveux relevés en chignon, pas de chapeau.

Restait à accomplir le sacrilège ultime.

Blanche entra dans le Saint des Saints, la chambre de ses parents. Elle s'accroupit sur le côté du lit et, par une mince ouverture, glissa la main dans le matelas ignifugé acheté au *Magasin de Nouveautés*. Elle retira trois billets de dix francs de la cachette.

Blanche sortit de l'appartement, ferma la porte à double tour, rangea la clé dans l'aumônière de cuir bouilli accrochée à sa ceinture. Elle descendit l'escalier d'un pas léger et se jeta dans la rue avec détermination, direction le quartier des Halles et le nid de l'oncle commissaire.

Gaston Loiseau habitait un capharnaüm au deuxième étage d'un immeuble décrépit, à la jonction des rues de la Grande et de la Petite-Truanderie. Il n'était pas là lorsque Blanche frappa à sa porte. C'était pourtant dimanche !

Elle laissa la Truanderie derrière elle et marcha vers la Seine, longeant les Halles endormies. A contrario, l'agitation était à son comble place du Châtelet où on enrôlait pour aller « casser » du Prussien aux environs de Paris.

Des hommes venaient les mains vides, signaient et repartaient avec un fusil. On se moquait de l'empereur emprisonné par l'ennemi et de l'impératrice Eugénie qui s'était enfuie des Tuileries, incognito, deux semaines plus tôt. Des orateurs improvisés appelaient à négocier, à attaquer ou proclamaient une République idéale. Les gardiens de la paix observaient ces trublions avec des mines goguenardes. Le ciel bleu et les femmes qui prenaient le bras des soldats pour les accompagner au front donnaient à cette scène une ambiance de kermesse.

Blanche n'avait approché les champs de bataille qu'au travers des gravures de ses livres d'histoire, ce qui lui suffisait amplement.

Elle traversa la Seine et s'enfonça dans le labyrinthe du Palais de Justice sur l'île de la Cité. L'oncle Gaston, celui qui lui avait transmis la fièvre de l'enquête, y travaillait.

La fièvre de l'enquête…

Blanche était atteinte au dernier degré.

– Attention, l'avait prévenue Gaston. Si tu te lances sur cette voie, tu ne t'en écarteras jamais.

La jeune fille avait alors quinze ans.

– Tu serais une enquêtrice hors pair. Malheureusement, ce métier n'accepte pas les femmes.

– Alors, jouons à faire semblant ? avait proposé Blanche.

– Mais ce n'est pas un jeu! s'était insurgé Gaston en fronçant les sourcils. Tu crois que je passe mes journées à jouer?

Blanche avait vigoureusement hoché la tête et Gaston avait eu toutes les peines à lui prouver le contraire.

Bien sûr, Blanche ne serait jamais fonctionnaire de police. Elle fonderait une famille et élèverait ses enfants. N'empêche, assimiler les principes de la chimie, faire parler une pièce à conviction, interroger les traces infimes sur une scène de crime pouvaient se révéler des activités autrement excitantes que le point de croix ou l'aquarelle. En théorie, en tout cas. Car cette passion n'avait jamais pris que la forme de conversations à bâtons rompus avec l'oncle Gaston.

Pour ses quinze ans, il lui avait offert un exemplaire du *Dictionnaire de police*, la bible de l'investigateur, et une médaille d'inspecteur. La jeune fille s'était vite enfermée dans sa chambre pour se plonger dans l'ouvrage. Depuis, elle mettait un point d'honneur à lire un article chaque soir avant de s'endormir. Celui d'hier, passionnant, concernait la rage véhiculée par les chiens. Elle y avait appris que le seul moyen de se prémunir d'une morsure était la cautérisation au fer rouge. Dire que sa mère voulait l'empêcher d'emporter son dictionnaire au Mans à cause de son poids!

Blanche longea le quai, passa devant l'entrée du Dépôt par où les fourgons cellulaires effectuaient leurs rotations quotidiennes, remonta la rue de Jérusalem jusqu'à la Sainte-Chapelle.

Bientôt, ces ruelles médiévales disparaîtraient au profit de bâtiments aux cours carrées et aux hauteurs réglementées, avec paliers aux mêmes niveaux, sols plats et uniformes : la future préfecture de police.

– Nous y gagnerons en confort, s'exclamait souvent Gaston. Mais nous y perdrons en âme !

Gaston Loiseau était logé au-dessus du sommier, où étaient répertoriées les condamnations et les fiches des personnes arrêtées, entre le service des passeports et les bureaux de la neuvième brigade dont il dépendait.

Il fallait être initié comme Blanche pour ne pas s'égarer dans cet immeuble biscornu. Il était arrivé à Gaston d'y inviter sa nièce à déjeuner, lorsqu'une affaire trop pressante l'empêchait de s'éloigner de ses chers fichiers. En fait, Gaston Loiseau était un bourreau de travail. Le seul loisir que Blanche lui connaissait était l'opéra qu'il aimait autant que les bons vins.

Elle s'arrêta pour observer la rue. Ni brigadiers ni l'habituel va-et-vient des agents de la force publique emmenant leurs prisonniers entravés d'un service à l'autre, ni les gardiens de prison et représentants des agences de renseignement, les uns venus toucher les cinq francs de la prime d'identification, les autres espérant vendre quelque tuyau à un inspecteur en mal d'enquête. Dimanche ou pas dimanche, ce calme était pour le moins inhabituel.

Blanche poussa la porte d'entrée du sommier. Aucun commis à son poste derrière le comptoir. Elle monta une volée de marches et risqua un œil dans la salle de lecture.

Les veilleuses éclairaient la pièce aux tables de bois noir et aux étagères chargées de boîtes cartonnées emplies de fiches à ras bord. Un commis travaillait, penché sur une table dans un silence à peine troublé par le froissement des papiers qu'il manipulait.

Le bureau de Gaston Loiseau était accessible par une porte au fond à gauche. Le fonctionnaire leva le nez pour regarder Blanche.

– Tiens, tiens, tiens. Une jeune fille qui vient voir son oncle.

Blanche croisa les mains sur son giron dans une pose d'enfant sage.

– Hélas, Loiseau s'est envolé.

Le fonctionnaire facétieux s'empara d'un cahier de cuir noir.

– Je devais lui remettre ceci. Vous aurez l'obligeance de le lui porter?

– Bien sûr. (Blanche coinça le cahier sous son bras.) Si vous me dites où il est.

– À la morgue, jeune fille. À la morgue.

3

Le cadavre était étendu sur l'une des tables de marbre noir de la salle d'exposition, son sexe recouvert d'un morceau de tissu. Un costume de coton gris, des guêtres noires et une calotte grecque étaient accrochés à une barre hérissée de crocs. Un filet d'eau coulait depuis un tube en caoutchouc placé à l'aplomb de son sternum. Elle s'évacuait par des rigoles dans la table.

Le commissaire Loiseau et le greffier Lefebvre observaient la salle d'exposition au travers de claustras qui leur permettaient de voir sans être vus. Salle d'exposition qui portait mal son nom en ce jour, car la petite galerie séparée des morts par une vitre, habituel but de promenade du Parisien moyen, était désespérément vide.

– J'ai fini mes statistiques pour les six premiers mois de l'année, lâcha Lefebvre entre deux bouffées de cigare.

– Les suicides augmentent ? demanda Loiseau, un œil morne rivé sur la galerie vide.

– Les chiffres sont stables. Mais la tendance se confirme concernant les métiers.

– Soldats et couturières ?

– Rien ne change.

– Les soldats, je comprends. Mais les couturières…

– Le pourquoi, bien malin qui me l'expliquera. Quant au comment… Les asphyxies au charbon ont la faveur de ces dames. Viennent ensuite la corde, énuméra le greffier en comptant sur ses doigts, la noyade, l'arme à feu, le poison. Se jeter sous un train se fait beaucoup plus en province qu'à Paris.

– Les trains partent de Paris, ils n'y passent pas, énonça Loiseau avec justesse.

– Vous oubliez la petite ceinture. (Lefebvre étendit les jambes.) Alors, dans quelle catégorie vais-je ranger notre locataire ?

Il voulait parler de l'homme nu exposé dans l'autre pièce.

– Il ne s'agit pas d'un suicide… (Loiseau grogna pour écarter l'évidence.) Un accident ?

– Notre gaillard a été trouvé dans les jardins du Palais-Royal, le haut du crâne tranché net. Nous n'avons pas l'arme, mais je pencherais d'ores et déjà pour un crime.

– Scalpé par arme tranchante, alors ?

Depuis leur point de vue, Loiseau et Lefebvre pouvaient apprécier l'opération sauvage dont le quidam avait été victime. Le haut de sa calotte crânienne avait été sectionné, laissant le cerveau à nu.

– Je serais vous, je ne compterais pas trop sur le corps médical pour nous aider, glissa le greffier. Ils ont tous déserté. Mes garçons de salle ne se sont même pas présentés au travail ce matin. Un comble !

– Ils doivent avoir un képi sur la tête et un fusil Chassepot à l'épaule.

– Une chance que vous ayez été prévenus. Il a été découvert à l'ouverture des grilles ?

– L'inspecteur Léo, du poste de Vivienne, nous a alertés, précisa Loiseau qui se leva et écrasa son mégot de cigare dans un cendrier d'albâtre. Ne le prenez pas mal, mon vieux, mais j'enrage de me retrouver coincé ici à attendre le meurtrier.

– Hum. Je vous parie un pied de cochon à la *Cloche Percée* qu'il ne viendra pas admirer son œuvre.

– Je préférerais un plateau de fruits de mer.

– Au *Grand Café* alors.

– Va pour le *Grand Café*. Si je mets la main sur l'assassin avant la tombée de la nuit, c'est vous qui invitez.

Lefebvre se fendit d'un ricanement machiavélique.

– Je ne remets pas en cause vos qualités d'enquêteur… Mais vous n'avez aucune chance d'arrêter l'assassin en si peu de temps.

Gaston écoutait le greffier d'une oreille distraite. Il lui fallait, avant toute chose, identifier ce pauvre diable. Cela lui permettrait de commencer une enquête en bonne et due forme.

Il pensa à Blanche. Elle aurait peut-être eu une piste à lui suggérer. Mais sa nièce était partie ce matin.

Il consulta sa montre. Si le train n'avait pas déraillé, elle se trouvait maintenant loin de la guerre, à l'abri de la folie qui avait gagné Paris.

¢

Blanche n'avait jamais mis les pieds à la morgue, au contraire de son amie Émilienne qui lui en avait fait une description détaillée. Non que le spectacle de la mort la laissât indifférente.

Concernant l'issue fatale, Blanche avait adopté le point de vue de la mère Suzanne, la rempailleuse de chaises de la place des Victoires qui avait rendu l'âme l'hiver dernier. Lorsqu'on l'interrogeait sur sa conception de l'autre monde, la vieille répondait tout en tressant ses brins de rotin :

– Si personne n'en revient, c'est que ça doit être bien.

La morgue, petit édifice cubique situé à la pointe orientale de l'île de la Cité, au chevet de Notre-Dame, paraissait presque incongrue si près de la cathédrale. Un fourgon mortuaire vert foncé était garé sous un marronnier, son chauffeur endormi sur la banquette.

Une porte était entrebâillée. Blanche la franchit en pensant déboucher dans la galerie vitrée dont Émilienne lui avait rebattu les oreilles. Elle se retrouva en fait dans une sorte de réserve. Des crochets pendaient du plafond.

– On dirait que je viens d'entrer dans le château de Barbe-Bleue, murmura-t-elle.

Le son de sa voix ne la rassura pas, loin de là. Mais comme Blanche était de ces personnes qui préfèrent avancer plutôt que reculer, elle traversa ce vestibule sinistre pour découvrir une nouvelle antichambre de l'Enfer.

La puanteur qui régnait dans la salle basse de plafond la força à sortir un mouchoir de son gant et à se le coller contre les narines. Respirer par la bouche était, en soi, une épreuve. L'air était suffocant et aigre à en vomir.

Quatre demi-cylindres en toile métallique longs de deux mètres étaient posés sur autant de tables disposées en carré. Blanche tendit la main vers le demi-cylindre le plus proche, le saisit par-dessous, le souleva lentement…

Elle laissa tout retomber dans un grand bruit et courut se réfugier dans la pièce voisine. Elle connaissait le terme technique de ce qu'elle venait de voir : putréfaction en vert, soit l'état d'un être humain au bout de douze à quinze jours à une température comprise entre zéro et dix degrés. En été, on atteignait ce stade dès le troisième jour.

Blanche traversa le local encombré de buffets et déboucha dans une salle d'autopsie. Des tuyaux de caoutchouc pendaient d'une citerne. Des lames étaient rangées dans une vitrine, à côté d'une table. Un homme était allongé dessus, enroulé dans une cape, les bras le long du corps.

Il avait une trentaine d'années, des traits fins et des cheveux bruns noués en queue. Il dégageait un parfum de violette.

Blanche se demanda de quelle couleur étaient ses yeux puis se reporta sur les mains aux doigts longs et efféminés. « Des mains de pianiste et une tenue de meneur de loup, se dit-elle. Bizarre. » Elle sonda le silence. Elle entendait son cœur cogner dans sa poitrine à un rythme lent et maîtrisé.

La tentation, une fois de plus, fut la plus forte. Blanche se déganta et effleura la main droite du mort, laissant sur son dos un sillon blanc qui redevint couleur chair.

– Vous cherchez quelqu'un, mademoiselle ? lui dit l'homme en se relevant comme on se relève d'une tombe.

4

Gaston Loiseau étudiait le tatouage relevé sur le bras gauche du scalpé. Il l'avait dessiné à la mine de plomb sur une feuille volante et le motif occulte ne lui évoquait rien. Lefebvre n'en avait jamais vu de tel, lui non plus. Des morts tatoués, ce n'était pourtant pas ce qui manquait. Loiseau décapita son cigare tout en se demandant où le couvercle crânien de leur quidam pouvait se trouver.

La porte de la galerie s'ouvrit, jetant un rai de lumière oblique sur le cadavre.

– Un client, souffla le greffier.

Gaston Loiseau, à demi penché derrière les claustras, regarda l'ombre prendre forme humaine.

– Vous avez failli me faire mourir de peur ! s'emporta Blanche. Pourquoi vous allonger, ainsi, parmi les morts ?

L'homme rassemblait un lot d'instruments coupants dans une sacoche posée au pied de la table. Blanche remarqua une fiole en verre épais accrochée par des lanières de cuir.

– Eh bien ? insista-t-elle.

Elle, d'ordinaire si réservée, se permettait d'apostropher quelqu'un de plus de dix ans son aîné. Celui-là ne ressemblait pas aux hommes qu'elle avait croisés dans la rue comme dans le privé. Blanche n'avait jamais flirté, au contraire d'Émilienne qui profitait de la moindre occasion pour la taquiner à ce sujet... et lui prodiguer toute explication technique nécessaire pour se lancer.

– Vous ne vous êtes jamais amusée à faire le mort ? demanda l'inconnu en refermant sa sacoche dans un claquement sec.

– Si, bien sûr. Enfin... Nous sommes dans une morgue.

– L'endroit idéal pour ce genre de petit jeu, non ?

L'homme afficha un sourire d'une franchise désarmante et tendit la main à Blanche.

– Claude Salmacis. Je suis préparateur anatomique. Et, pour tout vous avouer... (Il prit un air de conspirateur.) J'adore me couler dans la peau des sujets que je vais avoir à traiter. D'où cette mise en scène dont vous fûtes la charmante et innocente victime, vous, dont je ne connais toujours pas le nom...

– Paichain, Blanche Paichain.

– Que faites-vous en ce lieu sordide, mademoiselle Paichain ? Vous savez que ces locaux sont réservés au personnel de la morgue ?

– En fait, je suis inspecteur pour la neuvième brigade de la Préfecture, inventa-t-elle tout de go.

Elle faillit exhiber la médaille qui garnissait son aumônière.

– La Préfecture embauche des éléments féminins ? Pour une nouveauté... Quel est votre âge ?

– Vingt et un ans, affirma Blanche en se haussant sur la pointe des pieds.

Elle se traita d'idiote. Si ses mensonges parvenaient aux oreilles de son oncle... Elle ajouta précipitamment pour se sortir de ce mauvais pas :

– Je joue les coursiers pour le commissaire Loiseau.

– Un commissaire ?

– Il y a eu un assassinat. Le corps est exposé, lâcha Blanche tout à trac, décidément pressée de s'extirper de cette situation inconfortable.

– Un assassinat ? répéta Salmacis en hochant la tête. Intéressant.

Il courba le buste avec une lenteur inquiétante.

– La galerie d'exposition est dans cette direction. Au plaisir de vous revoir.

Blanche marcha vers la porte... et se retourna. Le préparateur anatomique avait disparu. Elle se demanda si elle n'avait pas été victime d'une hallucination.

Gaston Loiseau se sentait de plus en plus inutile. Le visiteur, un clochard ivre qui s'était collé contre la vitre pour étudier le mort et sans doute vérifier qu'il ne s'agissait pas de lui-même, était reparti en carambolant contre les murs. Le fonctionnaire était bon pour retourner bredouille à la Préfecture. Il déplia sa carcasse et enfila sa redingote.

– De toute façon, il restera étendu là encore deux jours, l'assura le greffier. Mais je m'interroge pour son crâne. Peut-être devrais-je le recouvrir d'une timbale pour en préserver le contenu ? Qu'en pensez-vous ?

– Que je passerai demain prendre de vos nouvelles.

– Ce soir, vous offrez le dîner, lui rappela Lefebvre.

Gaston ne répondit pas. Il gagna la galerie, le cigare aux lèvres. Il s'apprêtait à rejoindre l'esplanade lorsqu'il s'entendit appeler :

– Tonton Gaston !

Il avait à peine eu le temps de se retourner que Blanche lui collait un baiser sur chaque joue. Il mesurait une tête de plus qu'elle. Ce fut donc sans difficulté qu'il la prit par les épaules et la tint à distance pour s'assurer qu'il ne rêvait pas.

– Que diable fais-tu ici ?

– J'ai raté le train.

– Pardon ?

– Il y a eu une cohue.

– Madeleine, Robert et les filles ?

– Partis.

– Et toi non.

Gaston roula son cigare d'un coin à l'autre de ses lèvres.

– Je te remmène à la gare. Tu dois les rejoindre au plus vite. Les Prussiens…

– … bloquent les voies. On ne peut plus quitter Paris.

– Un ami de votre oncle, se présenta Lefebvre, descendu de son bureau. Vous dites que les Prussiens ont bloqué les voies ? Remarquez, s'ils prennent Paris, ils apporteront de nouvelles techniques pour la conservation des cadavres. Vous savez qu'ils ont des pièces réfrigérées à la morgue de Bamberg ? Ici, nous sommes encore au temps de Pépin le Bref et des étals de boucherie au grand air.

Gaston Loiseau regardait alternativement sa nièce et le greffier. Il semblait complètement dépassé par les événements.

– J'ai la clé de l'appartement, le rassura Blanche. Je pourrai y habiter.

– Nous allons trouver une solution pour t'envoyer en province. Tu ne peux pas rester. C'est trop dangereux. Et seule…

– J'ai dix-sept ans. J'en aurai dix-huit en janvier.

– Et vous feriez une excellente inspectrice d'après ce que j'ai entendu dire, se hâta d'ajouter le greffier en adressant un clin d'œil au commissaire.

Les joues de Blanche rosirent sous le compliment.

– Au fait. (Elle tendit le cahier de cuir noir à son oncle.) Le commis du sommier m'a prié de vous le remettre.

– Mon agenda-journal.

Blanche s'était tournée vers la vitre de la salle d'exposition. Le corps du quidam, dans cette position légèrement surélevée, avait ses formes comme aplaties au point que sa tête paraissait s'arrêter net. Une tête qui était familière à Blanche. Gaston Loiseau, la voyant abîmée dans le spectacle macabre, voulut l'entraîner hors de la morgue.

– Une minute.

Blanche se hissa sur la pointe des pieds, mais son mètre cinquante ne lui suffisait pas.

– Soulevez-moi.

– Pardon ?

Blanche mit les deux grosses paluches de son oncle sur sa taille et prit une pose de rat d'Opéra prêt à être lancé vers le ciel. Gaston Loiseau souleva sa nièce de cinquante bons centimètres et la reposa sur un signe de sa part.

– Ne me dis pas que tu connais cet homme.

Blanche, ébranlée, ne répondit pas tout de suite à la question du commissaire.

– Elle le connaît, interpréta le greffier.

Elle coinça ses cheveux derrière ses oreilles.

– Il a été assassiné ?

– Parle ! Son meurtrier court toujours.

– Il s'appelle Edmond Abba. Il a une boutique passage Vivienne. Une boutique de chapelier. C'est chez lui que papa achète ses hauts-de-forme.

5

Le fourgon mortuaire contournait la colonne du Palmier, place du Châtelet, que Gaston Loiseau était encore en train de râler.

– Cet inspecteur Léo va m'entendre. Mince ! Ils l'ont retrouvé à deux pas de son poste ! Un îlotier aurait dû reconnaître un commerçant de son quartier. Nous n'aurions pas perdu tout ce temps.

Blanche essayait de se faire aussi petite qu'une souris tout en observant son oncle qui, selon les règles du portrait parlé en usage à la Sûreté, pouvait être décrit de la manière suivante : front moyen. Nez grec au bout effilé. Menton à houppe. Oreilles sans défauts caractéristiques. Yeux pâles aux iris ardoisés. Cicatrice à peine visible marquant la naissance de la raie portée à droite ou à gauche selon l'humeur en longues mèches ondulées.

Gaston Loiseau avait conservé de sa jeunesse une chevelure aussi dense que romantique. Il allait sur ses quarante ans et Blanche ne lui avait jamais connu d'aventure féminine. Sa mère, interrogée à ce sujet, n'avait pas cru bon d'éclairer la lanterne de sa fille.

– Ce train, tu ne l'as pas raté exprès ?

– Bien sûr que non.

Blanche sauta du coq à l'âne.

– Parlez-moi du chapelier. Où l'a-t-on trouvé ?

– Au Palais-Royal, à l'ouverture des jardins.

– De quoi est-il mort ?

– On lui a tranché le haut du crâne avec…

Le commissaire s'interrompit. Blanche comprit qu'il voulait la ménager.

– Avec ?

Pour éviter d'avoir à répondre, Gaston ouvrit son agenda pour y noter des détails qu'il risquait d'oublier. Le dessin du tatouage glissa sur le plancher du fourgon. Blanche se pencha pour le ramasser.

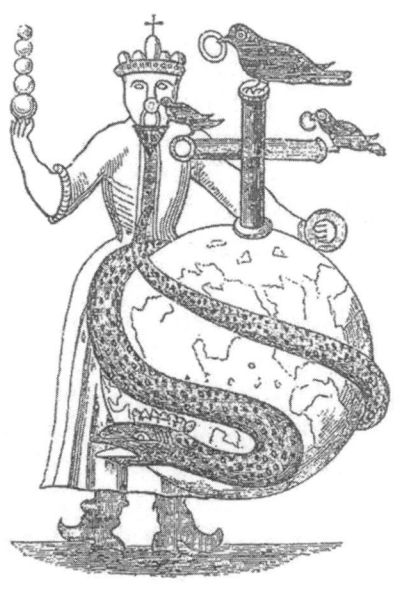

Le motif, par son étrangeté, s'imprima immédiatement dans son esprit : un serpent s'enroulait autour d'un planisphère hérissé d'une croix aux quatre branches égales. Un corbeau serrant un anneau dans son bec était posé sur le haut de la croix, un autre plus petit avec le même anneau sur une branche, à droite. Derrière le planisphère, un homme – à moins que ce ne fût une femme, vu qu'il portait la robe – tenait cinq boules de diamètre décroissant en équilibre sur sa main droite. Une couronne ceignait son front. Un anneau entourait son autre main. Il avait un cadenas sur la bouche et d'improbables babouches aux pieds.

Blanche rendit le croquis à son oncle.

– Abba avait ce tatouage sur le bras gauche, expliqua-t-il.

Le fourgon ralentit et se rangea. Blanche et Gaston sautèrent sur le trottoir. Un gars à la mine bien faite sortit du poste de police et se mit au garde-à-vous.

– Inspecteur Léo ?

– Oui monsieur.

– Commissaire Loiseau, de la Sûreté. Vous avez des agents avec vous ?

– Trois sur douze. Les autres sont partis casser du Prussien.

Léo jeta un regard gêné à la jeune fille qui ne perdait pas une miette de la conversation. Il chuchota :

– Vous avez reçu notre scalpé ?

– Et nous l'avons identifié. Edmond Abba. Chapelier galerie Vivienne. Ça vous dit quelque chose ?

Léo rougit en comprenant sa faute.

– J'étais encore au poste Picpus il y a une semaine. Et l'îlotier en charge de la galerie…

– Ça va, ça va. Nous allons nous rendre sur place. Nous deux et deux agents. Le troisième restera ici…

Blanche lança avec impatience :

– Je vais vous ouvrir le chemin !

– … et il gardera un œil sur ma nièce qui n'a rien à faire sur la scène d'un crime, continua Loiseau, implacable.

– Tonton ! s'insurgea-t-elle.

– Vous êtes armé ?

Léo montra une bosse à son veston.

– Bien, allons-y.

Ils s'éloignèrent du poste avec deux agents. Sur le seuil, Blanche hésitait à les suivre. L'agent qui avait reçu la consigne la serrait de près. Gaston lui lança, à dix mètres, sans se retourner :

– Si jamais ma nièce n'est pas là à mon retour, je vous sacque. Compris, îlotier ?

L'homme devait avoir du sang auvergnat. Il parlait peu mais comprenait vite. Il tira Blanche dans le commissariat avant d'en fermer la porte à double tour.

La galerie Vivienne était déserte.

– Vous restez ici, ordonna Loiseau au premier agent. Vous, vous allez rue Vivienne et vous empêchez quiconque d'entrer, annonça-t-il à l'autre qui s'éloigna pour jouer les vigies alors que le second s'installait, la capote rabattue sur un côté pour laisser la garde de son sabre-baïonnette apparente.

Léo et Loiseau s'engagèrent dans la galerie. Gaston sortit une paire de lunettes aux verres rouges d'une poche de sa veste. Il se permettait cette fantaisie dans des moments comme ceux-là, lorsque l'action primait la réflexion. Voir rouge rendait ses réflexes plus aiguisés.

Quant à Léo, il sondait les vitrines sombres qui renvoyaient leurs reflets. Ils longèrent une teinturerie, un parfumeur et un vendeur de fleurs artificielles. Plus loin, un gigantesque œil de zinc indiquait un fabricant de prothèses. Mais pas d'enseigne représentant un haut-de-forme.

– Cet Edmond Abba, vous pensez qu'il a pu marcher de sa boutique aux jardins avec le haut de la tête en moins ? chuchota Léo qui scrutait le sol à la recherche de traces de sang.

– D'après le greffier de la morgue, vous pouvez vivre un certain temps le cerveau à l'air.

– Sans attraper un rhume ? tenta Léo, dont la blague tomba à plat.

Il se rappela la façon dont il avait découvert l'homme. Le chapelier était assis sur un banc, son couvre-chef sur les genoux, raide et digne. Des pigeons s'étaient envolés du haut de son crâne lorsqu'il s'était approché.

– Là, indiqua Gaston Loiseau en posant une main sur l'avant-bras de son cadet.

À vingt pas, une enseigne montrait une libellule et un chapeau faisant de la balançoire.

Cette galerie déserte et le souvenir macabre impressionnaient le jeune inspecteur. Gaston, aguerri, le sentit. Il retira ses lunettes rouges, les rangea et sortit son pistolet de fonction. Léo écarquilla les yeux en le voyant. Gaston le lui passa.

– C'est un Lemat ?

– À double canon. Neuf coups calibre quarante-quatre plus chevrotine calibre vingt dans l'axe du barillet.

Léo montra son arme à son tour.

– Pour ma part, je reste fidèle au Lefaucheux. Il dévie légèrement, mais il m'a déjà rendu de sacrés services.

Les deux hommes vérifièrent que leurs pistolets étaient chargés et considérèrent qu'il était temps de visiter l'antre du chapelier. Les rideaux étaient tirés. Le nom d'Edmond Abba était peint en faux relief sur la porte vitrée. Un panonceau indiquait qu'ici on reprenait trois chapeaux usagés contre un neuf. Gaston Loiseau voulut saisir la poignée. Arthur Léo fut le plus prompt.

– Nous sommes dans mon quartier, dit-il. Je passe devant.

Ils se glissèrent dans la boutique et attendirent que leurs yeux s'accoutument à la lumière chiche qui tombait des lucarnes. Sur des étagères, contre les murs, des têtes de feutre les observaient, coiffées de tubes, de huit-reflets, de képis et de casquettes. Une odeur planait, légère, dans l'atmosphère. Un parfum.

– Lilas ? chuchota Gaston.

– Violette, identifia Arthur.

Une caisse enregistreuse était posée sur un bureau, le tiroir ouvert. Léo s'approcha à pas de loup du rideau qui cachait l'arrière-boutique. Quelqu'un ronflait de l'autre côté.

Ils contournèrent une flaque sombre et poisseuse. Du sang. Le dormeur s'agita dans son sommeil, grogna, ronfla de plus belle.

Ils armèrent les chiens de leurs revolvers et basculèrent derrière le rideau avec une coordination quasi parfaite.

6

Blanche avait été libérée une heure après le départ de son oncle. Un des îlotiers l'avait accompagnée jusque chez elle, à deux pas, avec un message de Gaston disant : « On passera te prendre pour dîner. »

Blanche s'échina à tuer cette fin d'après-midi à coups d'accords sur le piano demi-queue. La partition de *Mon rocher de Saint-Malo* était posée sur le pupitre. Elle s'y essaya sans grand succès. Elle tenta une sieste mais le sommeil la fuyait. Elle attrapa finalement l'escalier de service pour monter à l'étage des chambres de bonne. Là, elle ouvrit la deuxième porte sur la droite avec une clé qui ne la quittait pas et elle pénétra dans son laboratoire.

C'était le seul endroit de l'immeuble – avec la chambre d'Émilienne dans la loge de concierge – où Blanche se sentait véritablement chez elle. Elle enfila la blouse grise qu'elle avait accrochée à un cintre en pensant la retrouver après un interminable purgatoire au Mans et s'accroupit devant la caisse remplie de sable qui occupait le pan de mur sous le vasistas.

– Tout le monde dort là-dedans ? Coucou, maman est revenue !

Cette nouvelle n'intéressa visiblement pas les occupantes de la caisse.

Blanche s'assit à son bureau pour s'emparer du second volume du *Dictionnaire de police*, rangé entre le premier et les tables du *Dictionnaire encyclopédique des sciences médicales*. L'octavo relié de cuir rouge pesait dans les sept cents grammes. Avec le premier tome, cela faisait un kilo quatre cents, soit presque le poids moyen d'un cerveau humain. Blanche avait trouvé cette analogie toute seule et elle en était très fière.

Elle lut les articles « Recel » et « Révélation de secrets ».

Celui sur les « Substances vénéneuses » lui inspira quelques notes.

Mais ce furent surtout les quinze pages sur le « Travail des enfants » qui attirèrent son attention.

Elle y apprit que les enfants de moins de douze ans n'étaient pas autorisés aux travaux souterrains, que des activités comme le maniement des matières explosibles ou l'étamage au mercure des glaces leur étaient interdites jusqu'à seize ans, mais que d'autres, telle la fabrication des allumettes, leur étaient permises. Enfin, les enfants de douze à seize ans pouvaient être employés dans les usines à feu continu dans la mesure où leur durée de travail n'excédait pas douze heures pour chaque vingt-quatre heures. Dans ce cas, la police des ateliers n'y trouvait rien à redire.

La nuit tombait. Blanche remit la blouse sur son cintre, ferma la chambre de bonne et redescendit à l'appartement. Elle se servit un verre d'eau dans la cuisine. Pourquoi pensait-elle à cet homme rencontré dans l'arrière-salle de la morgue ? Un préparateur anatomique… Quel métier ! Elle se rendit dans le salon et alluma la lampe à huile sur le bureau de son père. La flamme faisait des bruits malpolis, comme le ventre de Blanche qui n'avait pas goûté. Elle lança un tonitruant :

– J'ai faim, moi ! Qu'est-ce qu'il fiche tonton Gaston ?

On frappa à la porte. Blanche courut ouvrir et faillit se jeter dans les bras d'Arthur Léo que son oncle avait envoyé à sa place.

– Nous sommes attendus au *Grand Café,* annonça le fonctionnaire.

– Je prends un châle et un chapeau.

Elle rejoignit l'inspecteur et le précéda dans l'escalier tout en le pressant de questions. Léo ne voulut rien révéler du crime du Palais-Royal, sinon que Lefebvre avait perdu son pari et qu'il les invitait à dîner.

Blanche n'insista pas. Car, quoi qu'elle fasse ou dise, elle préférait aux réponses parfois si décevantes le secret, les énigmes et tout ce que l'on range communément sous le terme bien pratique de « Mystère ».

7

Blanche avait avalé son bœuf marengo pendant que l'inspecteur Léo et le greffier Lefebvre faisaient un sort au plateau de fruits de mer spécial *Grand Café*.

« Le plus grand café du monde », comme le proclamait une pancarte au-dessus de l'entrée monumentale, était bourré à craquer. Les cent garçons allaient et venaient sous un gigantesque plafond imitant celui de la galerie d'Apollon du Louvre. Au fond, un gazon de trente billards était noyé sous des volutes de fumée dantesques. Plus loin encore, un orchestre enchaînait des mazurkas dont les échos parvenaient jusqu'à eux.

Les Paichain sortaient parfois avec leurs trois filles pour un tour de boulevard, lors de grands événements ou pour les anniversaires. Mais, dans le souvenir de Blanche, c'était la première fois qu'elle dînait en compagnie de deux hommes. Même si rien dans leur attitude ni dans la sienne ne pouvait laisser supposer le moindre flirt, Blanche ne sentait pas moins des yeux se poser sur elle avec une certaine gêne. Elle n'était pas faite pour les lieux où les regards font la loi. Et elle aurait aimé que son oncle soit là. Onze heures passées et toujours aucune nouvelle de lui.

Elle avala une gorgée de grog tiède et relança l'inspecteur Léo sur le chapelier de la galerie Vivienne. Il avait promis de ne pas aborder le sujet avant l'arrivée du commissaire Loiseau. Mais ce dernier se faisant attendre…

— Allez, l'incita Lefebvre en lui offrant un cigare après avoir demandé à Blanche si la fumée ne l'importunait pas. Gaston nous a donné rendez-vous. C'est moi qui régale. Donc il a gagné son pari. Dites-nous tout.

— Le meurtrier a été arrêté, confirma Léo.

Le greffier se trémoussa sur son siège.

— L'arme précède la main. Comment le chapelier a-t-il été tué ?

— Avec un conformateur.

Lefebvre se frappa le front du plat de la main.

— Mais c'est bien sûr !

— Un conformateur… Qu'est-ce donc ? demanda Blanche, qui n'en avait jamais entendu parler.

— Le conformateur de chapelier est un instrument métallique qui se pose sur le haut du crâne et l'enserre pour en donner un tracé fidèle, l'éclaira Lefebvre. Les chapeliers l'utilisent pour fabriquer des chapeaux parfaitement adaptés au chef de leurs clients. (Il se tourna vers Léo.) Attendez. Cela ne nous dit pas comment l'os frontal du sieur Abba a pu être tranché de cette manière, comme un vieux comté.

Léo adressa un regard de reproche au greffier qui paraissait avoir oublié la présence de la jeune fille. D'un autre côté, Gaston Loiseau lui avait parlé d'elle. Elle avait du cran. En tout cas, elle était apparemment capable d'entendre ce genre de choses sans s'évanouir.

– Le conformateur avait été transformé par l'assassin et agrémenté d'une lame rotative. Ce qui lui a permis de trancher le haut du crâne d'Edmond Abba comme un vieux comté, pour reprendre votre image. Les faits se sont déroulés dans sa boutique. Ensuite, le meurtrier a planté un chapeau sur la tête du trépané, l'a escorté jusqu'au Palais-Royal, l'a assis sur un banc, a sagement posé son chapeau sur ses genoux et l'a laissé mourir en toute tranquillité.

– Abominable façon de quitter le monde des vivants, constata Lefebvre.

Blanche se dépêcha de finir son grog.

– Qui est le meurtrier ? voulut-elle savoir.

Des coups de feu leur parvinrent de la rue. Les esprits chauffaient depuis l'installation des lignes prussiennes à portée de canons de Paris. Dans l'après-midi, un armurier avait offert deux mille fusils à des passants. Le stock avait été dispersé en moins d'une heure.

– Victor Pilotin, révéla Léo.

Il essaya d'attraper un serveur

– Victor Pilotin ? répéta Blanche.

– L'apprenti du chapelier.

La première réaction de Blanche fut de penser que le policier se trompait. Elle avait eu l'occasion de croiser le gamin qui vivait dans son quartier. Elle lui avait parlé deux ou trois fois. Il n'aurait pas fait de mal à une mouche.

– Nous l'avons découvert dans l'arrière-boutique, ronflant comme un sonneur. Le conformateur était posé à côté de lui, avec le scalp de son patron.

– Pourquoi diable aurait-il fait cela ? interrogea Blanche.

– Argent. Folie. Ressentiment. La caisse était vide lorsque nous sommes arrivés.

– Les chapeliers, soupira Lefebvre. Une corporation des plus bizarres. Vous savez qu'ils organisent de véritables messes du diable pour introniser leurs apprentis. On dit qu'ils se fouettent, une fois l'an, avec des queues de castor. Garçon !

Le greffier commanda deux cognacs et un autre grog pour Blanche plongée dans ses pensées. En fait, les fatigues accumulées dans la journée tombaient sur elle en bloc. Il y avait eu l'épisode éprouvant de la gare, la course dans Paris, la visite à la morgue, ce dîner… Quel dimanche !

Les visages de Victor, de Gaston Loiseau et de son père dansaient la sarabande autour d'un autre, central, celui du préparateur anatomique croisé sur les terres du greffier Lefebvre.

Ç'avait bien été le moment le plus étrange de cette étrange journée.

– J'ai rencontré Claude Salmacis à la morgue, lança-t-elle à Lefebvre.

– Salmacis ? releva le greffier.

– Le préparateur anatomique.

53

– Nous ne travaillons avec aucun préparateur depuis belle lurette. Ils avaient tendance à escamoter les membres de certains de nos pensionnaires pour les lustrer, en catimini, dans leurs propres ateliers et les écouler comme des reliques de saints sur le marché noir.

Blanche n'avait pourtant pas rêvé. Elle s'apprêtait à revenir à la charge lorsque Gaston Loiseau s'affala sur la banquette à ses côtés. Personne ne l'avait vu approcher.

– Désolé pour le retard. La Préfecture est passée à l'heure lapone. Désormais, elle somnole en journée et bouillonne le soir.

– Vous avez mangé ? s'inquiéta le greffier.

– Sur le pouce, je vous remercie. Je ne serais pas contre une chartreuse. (L'inspecteur Léo se leva et se rendit au comptoir pour la lui commander.) Dites donc, vous n'avez pas trouvé mon agenda-journal, à la morgue ?

– Vous l'avez perdu ? s'inquiéta Lefebvre.

Il était bien placé pour savoir que tout commissaire qui se respecte vit avec une arme dans la main droite et son agenda-journal dans la gauche, ce dernier ayant pour rôle de recueillir les notes du fonctionnaire de police sur un an, à la fois aide-mémoire et archives personnelles.

– Celui que ma nièce m'a transmis était vierge. J'ai retourné mon bureau, mais je n'ai pas réussi à mettre la main sur le bon.

Lefebvre haussa les épaules.

– Vous avez vraiment arrêté Victor, l'apprenti du chapelier ? intervint Blanche.

Gaston remercia Léo qui revenait avec un verre d'eau-de-vie et l'avala cul sec avant de répondre.

– Tout l'accuse. Il clame son innocence, évidemment. Mais ils clament tous leur innocence. C'est une loi de la chimie criminelle que l'on apprend en début de carrière.

– Et plus le crime sera machiavélique, plus son auteur vous paraîtra banal, ajouta l'inspecteur Léo.

– Parfaitement, appuya Lefebvre. Vuillaume qui faisait bouillir les têtes de ses victimes était un parfait gentleman.

– N'était-ce pas plutôt Ulrich l'Alsacien ? essaya Léo.

– Ah non, s'obstina Lefebvre. Celui-là, il les dispersait en morceaux dans différents arrondissements de Paris. Et il n'avait rien d'un homme du monde.

– Ma première liquette que vous vous fourvoyez.

Blanche bâilla, définitivement assommée. Lefebvre et Léo continuaient leur joute verbale. Mais elle ne les entendait plus. Elle se cala contre l'épaule de son oncle.

– Vous savez quand je pourrai rejoindre la province ?

– Je comptais t'en parler, les nouvelles ne sont pas très bonnes.

Loiseau joua avec son verre vide, y faisant tourbillonner une larme d'alcool.

– Pourquoi Robert s'est-il obstiné à partir si tard ?

Le choix de sa sœur, question mari, ne l'avait jamais enthousiasmé.

– Je vais te dire ce que les Parisiens apprendront dans quelques heures, glissa-t-il à sa nièce qu'il sentait de plus en plus lourde contre son épaule.

– Je vous écoute, mon oncle.

Gaston Loiseau prit une profonde inspiration et lui confia :

– Il y a eu des combats au Bourget, aujourd'hui. Et des mouvements de troupes vers Clamart, Versailles et Châtillon. Demain, les Prussiens auront complètement encerclé Paris. Gambetta annoncera que toutes les communications sont coupées avec la province. Nous sommes coincés. Pour de bon et pour longtemps.

Il s'arrêta.

Blanche s'était endormie. Gaston Loiseau posa un baiser sur son front et lui caressa tendrement le dos. Il ignorait ce que les mois à venir leur réservaient, mais il ferait tout pour la protéger. Il la rendrait avec toutes ses plumes à sa mère.

Arthur Léo était en pleine discussion avec Lefebvre pour savoir si leur soirée se prolongerait par les défilés folkloriques du boulevard des Batignolles ou par une boîte à czardas où le greffier avait ses habitudes. Pour sa part, Gaston Loiseau ramènerait sa nièce dans l'appartement de la rue Neuve-des-Petits-Champs. Il dormirait sur le divan, dans le salon.

Ses yeux tombèrent sur l'attraction principale du *Grand Café* : une horloge gigantesque accrochée au plafond et visible par ses quatre cadrans des différents angles de la salle. Elle indiquait les siècles, les années, les mois, les jours, les heures, les minutes, les secondes et les phases de la lune, à moitié pleine en ce moment.

– 23 h 59, 18 septembre 1870, en notre bon vieux dix-neuvième, lut Gaston.

Le chronologomètre du *Grand Café* fit retentir son gong monumental.

Arthur Léo, attendri, contemplait Blanche calée contre l'épaule de son oncle. Il se demandait si sa robe allait se transformer en haillons et la jeune femme en souillon.

Au douzième coup de minuit, Blanche resta Blanche et ne se métamorphosa pas en Cendrillon.

– C'est que nous ne vivons pas dans un conte de fées, constata l'inspecteur, l'esprit malgré tout rêveur.

≈ II ≈

Le mystère
des tatoués

1

É milienne tourna sur elle-même comme une toupie, appréciant le fabuleux panorama des deux rives et de la Seine entourant l'île de la Cité. Le pont des Arts, légère dentelle de métal lancée au-dessus du fleuve, lui donnait, chaque fois qu'elle le traversait, cette impression de flotter. Le ciel, d'un bleu stupéfiant, augmentait la sensation d'infini.

Ce 23 octobre aurait dû n'être ni plus ni moins qu'un jour d'automne comme les autres. Pourtant, Émilienne le rangeait déjà dans le tiroir des jours spéciaux, ceux qui enrichissent votre existence. Tiroir bien rempli, car Émilienne était prompte à s'enflammer, à s'enthousiasmer, à tirer de la vie sa substantifique moelle. Et pour cela, Paris était une ville merveilleuse. Surtout lorsqu'on a dix-huit ans.

De rares véhicules longeaient les quais. On était loin de la frénésie habituelle. Depuis que les chevaux servaient à l'alimentation, fardiers, charrettes et attelages avaient été remplacés par les équipages militaires, les omnibus, les voitures à bras, et les Parisiens avaient redécouvert, bon gré mal gré, la marche forcée. Émilienne ne s'en plaignait pas. Et Paris n'était pas si vaste qu'on ne puisse le parcourir à pied. Surtout depuis plus d'un mois que les Prussiens en avaient redessiné les frontières.

Le siège…

Un visiteur tombé du ciel sur la place du Châtelet et ignorant les événements récents aurait eu du mal à le soupçonner.

Car le Parisien est ainsi fait : qu'on le rationne ou qu'on l'oblige à marcher, que les becs de gaz restent éteints la nuit ou que les logements vides soient réquisitionnés, il n'en continue pas moins à vivre comme si de rien n'était.

Les théâtres des boulevards s'éclairaient à la bougie, mais ils donnaient encore des représentations. On chantait, beaucoup de patriotique, il est vrai, mais on chantait au coin des rues. Le soir on chassait le froid en dansant dans les bals ou en se pelotonnant les uns contre les autres dans quelque taverne obscure.

Émilienne traversa la cour Carrée du Louvre. En manque d'eau, les autorités y avaient rouvert un ancien puits, connu par les plans. Ce qui leur avait permis de mettre au jour les fondations du château de Charles V.

La Parisienne pensa à Blanche.

Blanche et Émilienne. Émilienne et Blanche. De vraies frangines, celles-là ! Et pourtant, à les voir côte à côte, on n'aurait juré que par des différences.

Physiques tout d'abord. L'une pas bien grande, blonde, au nez trop long et aux oreilles décollées. L'autre qui s'était déroulée comme une liane, féminine en diable, avec sa chevelure auburn é-pous-tou-flante (selon elle) et son sourire ravageur dont elle usait et abusait pour retourner les cœurs.

Différences d'attitudes, ensuite. Une Blanche réservée, timide, effacée, contre une Émilienne gouailleuse, canaille, guerrière, n'hésitant pas à retrousser ses jupons pour botter le cul de quelque charretier pris en flagrant délit de maltraitance de canasson.

Mais les différences, comme souvent, ne concernaient que les apparences. Les filles se ressemblaient beaucoup. Et leur amitié leur permettait parfois de se comprendre sans se parler.

– Blanche, Blanche, Blanche, chantonna Émilienne. Vais-je parvenir à te sortir de ton nid douillet ? Ce soir, te coucheras-tu après les poules ?

Blanche avait survécu à la séparation d'avec les siens et à l'impossibilité de communiquer avec la province.

En fait, les deux premières semaines, elle avait continué son existence d'avant, son oncle la visitant un jour sur deux ou trois. Elle se préparait à manger ou dînait dans la loge de concierge. La mère d'Émilienne se chargeait de son linge. Elle consacrait son temps à la lecture et à ses « expériences ».

Émilienne lui reprochait son côté ermite. Elle aurait pu profiter de l'éloignement de ses parents pour se dévergonder, plonger dans cette marmite bouillonnante qu'était devenue la ville assiégée !

Émilienne lui avait proposé d'aller au club des Amazones, rue de Rivoli, de monter sur la butte Montmartre pour contempler les lignes ennemies, de faire le tour de la petite ceinture... Mais Blanche avait toujours un livre à finir... ou sommeil. Il lui fallait ses huit heures. Un vrai bonnet de nuit.

Début octobre, Émilienne était partie travailler à l'usine de ballons de Nadar installée dans la gare du Nord. Le gigantesque atelier d'où sortaient les aérostats, seuls moyens de franchir les lignes avec les pigeons voyageurs, réclamait des couturières. Et la fille de la concierge n'était pas mauvaise à l'aiguille.

Contre toute attente, Blanche s'était engagée, elle aussi. Elle suivait une formation accélérée dans les locaux de l'École de médecine pour s'occuper des blessés rapatriés du front entourant Paris. L'oncle Gaston avait obtenu de sa nièce qu'elle officie *intra-muros* et ne s'approche pas des lignes.

Un soir, les deux amies s'étaient avoué l'une à l'autre leurs véritables motivations. Blanche travaillerait dans une ambulance, bien sûr. Mais l'un de ses rêves était de visiter le laboratoire d'Orfila, maître des poisons, resté, paraît-il, en l'état. En suivant ses cours, elle avait une chance de pénétrer dans cet antre du savoir ordinairement réservé aux hommes.

Quant à Émilienne, elle avait été plus directe encore. Coudre des ballons ne lui faisait ni chaud ni froid. Ce qui l'intéressait : l'équipe de gymnastes acrobates embauchés par Nadar. Les futurs aéronautes étaient de vrais fauves – et Mathilde, la fille du cafetier de la place des Victoires ne la contredirait pas – des fauves aux regards sûrs, à la fesse athlétique et aux gestes si doux...

Émilienne acheta pour deux sous de cervelas à un marchand ambulant rue de Rivoli et mangea sa tranche en regardant défiler un bataillon de marins, la hache d'abordage au côté. Ils marchaient vers les Tuileries dans un joyeux désordre.

Elle pensait à ce que Mathilde lui avait appris une heure plus tôt, dans un caboulot de la rue Saint-André-des-Arts. Il fallait absolument qu'elle transmette l'information à Blanche. D'un autre côté, elle la verrait ce soir, à la maison.

L'École de médecine... Elle n'était pas si pressée de franchir l'enceinte d'une bâtisse dans laquelle on découpe des cadavres. Ses deux visites à la morgue, quoi qu'elle ait pu dire à Blanche – il s'agissait alors de la choquer –, lui avaient laissé un souvenir horrible. Émilienne s'intéressait beaucoup plus à la vie qu'à la mort. Et ce serait le cas jusqu'à son dernier souffle.

Ces réflexions et son habitude de zigzaguer pour aller d'un point A à un point B ne l'incitaient pas à remplir sa mission dans l'immédiat. D'autant qu'un attroupement animait l'entrée de la Samaritaine, caverne d'Ali Baba des temps modernes.

Émilienne oublia Blanche, sa mission, les Prussiens et s'engouffra à l'intérieur du grand magasin. Les révélations de Mathilde s'envolèrent, emportées par le vent d'automne, et se déroulèrent dans le ciel de Paris, serpentin de papier transparent sur lequel un esprit de l'air aurait pu lire : *Victor Pilotin*,

le scalpeur de chapelier, emprisonné depuis le 18 sep-
tembre, Victor Pilotin que Blanche Paichain croit inno-
cent, s'est évadé.

¶

Blanche en savait désormais autant sur les réduc-
tions de fracture que les sœurs Augustines de l'Hôtel-
Dieu qui lui avaient prodigué la leçon, à elle comme
aux quelque cinquante civils présents dans le grand
amphithéâtre de l'École de médecine.

Elle se tenait sur le trottoir, son carnet de notes et
son crayon dans une poche de son manteau long, les
mains dans son manchon, le cou protégé par trois
révolutions d'un châle de laine vierge. Tout près de la
clinique associée à l'École de médecine.

Seuls les étudiants en chirurgie y étaient admis.
De jeunes futurs médecins portant la cravate blanche
– et le képi qui avait unilatéralement remplacé le
haut-de-forme – se pressaient pour y entrer.

Blanche savait qu'une dissection commençait à
midi. Le professeur Séverin Klosowski, un as, tiendrait
le bistouri. On la refoulerait sûrement. Mais l'idée et
l'envie d'en être ne l'avaient pas quittée de la matinée.

– Qui ne tente rien n'a rien !

Elle trotta jusqu'au porche de l'ancien couvent des
Cordeliers. À gauche, la chapelle et son musée patho-
logique. À droite, deux pavillons, l'un pour les nécropsies, l'autre pour les dissections. Blanche traversa la
cour, poussa la porte des dissections, se retrouva au
pied d'un escalier. Elle grimpa pour déboucher sur le
plus haut gradin du minuscule amphithéâtre.

Blanche s'assit. Dans l'espace en contrebas, un professeur attendait le silence. La peau de lapin jetée sur ses épaules lui donnait une allure barbare. Derrière lui était allongé un cadavre. Blanche retira ses gants et les glissa dans son manchon.

Séverin Klosowski fit le tour de la table, les mains dans le dos. Les yeux vairons du chirurgien – l'un bleu, l'autre noir – fouillaient les gradins.

– *Sic transit gloria mundi*, commença Klosowski. Ainsi passe la gloire du monde.

Sa voix de miel au léger accent teuton contrastait avec sa carrure. La main qu'il posa sur la poitrine du macchabée était rouge, épaisse, puissante. Une main de boucher, nota Blanche.

– De l'eau, de la chair, des organes. Une machine. Imparfaite. Car, comme vous pouvez le constater, elle a cessé de fonctionner.

Des étudiants gloussèrent. Klosowski se permit un demi-sourire.

– Machine qui s'arrête de fonctionner sans crier gare et dont nous ne connaissons que les rouages les plus grossiers. Quand ? Pourquoi ? Comment ? Hier encore, cet homme était doué d'intelligence. Quels furent ses derniers moments ?

Klosowski attrapa un scalpel et l'enfonça dans le thorax du cadavre, traçant un sillon sur toute la largeur, puis un autre en hauteur.

Le mouvement avait été tellement vif que Blanche ne comprit ce qu'il venait de faire qu'en voyant la croix rouge orner le flanc une seconde plus tôt d'un blanc d'ivoire.

Klosowski avait reposé le scalpel. Il saisit les bords de la plaie à pleines mains et en écarta les lèvres. L'estomac du mort surgit à l'air libre.

Blanche ne ratait rien du spectacle macabre.

– Nous avons l'habitude de dire que la vie et la mort sont indissociables. Que l'une ne va pas sans l'autre et *vice versa*. Qu'une armée amie sans armée ennemie n'a pas lieu d'être.

Il n'avait pas haussé le ton. Pourtant, sa voix emplissait tout l'espace.

– Mort naturelle.

Klosowski dodelina de la tête.

– Y en a-t-il jamais eu ? Alors que tout, dans la mort, est contre-nature.

Il libéra l'estomac de trois coups de scalpel, le retira de la poitrine du mort, ligatura les orifices et le posa sur un plateau de zinc. Le cours commençait vraiment.

– Le sujet d'aujourd'hui sera la recherche de l'*ultimum moriens*, le dernier organe à mourir, celui dans lequel la vie s'est retranchée jusqu'à ce que la mort la déniche. Postulat numéro un : la vie aime la bonne chère. Elle se réfugie donc souvent dans l'estomac pour s'y repaître des reliefs ultimes.

Klosowski allait étudier le contenu de l'organe mou lorsque les portes de l'amphithéâtre s'ouvrirent à la volée, projetant sur la scène une lumière irréelle. Le chirurgien s'arrêta, le scalpel en l'air, tel un éventreur pris sur le fait dans une ruelle obscure.

– Eh bien ! fit-il, outré, en voyant les deux soldats de la garde nationale qui hésitaient à pénétrer dans la salle.

Blanche avait une très bonne vue. Elle fixait le bras gauche du cadavre qui se trouvait auparavant dans l'ombre. La lumière de la cour l'éclairait franchement.

– Tout le monde dehors ! ordonna un des deux soldats. Un espion prussien a été signalé dans les parages !

Klosowski leva les yeux au ciel.

– L'espionnite.

Il essuya son scalpel sans se presser et le reposa sur le plateau.

– Cette affection dont la moitié des Parisiens sont atteints. Ce sera le sujet de notre prochaine leçon.

Les philiatres vidèrent les bancs. Blanche fut la dernière à quitter l'amphithéâtre. Elle traversa la cour et rejoignit la rue. Là, elle s'arrêta pour graver dans son esprit ce qu'elle venait de voir : un tatouage dessiné sur le bras gauche du cadavre. Il représentait trois sphères, deux corbeaux, un personnage en robe à la bouche cadenassée...

Un mois plus tôt, le chapelier de la galerie Vivienne avait emporté le même tatouage dans sa tombe.

2

Blanche hésita avant de signifier sa présence. Dans son bureau, le commissaire poussait des rugissements en déplaçant un meuble lourd. Elle donna finalement un coup discret. Les bruits cessèrent. Le visage de Loiseau, congestionné par l'effort, apparut dans l'embrasure de la porte.

– Ah. C'est toi. Entre.

Elle se glissa dans la pièce dont l'unique fenêtre ouvrait sur la Sainte-Chapelle. Le siège rustique sur lequel elle avait l'habitude de s'asseoir oscillait sous une montagne de dossiers. Des pyramides de papiers jonchaient le plancher.

– Le déménagement de la brigade a été avancé ?

Gaston grommela :

– Il n'est pas ici. Il n'est pas chez moi. Il n'est nulle part. C'est à devenir fou.

« J'aurais dû m'en douter », pensa Blanche. La disparition de l'agenda-journal tournait à l'obsession.

Le commissaire reboutonna ses manches de chemise, enfila sa veste, attrapa un cigare à un sou et, malgré le froid, ouvrit la fenêtre pour l'allumer.

– Pas de nouvelles de la famille, j'imagine ?

– Non.

Deux fois par semaine, Blanche adressait à ses parents un compte rendu de sa vie à Paris sur le verso de *La Gazette des absents*, sorte de journal du siège. Elle déposait son pli à la poste du Louvre sans omettre d'indiquer « par ballon monté » sur l'enveloppe.

– Les ballons passent, pourtant, grogna Loiseau. Le problème, c'est de les voir revenir. Et ta formation ?

– Finie. Je compte proposer mes services à une ambulance.

– Essaie les Tuileries. Tu visiteras les anciens salons de l'empereur.

– Je pensais plutôt au Jardin des plantes.

– C'est vrai. J'oubliais ton dada : les squelettes d'animaux disparus et les bestioles pétrifiées.

– On appelle ça des fossiles. Et la paléontologie n'a pas ma préférence.

Blanche changea de sujet.

– Il y a une heure, j'ai assisté à une dissection…

– Une dissection de castor ?

– Une dissection d'homme, à l'École de médecine.

– Blanche, tu dépasses les bornes !

Elle ne se démonta pas. Elle ne craignait pas son oncle qui avait le plus grand mal à dissimuler son sourire. L'énergie que sa nièce mettait à s'engager sur des voies interdites aux femmes éblouissait le commissaire un peu plus chaque jour.

71

– Tu comptes disséquer des gardes nationaux dans les ambulances ? reprit-il. Je te rappelle que l'ouverture des cadavres, lorsqu'elle n'est pas ordonnée par la justice, ne peut être pratiquée…

– … que comme préliminaire de l'embaumement ou pour rechercher la cause de la mort, sous certaines conditions d'hygiène et d'ordre public, récita Blanche. J'ai lu l'article « Autopsies » du *Dictionnaire de police* hier soir. Et je n'ouvrirai le corps d'aucun garde national, vivant ou mort. Rassurez-vous.

Blanche se gratta le bout du nez et rangea une mèche de cheveux blonds derrière une oreille.

– Le cadavre de l'homme utilisé pour la dissection à l'École de médecine portait le même tatouage que le chapelier.

Gaston Loiseau mit un certain temps avant de réagir.

– Le même tatouage ?

– Le personnage bizarre, en robe, avec les corbeaux qui tiennent des anneaux dans leurs becs, le planisphère et tout le tralala. Celui que vous aviez dessiné. Trait pour trait.

Gaston avait évité de parler de l'affaire de la galerie Vivienne depuis l'arrestation de l'apprenti chapelier. Il savait que sa nièce était allée rendre visite au garçon à la prison de Mazas et qu'elle croyait dur comme fer à son innocence. Dans cette ville fermée et dangereuse à plus d'un titre, et tant que le siège durerait, il ferait tout pour l'éloigner du monde de la criminalité.

– Victor est innocent, affirma-t-elle, les bras croisés.

Le commissaire écrasa son cigare sur le rebord extérieur de la fenêtre. Il croisa les bras, lui aussi, et attendit que Blanche avance ses pions.

– Victor n'a pas pu tuer cet homme puisqu'il est emprisonné à Mazas.

– Primo, contre-attaqua Loiseau, ton mort de l'École de médecine n'a pas été assassiné. Sinon, c'est à nous qu'il aurait été adressé.

– Il n'y avait pas de signe de violence apparente. Mais le professeur chargé de l'étudier…

Le commissaire coupa sa nièce d'un geste autoritaire.

– Deuzio, le fait que deux hommes portant le même tatouage soient partis tutoyer les anges à cinq semaines d'intervalle ne nous permet pas d'imaginer qu'un tueur de tatoués court les rues. Le chapelier et cet inconnu auraient tous deux une jambe de bois et un œil de verre, je ne dis pas. Mais enquêter, ce n'est pas conclure sur des rapprochements hâtifs et des généralités. Tertio…

Il enfila son manteau d'un gracieux mouvement d'épaules.

– Cette journée qui s'annonçait d'un ennui mortel présente un nouvel intérêt.

Il déposa un baiser de reconnaissance sur le front de sa nièce.

– On passe prendre Lefebvre à la morgue et tu nous montres ta trouvaille.

Loiseau avait déjà ouvert la porte de son bureau.

– Et Victor? essaya Blanche, soufflée de voir son oncle changer d'avis aussi soudainement. Vous allez vous en occuper?

– Aux petits oignons, je vais m'en occuper de ton Victor! Aux petits oignons! lui promit Loiseau avant de partir dans un éclat de rire formidable.

3

Séverin Klosowski, assis sur les marches de la chapelle de l'ancien couvent des Cordeliers, prenait son mal en patience. Du moins, il essayait. Trois soldats de la garde nationale le tenaient en respect. Un quatrième était retourné, seul, dans l'amphithéâtre pour y rester un bon quart d'heure avant de repartir.

– Je travaille dans cette école depuis plus de dix ans, recommença le chirurgien.

– Un autre professeur pourrait le confirmer ?

– Ils ont tous quitté la capitale.

Klosowski eut un geste de lassitude.

– Je ne suis pas un espion.

– Votre passeport dit que vous êtes né en Allemagne.

– On peut changer de pays. De lieu de naissance, c'est plus délicat.

Le soldat agita une lettre trouvée sur le chirurgien sous son nez.

– Elle est rédigée en allemand.

– Un ami m'a écrit de Grèce.

– Et comment vous est-elle parvenue ?

– Elle est arrivée avant le siège. Je peux vous la traduire...

– Qui me dit que vous n'inventerez pas ? D'ailleurs... Je reconnais le mot « Paris » dans cette lettre. C'est très compromettant, monsieur l'espion prussien !

– Pâris, pas Paris, ignare ! s'emporta Klosowski. Celui d'Homère !

Le soldat saisit son fusil.

– Homère ? Un autre espion ? Son nom ! Son adresse !

Le chirurgien se massa les tempes. Il commençait à se rendre compte que ces idiots risquaient de se transformer en peloton d'exécution lorsqu'un officier pénétra dans la cour de l'École. Les soldats se mirent mollement au garde-à-vous devant leur supérieur.

– Un espion arrêté alors qu'il découpait un cadavre, présenta le soldat obstiné en lui tendant lettre et passeport.

L'homme avait une bonne mine et un regard intelligent. Il consulta le document.

– Votre correspondant est digne de confiance ? demanda-t-il à Klosowski.

« Enfin quelqu'un de civilisé ! » soupira le chirurgien. Il se leva. On parle debout entre gens du monde.

– Je le connais depuis des années. Il a abandonné une affaire florissante aux États-Unis pour se lancer dans cette entreprise. Et il a la tête plantée sur les épaules.

Le sergent continua, grattant ses joues mal rasées :

– Ce Schliemann aurait découvert le site de la ville de Troie ?

– Au bord de la mer Égée, entre les cours du Scamandre et du Simoïs.

– Homère, soupira le sergent qui avait lu l'*Iliade* avant de prendre le fusil.

– L'espion a cité ce nom, intervint étourdiment le soldat qui ne savait plus sur quel pied danser.

Le sergent le fusilla du regard tout en rendant lettre et passeport à son propriétaire.

– Veuillez nous excuser, professeur. Mais, à l'avenir, évitez de vous promener avec des documents en allemand. Ils ne vous protégeront pas contre les balles. Et les esprits sont plutôt chauds, comme vous pouvez le constater.

Deux hommes et une jeune femme blonde pénétrèrent alors dans la cour et se dirigèrent droit vers lui.

Le sergent fit volte-face pour les accueillir.

– Commissaire Loiseau de la neuvième brigade, se présenta Gaston. Ma nièce, Blanche. Lefebvre, de la morgue.

– Nous nous connaissons, affirma le greffier en serrant la main du chirurgien.

Le malentendu militaire étant dissipé, les soldats les laissèrent.

– Je dois injecter une solution dans le corps de mon sujet d'expérience si je veux le garder à peu près présentable pour la leçon de demain, informa Klosowski.

– Justement, intervint le commissaire. Nous aime-rions le voir.

Loiseau et Lefebvre affichaient une mine grave. Le chirurgien les accompagna dans l'amphithéâtre.

¢

– *Verflixt !* s'exclama-t-il. Mais où est-il ?

La table de dissection était vide. Klosowski fouilla les gradins tout en pestant contre le plaisantin qui y avait caché le cadavre.

Lefebvre s'était accroupi près de la table où repo-sait encore l'estomac du mort. Il trempait le bout de sa canne dans une flaque de matière brunâtre qui avait coulé entre les lattes du plancher.

Gaston prit Blanche par les épaules et la poussa vers la sortie. Lefebvre les rejoignit dans la cour quelques instants plus tard avec le sergent et Klosowski, aussi pâles l'un que l'autre.

– Je… je n'ai jamais vu une abomination pareille, bredouilla le chirurgien. Même avec de l'acide, ça n'aurait pu aller aussi vite.

Lefebvre se taisait et se forçait à respirer pro-fondément. La première fois qu'il avait été témoin d'une telle horreur, un mois plus tôt, dans la salle d'exposition de la morgue, il avait frôlé l'attaque cardiaque.

– Alors ? lui demanda Gaston.

Lefebvre confirma ses soupçons d'un hochement de tête.

– Alors quoi ? intervint Blanche, les poings sur les hanches.

Le commissaire balança en son for intérieur. Se taire ou ne pas se taire ? Sa nièce ne lui accorderait aucun répit tant qu'il n'aurait pas éclairé sa lanterne. Et elle avait survécu à l'épreuve de la morgue, visitée à rebours, de surcroît. Il choisit ses mots avec soin :

– Le chapelier et cet homme ont connu un sort semblable.

– Dissolution des tissus quasi immédiate sous l'action d'un agent extérieur indéterminé, précisa Lefebvre. Il ne reste pas un ongle entier dans cette mélasse humaine.

Gaston Loiseau se tourna vers le greffier, les mâchoires serrées. C'était au tour de Blanche de pâlir. Alors cette matière, sous la table de dissection…

– Notre ami Lefebvre veut dire que quelqu'un s'est chargé de dissoudre les deux corps, explicita le commissaire.

– Et il y a de fortes chances pour que ce quelqu'un soit une seule et même personne, ajouta Blanche.

– Vous allez me suivre à la Préfecture, annonça Loiseau à Klosowski. (Il se tourna vers Lefebvre.) Attendez ici. Je vous envoie quelqu'un.

Le commissaire et le chirurgien s'éloignèrent en direction de la rue de l'École-de-Médecine. Blanche courut pour les rattraper.

– Et Victor ? Il n'y est pour rien.

– Je l'avais oublié celui-là, rumina Loiseau. Monsieur Klosowski.

– Oui ?

– Avez-vous vu un tatouage sur le bras du cadavre ?

– Effectivement.

– Que représentait-il ?

– Un personnage déguisé. Avec un globe.

– Le cadavre de l'amphithéâtre portait donc le même tatouage que le chapelier, conclut Blanche, aussi convaincue qu'un avocat de la défense. Ce qui innocente Victor.

Loiseau soupira profondément.

– D'où venait votre corps ? demanda-t-il au chirurgien.

– De la rue Racine. On a retrouvé cet homme sur le pavé, hier en début d'après-midi. Il n'avait aucun papier sur lui. La morgue était pleine. Et je suis tellement en manque de sujets…

Le commissaire posa une main sur l'épaule de Klosowski.

– Ne vous en faites pas. Les règles ont changé, avec le siège.

Gaston se tourna vers Blanche et bomba le torse comme un matador avant l'estocade.

– Pilotin s'est évadé lors d'un transfert de prisonniers, hier matin, lui apprit-il.

Et l'inconnu de la rue Racine avait rendu l'âme dans l'après-midi…

– Tu crois toujours que « ton » Victor est innocent ?

Blanche, le front bas, ne répondit pas.

4

Dans le salon de la rue Neuve-des-Petits-Champs, Blanche tenait le *Dictionnaire de police* ouvert sur ses genoux au mot « Meurtre ». L'article 304 du Code pénal était sans équivoque à ce sujet : « Le meurtre emportera la peine de mort, lorsqu'il aura précédé, accompagné ou suivi, un autre crime. »

En clair, si Victor Pilotin se faisait attraper, il était bon pour la guillotine.

Blanche se dépêcha de replonger dans la lecture pour éloigner l'image de la tête de l'apprenti roulant dans la panière. Ses yeux tombèrent sur l'article 324 quelques lignes plus bas : « Dans le cas d'adultère, prévu par l'article 336, le meurtre commis par l'époux sur son épouse, ainsi que sur le complice, à l'instant où il les surprend en flagrant délit dans la maison conjugale, est excusable. »

Blanche referma le dictionnaire et se balança dans le rocking-chair où sa mère aimait coudre pendant que son père travaillait à sa correspondance ou lisait son journal. De penser à sa famille, une bouffée d'angoisse la saisit.

Elle fouilla dans le buffet Henri II acheté pendant la Grande Exposition de 1867 et en sortit une bouteille sans étiquette.

– Un doigt, se promit-elle, mimant sa mère offrant le cordial à ses amies.

Blanche suivit le chemin de l'armagnac dans son ventre et sentit le plancher vaciller sous ses pieds. Canoter ainsi, au troisième étage d'un immeuble parisien, n'était pas si désagréable.

Elle dénoua ses cheveux, dégrafa sa robe et alla se mettre en chemise de nuit. Elle enfila aussi une paire de chaussettes. L'immeuble s'était rafraîchi et le prix du charbon de bois avait presque triplé en un mois. Même si elle avait encore de bonnes réserves d'argent dans le matelas parental et tonton Gaston en cas de besoin, Blanche ne faisait fonctionner le poêle que deux heures chaque soir. Elle en profitait aussi pour chauffer de l'eau et s'offrir une toilette de chat. Mais ce soir, elle avait d'autres projets.

Debout devant la glace du cabinet de toilette, tout en peignant ses longs cheveux blonds, Blanche réfléchissait. Aux deux victimes. À Victor Pilotin. Aux femmes qui pouvaient être tuées par leurs maris lorsque ces derniers les surprenaient en flagrant délit d'adultère sous le toit conjugal.

Elle arracha les cheveux à la brosse, les rassembla en pelote et retourna dans le salon, triturant la pelote entre ses doigts. Elle alluma la lampe à huile et l'emporta pour grimper par l'escalier de service. Elle ne risquait pas de rencontrer âme qui vive. Les chambres de bonne étaient inoccupées comme quatre étages sur six dans l'immeuble, depuis septembre.

Elle ouvrit la porte de son laboratoire, la referma à clé, s'installa devant sa table de travail. Une idée mûrissait dans son esprit depuis l'École de médecine, une idée aussi claire et précise qu'un article du Code pénal.

Elle sortit un agenda à la couverture brune de son bureau, une plume et un encrier. Elle trempa la plume dans l'encrier et, après avoir rayé *Départ pour la province*, écrivit à la date du 18 septembre :

Edmond Abba,
chapelier galerie Vivienne,
assassiné avec un conformateur.

Elle ajouta, après une hésitation :

Son corps a été dissous à la morgue
par un procédé inconnu.

Une charrette passa dans la rue en contrebas. Blanche régla sa lampe au minimum. On racontait des histoires de patrouilles entrant chez les gens sans sommation parce qu'une lueur brillait par intermittence à une fenêtre. Son vasistas ne donnait sur rien d'autre que l'immeuble d'en face. Mais la prudence était de mise.

Suspect arrêté dans la journée :
Victor Pilotin, apprenti chapelier.
L'arme du crime à ses côtés.
Mobile avancé :
appât du gain, folie passagère...

Blanche se rendit à la page du 23 octobre.

Quidam, mort d'une crise cardiaque.
Points communs avec Abba :
tatouage et dissolution des tissus.
Meurtre : ?
Identité de la victime : ??
Implication de Victor Pilotin
(évadé la veille
lors d'un transfert de Mazas) : ???

— Beaucoup trop de points d'interrogation, jugea Blanche au contraire de son oncle.

Comment un gamin de quatorze ans aurait-il pu liquéfier deux corps, le premier à la morgue, le second à l'amphithéâtre de dissection, sans que personne le surprenne ?

Tout cela, Blanche le reporta de son écriture penchée et nerveuse. Une fois de plus, il y avait beaucoup plus matière à questions qu'à réponses.

— La vérité, murmura-t-elle. Toute la vérité.

Car telle était la mission qu'elle s'était fixé : mener sa propre enquête, à l'insu de son oncle.

Il ne comprendrait pas. Ou il la mettrait de force dans un ballon pour lui faire quitter la ville. Mais Blanche s'était retrouvée impliquée dans cette histoire dès le départ. Et elle avait plusieurs atouts.

Jeune fille passant inaperçue, libre de ses mouvements, forte de ses connaissances scientifiques, régulièrement louée par ses parents pour son esprit d'analyse, au fait des affaires policières (en théorie tout du moins), lancée dans une course contre la montre pour établir l'innocence (ou la culpabilité, s'empressa-t-elle d'ajouter mentalement par souci d'honnêteté intellectuelle) de Pilotin.

Tout un programme.

– Comment procéder ? se demanda-t-elle immédiatement.

Une bonne enquêtrice devait viser l'efficacité. Elle revint au début de ses notes (elle avait déjà noirci une page) et s'arrêta sur le premier point d'interrogation. Identifier la victime. À partir de quoi, s'il ne restait rien de lui ? En l'absence de papiers, on pratique au moins une autopsie, ne serait-ce que pour définir la cause du décès. Et comment pratiquer une autopsie sur un corps réduit à l'état liquide ? En utilisant une passoire ?

Blanche se laissa aller contre le dossier de son fauteuil à bascule et contempla la triste figure d'un lérot qu'elle avait trouvé dans la souillarde de l'appartement, mort noyé dans un seau d'eau. Elle l'avait enfermé dans une urne remplie d'une solution de Müller pour le conserver. La lumière tremblotante de la flamme donnait l'impression que le petit corps s'agitait dans son bocal.

– Bien sûr, murmura Blanche.

Elle réfléchit deux secondes à la faisabilité de la chose. Séverin Klosowski accepterait-il de l'aider ? Le personnage avait l'air assez fantasque. Mais le chirurgien était sûrement du genre à aimer les énigmes.

Klosowski n'avait-il pas retiré l'estomac du corps disparu ? L'organe avait peut-être échappé à la dissolution. « Pourvu qu'il l'ait mis en lieu sûr », songeat-elle en imaginant les preuves qu'il pouvait receler. Elle se rendrait à l'École de médecine dès demain matin.

Elle eut le sentiment d'avoir franchi un premier pas, décisif et irrémédiable. Il était temps de dormir. Ce qu'un bâillement et des yeux embués de larmes confirmèrent.

Blanche redescendit dans l'appartement familial, gagna sa chambre, moucha la chandelle, se glissa sous sa couette. Le sommeil l'emporta sur-le-champ.

Quelques minutes après, Émilienne, rentrée tard de quelque escapade nocturne, frappait à la porte. Pas assez fort pour réveiller Blanche.

– Encore couchée ! maugréa-t-elle. Demain soir, ma cocotte, je t'emmène au bal Mabille. Pieds et poings liés, s'il le faut.

Certes, Blanche nageait déjà en eaux profondes. Mais celle qu'Émilienne appelait avec tendresse son petit bonnet de nuit avait oublié d'enfiler l'accessoire de coton avant de s'endormir. Une première, et peutêtre le signe que Blanche Paichain était enfin prête pour l'aventure.

≈ III ≈

La jeune fille à la perle

1

En un peu plus d'un mois de siège, toutes les horloges de Paris avaient réussi à se désynchroniser. Les églises, les écoles, les bâtiments municipaux, indiquaient des heures différentes, à la grande exaspération des Parisiens qui ne savaient plus à quel cadran se vouer pour régler leurs montres.

Blanche décida de suivre *grosso modo* son rythme biologique et d'adopter comme heure légale celle des endroits dans lesquels elle se trouvait. L'horloge de l'École de médecine sonnait dix heures lorsqu'elle s'y présenta.

Séverin Klosowski logeait dans le pavillon des nécropsies, à l'étage, quasiment au-dessus de son lieu de travail. Blanche gravit l'escalier couvert sur le côté du bâtiment. Il lui ouvrit, un képi de guingois sur le crâne, une robe de chambre aux motifs de soie dorée jetée sur un costume de ville.

– La nièce du commissaire. Inattendue, mais bienvenue. (Il s'effaça pour la laisser entrer.) Je me préparais un café. Vous m'accompagnerez.

– Je ne bois pas de café.

– Et je n'ai plus de thé. Fait partie des denrées rares.

L'appartement ne correspondait pas à la personnalité du chirurgien que Blanche imaginait entouré de fœtus ou d'écorchés en cire plus vrais que nature. Un livre était ouvert sur une table, unique meuble de la pièce servant de cuisine et de salle à manger. « *Iliade* – Chant IX » lut-elle à l'envers, en haut de la page.

– Que me vaut le plaisir de votre visite ?

Sur la route, elle avait hésité entre inventer une histoire d'inspectrice à la sauce Salmacis ou dire simplement la vérité. Par instinct, elle décida d'opter pour la seconde solution.

– J'enquête sur l'homme dont vous avez commencé la dissection hier.

Plus chat que jamais, Klosowski pencha la tête de côté et la frotta contre son épaule.

– À titre personnel ou pour le compte de votre oncle ?

– À titre personnel. Je suis persuadée de l'innocence de Victor Pilotin.

– L'apprenti évadé ?

– Oui. Mon oncle est au contraire persuadé qu'il est le meurtrier.

– Et vous aimeriez prouver le contraire.

– J'aimerais découvrir la vérité. Pour cela, je dois commencer par établir l'identité de l'homme que vous avez disséqué hier.

Klosowski lissa ses moustaches à la prussienne qu'il n'avait pas jugé bon de raser.

– Ce que j'ai pu sauver du corps tient dans une éprouvette. Le reste, le plancher l'a digéré.

– Et son estomac ?

– Et si je l'avais mangé pour mon petit-déjeuner ? répliqua le chirurgien du tac au tac.

Blanche ne broncha pas. Elle se contenta d'écarquiller les yeux. Il en faudrait plus pour l'impressionner.

– Alors, comme ça, vous avez assisté à ma dissection ? Même à Leipzig, où j'ai enseigné, et qui se targue d'être en avance sur son temps, les femmes ne suivent pas les cours de médecine légale.

– Parce qu'on ne leur donne pas le droit d'entrer.

– *Richtig*, très chère. On ne peut plus exact. Et la femme dissèque si bien l'âme humaine… Alors pourquoi pas les corps ?

Klosowski posa son képi sur la table et passa dans la pièce voisine, en fait un laboratoire. Sur une paillasse blanche trônait le petit sac de chair et de muscles en forme de cornemuse qui avait échappé à la liquéfaction.

– Je ne l'ai pas mangé mais je me proposais de l'ouvrir avant le déjeuner. Ces choses-là se font le ventre vide. Vous en avez conscience ?

Le chirurgien retira sa robe de chambre, enfila des gants en caoutchouc, serra un tablier autour de sa taille et chercha l'outil approprié sur un plateau de fer-blanc.

– J'ai parlé de cette relique à votre oncle en lui disant qu'elle ne nous apprendrait sans doute rien. Ah, voilà.

Klosowski avait choisi la lame adéquate. Il plaqua une main sur le sac et l'éventra d'une incision nette et précise. Une bouillie épaisse et grisâtre coula de l'ouverture. Quant à l'odeur, elle n'était pas plus insupportable que celle des rues de Paris les jours de grande chaleur.

Klosowski vida la bouillie dans une vasque de céramique puis passa le sac dégonflé sous l'eau pour le nettoyer. Il acheva de le découper en deux et d'en montrer les parois intérieures à Blanche. Les muqueuses étaient tapissées de minuscules circonvolutions.

– L'estomac était rempli de chyme à ras bord. Notre homme venait de déjeuner. Et pas à moitié.

Blanche comprit que le chyme désignait la bouillie dans la vasque.

– De quoi serait-il mort ?

– Crise cardiaque. Il en présentait tous les signes.

Blanche poussa le raisonnement plus loin :

– Qu'est-ce qui a pu provoquer cette crise cardiaque ?

Klosowski sondait les replis de la paroi stomacale. Il abandonna son inspection, se pencha sur la vasque, renifla son contenu, revint à l'estomac.

– *Unglaublich !* Il avait déjà commencé à se manger lui-même.

– Pardon ?

– Douze heures après la mort, la membrane qui recouvre les parois stomacales et qui empêche les sucs gastriques d'attaquer l'estomac s'effondre. Alors, on se mange soi-même. Dans notre cas, le processus a été plus rapide, presque immédiat. (Il revint à la vasque, renifla.) Acide chlorhydrique.

– C'est l'acide qui l'a dissous ?

– Je vous parle de l'acide qui compose en partie vos sucs gastriques, avec la pectine, etc. D'après l'odeur, il en a produit beaucoup. Comme sous le coup d'une émotion violente. J'ai déjà observé ce genre de chose sur les cadavres de personnes ayant eu le temps de se voir mourir.

Blanche ne se demanda pas comment Séverin Klosowski pouvait être sûr que ses sujets d'expérience avaient eu le temps de se voir mourir.

– Il a eu peur. Assez peur pour frôler l'ulcère.

Klosowski retira gants et tablier pour remettre sa robe de chambre. Blanche, dans son dos, contemplait le contenu de la vasque. Elle remarqua une protubérance. À moins que ce ne fût un reflet ?

– Il a mangé, il a eu peur, il est mort. Des renseignements vagues, je vous l'accorde.

– Si on réussissait à identifier ce qu'il a mangé…, proposa Blanche qui venait d'attraper une lancette pour sonder la bouillie grise.

– Autant interroger un bol de gruau. D'ailleurs, on raconte une histoire amusante au sujet du chyme. Voulez-vous l'entendre ?

Klosowski cherchait ses cigarettes. Quant à Blanche, elle avait effectivement découvert un petit objet de forme inégale, et dur, dans le dernier repas du mort. Elle essayait de l'extraire de la vasque avec la lancette en le repoussant le long d'une des parois verticales.

– Le premier à en avoir prouvé l'existence est un Écossais, en 1777. Un bateleur avait la réputation d'avaler des pierres et de les rendre en l'état.

Il s'alluma une cigarette et reprit son récit.

– Il fit avaler au bateleur des sphères métalliques trouées et remplies d'aliments, que l'homme restitua. Remplies de chyme. Épatant, non ?

Blanche avait réussi à poser l'objet gros comme une fève sur le bord de la vasque. Elle le saisit entre deux doigts et le nettoya sous l'eau qui gouttait du robinet.

– Il n'y a pas une histoire dans ce genre avec Saturne dévorant ses enfants ? lança-t-elle pour entretenir la conversation.

– Oui. Quand sa femme, Gaïa, lui a donné une pierre à la place de Jupiter, et qu'il l'a avalée toute crue. Il aurait pu, lui aussi, participer à l'expérience.

– Et s'il avait avalé une perle, vous en auriez pensé quoi ?

Le ton employé par Blanche força le chirurgien à se retourner. Elle contemplait une perle baroque à la surface laiteuse. En voyant la lancette et la traînée de chyme sur la paillasse, il comprit que l'enquêtrice en herbe venait de découvrir quelque chose. Il se pencha sur la concrétion calcaire aux formes imparfaites.

– S'il avait avalé une perle, j'ajouterais : avant de mourir il a mangé avec gloutonnerie des huîtres dont une était perlière.

Klosowski éteignit sa cigarette sous le robinet et raccompagna Blanche, prête à repartir.

– Au sujet de cette perle, commença-t-il, hésitant. Je sors peu. Mais je sais que des endroits où l'on trouve encore des huîtres à Paris…

– … il n'y en a quasiment plus.

Blanche esquissa un sourire.

– Merci pour votre aide, professeur.

Klosowski ouvrit la porte de l'appartement. Blanche descendit l'escalier d'un pas léger.

– Tenez-moi au courant ! lança-t-il.

Blanche agita la main pour signifier que c'était noté. Mais sa tête avançait plus vite que ses pieds. « Quasiment aucun restaurant ne sert d'huîtres à Paris », se disait-elle. Dans ce quasiment, il y avait ce que Gaston Loiseau, s'il avait été là, aurait appelé une piste.

2

Tenir un restaurant réputé pour ses produits frais alors que les sources d'approvisionnement étaient taries relevait de la gageure. Les bœufs réservés aux boucheries municipales permettraient de survivre encore un mois. L'âne, le mouton et le cheval ne suppléeraient à la demande qu'à court terme.

Quant aux perdrix, dindes, poulardes, coqs de bruyère, les Parisiens avaient fait une croix dessus. À part ceux qui pouvaient se payer le gibier braconné devant les lignes prussiennes, voire acheté directement à l'ennemi. Le beurre était devenu une denrée aussi rare que le caviar et le caviar un pâle souvenir. Et le gérant du restaurant *Chez Philippe*, rue Mouffetard, en avait parfaitement conscience.

Il se rappela le temps d'avant le siège. Pâtés de foie gras, brochettes d'ortolans, sangliers à la pistache, chevreuils… Et les pêches de Montreuil ! Et les raisins de Thomery ! Quant aux poissons qui avaient fait la réputation de son établissement… Adieu anguilles, matelotes et soles normandes. Il avait servi les dernières huîtres de la capitale l'avant-veille, à midi.

Ses clients avaient dégusté leurs douzaines dans un silence religieux.

Les clochettes accrochées à la porte tintinnabulèrent. Une jeune fille blonde entra dans le restaurant. Cachait-elle une terrine dans son manchon ? Voire une truffe ?

– Que puis-je pour vous ?

Le restaurateur poussa la politesse jusqu'à se lever pour lui offrir une chaise.

L'inconnue préféra resta debout. Elle ouvrit la main. Une perle apparut dans le creux de sa paume.

– Un de vos clients l'a avalée il y a deux jours.

– Il vous envoie ?

– Il est mort.

– Mort ? (L'homme se prit la tête entre les mains.) Il était pourtant bien vivant lorsqu'il est sorti de mon restaurant !

– Vous n'êtes pas en cause. Je cherche juste à découvrir son identité. Savez-vous, au moins, comment il s'appelait ?

– Mort ! continuait le gérant. Il est tombé sur cette huître… Il a failli s'étrangler avec, mais il l'a avalée. Il en riait de bon cœur, après. Mort !

– Son nom.

– Mais je ne le connais pas ! Par contre, celui qui l'accompagnait est un habitué.

L'homme se tut à nouveau. Blanche se demanda si son oncle peinait autant qu'elle pour obtenir des informations. Un comble quand elle pensait à la facilité avec laquelle elle avait trouvé le restaurant. Un franc sacrifié à un cocher de fiacre (les meilleurs indicateurs de Paris, d'après le commissaire Loiseau) ;

une question obtenant immédiatement réponse (Où peut-on encore manger des huîtres ? *Chez Philippe*, ma p'tite dame, rue Mouffetard ! Alors, fouettez cocher !) ; et le tour était joué.

– L'habitué, insista-t-elle. Qui est-il ?

– C'est monsieur Nadar, le photographe. Il vient ici une fois par semaine. Un grand homme, au propre comme au figuré.

La jeune fille referma sa main, la remisa dans son manchon et prit congé aussi subitement qu'elle s'était présentée.

Le gérant cligna des yeux. Cette conversation avait-elle seulement eu lieu ?

« Un client mort, se disait-il. Pas bon pour le commerce. » Il lui fallait mettre les bouchées doubles. Organiser une prochaine session du club des Grands Estomacs. Oui. Malgré le siège. Ça lui ferait une publicité formidable.

Un repas en trois services à base de cheval. Vingt plats. Il les voyait d'ici. D'autant que son cuisinier travaillait auparavant au Jockey Club. Il se traita de bourrique de ne pas y avoir pensé plus tôt.

Blanche s'arrêta devant le 35 du boulevard des Capucines où le photographe avait logé son atelier. Un immense *Nadar* qui, la nuit, s'éclairait de rouge, reproduisait son paraphe sur la façade du bâtiment industriel. Elle poussa la porte et fut reçue par un homme à tête de bouledogue.

– L'atelier est fermé jusqu'à nouvel ordre, aboya-t-il. Monsieur Nadar se consacre aux ballons.

Blanche se rappela les quelques – trop rares – moments passés en compagnie d'Émilienne depuis le 18 septembre. La fille de la concierge lui avait raconté son travail de couturière, les gymnastes qui lui faisaient de l'œil, le géant et maître des lieux au regard canaille…

– Où pourrais-je le trouver ?

Le cerbère haussa les épaules.

– Dans les nuages ou à l'embarcadère du Nord.

– Je commencerai par l'embarcadère.

Blanche remonta la rue La Fayette en déjeunant d'un sachet de marrons glacés. L'arrière-saison était douce. Un coin de ciel bleu s'ouvrait au bout de la ligne droite comme une promesse de liberté.

Deux gardes nationaux étaient postés devant la gare du Nord. Blanche montra le laissez-passer que Gaston Loiseau lui avait confié pour faciliter ses déplacements dans la capitale et leur expliqua qu'elle venait voir une certaine Émilienne Bonvoisin, couturière. On la laissa entrer dans la gare transformée en manufacture de ballons aérostatiques.

Comme tous les Parisiens, Blanche en savait désormais dix fois plus qu'avant le début du siège en matière d'aérostation. Les gares du Nord et d'Orléans avaient été transformées en fabriques de ballons pour le service des postes aérostatiques.

Les envols s'effectuaient de la place Saint-Pierre, de la gare d'Orléans, de l'usine à gaz de la Villette et de celle de Vaugirard, envols qui étaient autant de prétextes à rassemblements populaires et chants patriotiques.

Les ballons emmenaient parfois des passagers illustres – tel Gambetta parti le 7 octobre pour rejoindre le gouvernement à Tours –, des dépêches confidentielles, mais surtout le courrier que les Parisiens envoyaient à leurs familles et amis réfugiés en province.

La manufacture de ballons fonctionnait à plein régime. Ce spectacle, qui alliait l'ingéniosité au patriotisme – chaque ballon quittant Paris étant un pied de nez aux Prussiens qui espéraient démoraliser les Parisiens en les coupant de la province –, arracha à Blanche une exclamation de stupéfaction.

La manufacture était immense, à l'échelle des enveloppes de deux mille mètres cubes que l'on y construisait en série. Le lieu permettait de comprendre la chaîne de fabrication d'un seul coup d'œil, de la découpe des longs méridiens de tissu aux opérations finales de vernissage pour lesquelles les ballons étaient gonflés sous le ciel de verre et de métal. Les marins travaillaient aux nacelles et aux filets. Les couturières penchées sur les méridiens piquaient et repiquaient sans faiblir. Blanche ne parvint pas à repérer Émilienne mais Mathilde, la fille du cafetier de la place des Victoires, qu'elle aborda.

– Tiens ! La p'tite Blanche. Émilienne te cherchait hier. Elle avait un truc à t'dire.

– Et moi je cherche monsieur Nadar, lâcha Blanche, concise.

– Tu d'vrais demander à Dartois.

– Et il est où, ce Dartois ?

– Au bout d'la corderie. Il entraîne un gymnaste.

Blanche suivit le chemin indiqué. Les marins tressaient, cordaient, agrémentaient en chantant des airs de leur pays. Ils fleuraient bon l'embrun et le grand large. Certains suivaient le trottinement de la visiteuse en espérant apercevoir un cercle de peau entre le haut de la bottine et le bas de sa robe.

Peine perdue. L'honneur de Blanche était sauf lorsqu'elle atteignit l'endroit où les aérostiers en herbe s'entraînaient au maniement du ballon. Un élève se trouvait à dix mètres de hauteur, accroché à une poutrelle métallique, dans son panier d'osier. Depuis la terre, un petit homme en costume étriqué lui donnait des indications, les mains en porte-voix :

– Vent de nord-nord-est à vingt nœuds ! Vous êtes à trois mille mètres ! La mer à l'horizon ! Que faites-vous ?

L'homme prit la bonne décision et tira la soupape qui agissait sur une poulie. La nacelle tomba comme une pierre vers le sol, s'arrêtant juste au-dessus de la tête de l'instructeur. L'aérostier, un gaillard aux bras épais comme des poteaux télégraphiques, regardait autour de lui, se demandant où le formateur avait pu passer.

– Ah, vous étiez là, monsieur Dartois ? fit-il en le voyant sortir, tout tremblant, de sous la nacelle. Alors, comment je m'en tire ?

– Parfaitement, Émile, parfaitement. On fait une pause, si vous le voulez bien.

Le gymnaste sauta de la nacelle en exécutant une pirouette parfaite et se réceptionna, le genou gauche plié, les bras écartés, attendant les acclamations de la foule. Blanche retira ses gants et applaudit. Il s'inclina et disparut à grands bonds élastiques.

Blanche s'approcha de l'homme qui s'était assis sur un panier en osier pour reprendre ses esprits.

– Excusez-moi, je cherche monsieur Nadar.

– Ah ! Nadar ! (Il soupira.) Vous avez essayé son atelier ? Et il n'y est pas ? Alors il se trouve sans doute place Saint-Pierre à torturer Mangon. C'est le météorologiste officiel, ils ne se supportent pas, précisa-t-il avec une grimace. Aux dernières nouvelles, il voulait l'accrocher par les pieds à un ballon-sonde avec un mot de renvoi destiné à celui qui gère nos misérables existences depuis les couches supérieures de l'atmosphère.

¢

Décidée à atteindre le photographe, Blanche monta place Saint-Pierre, sur la butte Montmartre, abandonnant les pavés pour une rigole de terre glaise dont ses bottines et l'ourlet de sa robe firent les frais. Le terrain vague, lieu de rencontre habituel des saltimbanques, était vide. Trois tentes rondes et blanches, le bout de la conduite de gaz tirée depuis les boulevards et un chien errant composaient un paysage sinistre. La tour du sémaphore de Solférino achevait de lui donner, avec son faux air de potence, une teinte macabre.

Un officier contemplait la ville. Blanche l'interrogea sur Nadar. Il tendit sa cravache plein sud, vers un minuscule pois coloré qui se balançait dans le ciel. Le ballon captif narguait l'apesanteur du côté de la porte de Vanves.

– Il est dans ce ballon ? Mais... c'est de l'autre côté de Paris !

Blanche n'en pouvait plus, elle avait mal aux pieds et pas un sou vaillant dans son aumônière pour louer un fiacre. Elle commençait presque à regretter de ne pas avoir mis Gaston Loiseau au parfum de son enquête. Ils auraient pris une voiture de la Préfecture...

Songer à son oncle qui l'aurait aussitôt écartée des noirs rivages du crime eut le don de la ragaillardir. Elle n'allait pas abandonner alors qu'elle savait où trouver celui qui connaissait l'identité du tatoué à la perle ! Et puis, dans ce sens-là, vers le sud, ça descendait.

3

— Lâchez tout !
Le jongleur, le dompteur et le cracheur de feu lâchèrent les filins qui retenaient le *Strasbourg* à la terre. Le petit ballon à l'enveloppe rayée jaune et rouge fila sur cent mètres avant de s'immobiliser. Son occupant sentit à peine la secousse. Car il était colère. Et lorsqu'il était colère, le monde autour de lui arrêtait tout simplement de tourner.

Nadar avait révolutionné la photographie. Il comptait les écrivains Dumas, Hugo, Verne, et les banquiers Pereire dans ses amis. Son entreprise était prospère – du moins avant le siège –, ses visions grandioses... Et un aéronaute de pacotille, môssieur Dupuy de Lôme, s'était vu octroyer la somme de quarante mille francs pour construire un dirigeable ! Ça le mettait dans une rage noire depuis près de quinze jours.

Nadar avait instauré le corps des aérostiers, celui qui avait permis à Gambetta de rejoindre la province.

Et on s'inclinait devant un concepteur du dimanche qui faisait miroiter à une commission scientifique composée de grabataires un navire sur tableau noir capable de faire Tours-Paris et Paris-Tours en deux coups de cuiller à pot ?

– Insensé, grogna le photographe, les yeux rivés sur les collines de Meudon.

Nadar était surtout colère parce que son projet de ballon captif pour observer les lignes prussiennes n'avait rencontré aucun écho à l'Hôtel de Ville. Généraux de pacotille ! Médaillés rimait avec ânes bâtés.

Dieu merci, il y avait encore des soldats qui partageaient ses vues. Et s'il voulait rendre son ballon opérationnel et l'offrir au sixième secteur à Passy, quelques calculs s'imposaient. La montée était trop rapide. Elle risquait d'endommager le matériel photographique qu'il comptait embarquer pour immortaliser les lignes prussiennes vues du ciel.

Nadar nota dans son carnet :

360 mètres cubes de gaz de ville.
Enveloppe et filet : 88 kilos.
Nacelle et câble : 45 kilos.
Moi : 90 kilos.

Il se tâta les poignées d'amour auxquelles les filles aimaient s'agripper et dont il n'avait aucunement l'intention de se défaire.

Charge totale : 223 kilos.

Sachant que son ballon gonflé au gaz d'éclairage pouvait soulever deux cent quatre-vingts kilos environ, Nadar avait droit à environ cinquante-sept kilos de charge utile. À vérifier. Malheureusement, les gymnastes qui l'avaient suivi au sud de Paris et qui papotaient cent mètres plus bas avaient oublié les sacs de lest. Ils en seraient quittes pour charger des briques et voir jusqu'où le photographe pouvait aller sans clouer le ballon au sol.

Il tira sur la corde de communication. Le ballon redescendit à une lenteur désespérante. Nadar était sur le point de s'endormir lorsque la nacelle toucha terre. Une petite blonde à l'air décidé se tenait devant lui, entre les athlètes.

– La demoiselle demande à vous voir, l'informa un athlète.

Nadar eut une idée lumineuse.

– Combien pesez-vous ?

Blanche cligna des paupières.

– Pardon ?

– Votre poids.

– Cinquante-six kilos.

– Je l'embarque.

Les acrobates saisirent Blanche sous les bras et la déposèrent dans la nacelle. Il n'y eut nul besoin de « Lâchez tout ! ». Le ballon prit de l'altitude, cette fois aussi doucement que l'ascenseur des Grands Magasins du Louvre grimpant à l'étage des articles nouveaux. Il s'arrêta au bout de son filin, tangua légèrement et se mit à tourner sur lui-même, leur faisant profiter d'une vue de Paris sans pareille.

La mémoire de Nadar lui disait plus sûrement que le plus sûr de ses objectifs qu'il n'avait pas rencontré sa passagère auparavant. Elle ne faisait sans doute pas partie du grand monde. Vêtements trop simples. C'est un modèle, lui suggéra son esprit bohème. *Of course!* Cette fille posait et elle cherchait du travail. Hélas, il ne pouvait pas grand-chose pour elle. Au moins, elle aurait eu droit à un tour de ballon gratuit.

– On dirait que la campagne a brûlé, constata Blanche.

Des collines noires. Des maisons éventrées jusqu'à l'horizon. Les positions prussiennes étaient repérables au scintillement des casques sur lesquels le soleil, qui jouait à cache-cache avec les nuages, se reflétait ici et là.

– Les Germains n'ont jamais fait dans la dentelle, commenta le photographe patriote.

Il n'avait plus qu'une hâte : redescendre et se mettre au travail sans tarder. Il tira sur la corde. Les athlètes les halèrent aussi lentement qu'ils étaient montés. Ce qui laissait à Blanche au moins cinq minutes de conversation en privé avec la célébrité.

– Je m'appelle Blanche Paichain et…

– Vous devriez changer de nom. Il est invendable sur la place de Paris.

Blanche fronça les sourcils, mais ne se démonta pas pour autant.

– Je m'appelle Blanche Paichain, insista-t-elle, et je cherche à identifier un homme qui a dîné en votre compagnie avant-hier midi. *Chez Philippe.* Rue Mouffetard. Vous avez mangé des huîtres. Il a failli s'étrangler en avalant une perle.

« Ce pauvre diable l'a abandonnée, pensa Nadar. Et elle est à ses trousses pour lui réclamer une pension. »

– Je ne vois pas de qui vous voulez parler.

Blanche exhiba la perle qu'elle gardait dans son aumônière.

– Je ne fais pas partie de la police, lâcha Blanche avec la délicieuse impression de mentir. Mais je dois découvrir le nom de cet homme.

La nacelle n'était plus qu'à vingt mètres du sol. Nadar tira la corde de soupape. Le gaz du ballon commença à se libérer par l'opercule supérieur, accélérant leur descente.

– Son corps a été découvert sur la voie publique, continua Blanche.

– Il est mort ?

– Et disséqué. La perle était dans son estomac. Elle m'a permis de remonter jusqu'à vous

La nacelle toucha le sol parisien. Les gymnastes aidèrent Blanche à en sortir. Nadar sauta par-dessus avec une agilité étonnante pour sa corpulence. Il avait retiré sa casquette d'officier de marine et se grattait le crâne, perplexe.

– Pourquoi cherchez-vous à l'identifier ?

Une fois de plus, elle joua la carte de la sincérité.

– Un chapelier du nom d'Edmond Abba portait le même tatouage que votre ami. Et ce chapelier est mort dans des conditions similaires. J'aimerais savoir s'il y a eu meurtre, voire double meurtre.

– Vous n'êtes pas modèle ?

– Pardon ?

Et cette délicieuse enfant avait assisté à une dissection ? Leçon numéro un de la photographie, se rappela Nadar : ne jamais se fier à l'image que les gens, volontairement ou non, renvoient d'eux-mêmes.

– Il s'appelait Camille Vesper. Il était drapier et son atelier donnait sur la Bièvre. Enfin, je crois. Je ne l'ai rencontré qu'une seule fois.

– Vous ne le connaissiez pas avant ?

– Ce monsieur souhaitait quitter Paris au plus vite. Il m'a sollicité pour que je le fasse monter dans un ballon et franchir les lignes. Mais il n'avait rien d'un aéronaute.

– Il a dit pourquoi il voulait s'enfuir ?

L'enveloppe du ballon jaune et rouge s'était affaissée. Les athlètes la roulaient pour la vider de son gaz.

– Non. Mais je suis sûr d'une chose.

– Laquelle ?

– Il était terrorisé.

¢

Le soir tombait quand Nadar déposa Blanche en bas de chez elle.

– Merci pour tout, fit-elle. Je viendrai vous voir si j'ai du neuf au sujet de Vesper.

– J'y compte bien.

Le fardier supportant la nacelle et le ballon replié s'éloigna en direction du boulevard des Capucines.

¢

Blanche grimpa les trois étages à une allure de tortue. Elle enfonçait sa clé dans la serrure quand un fauve à la chevelure auburn l'attrapa par les hanches, la déséquilibra et la plaqua sur le palier.

– Mademoiselle Paichain rentre tard à la maison, se moqua Émilienne. Et en charmante compagnie. J'me trompe?

Blanche rougit.

– Tu ne vas pas croire…

– Ce que je vois. Mon patron qui te dépose en bas de chez toi. Tu veux entrer dans la *high society*, ma musaraigne des îles?

Blanche se releva et ouvrit la porte de l'appartement. Émilienne la suivit.

– Je suis morte. J'ai marché toute la journée. Il faut que je prenne un bain.

– Moi aussi. On se lavera ensemble. Économie d'eau chaude! Et tu sais quoi?

Blanche dénouait son chignon.

– Après, on se fera belles. Parce que ce soir, je te sors.

– Tu rêves.

– Oh que non. Tu vas mettre un peu de rose sur ces joues, te parfumer et venir avec moi soulever la poussière du bal Mabille. C'est ta punition, pour m'avoir évitée ces derniers jours. D'ailleurs, dites-nous à quoi vous avez occupé tout ce temps, mademoiselle Paichain. Car votre comportement me paraît fort suspect.

– Tu ne sauras rien.

– Vraiment?

Leurs rires résonnèrent jusque dans la rue. Émilienne la lionne avait eu le dessus sur Blanche le petit lapin qui, contrainte et forcée, lui racontait la triste histoire du chapelier, du drapier et du tueur qu'elle avait décidé de baptiser l'Alchimiste.

L'Alchimiste du tatouage.

L'Alchimiste qui transformait la matière.

L'Alchimiste à cause de qui les morts disparaissaient, purement et simplement.

4

Jules Ensifer arpentait le plancher à claire-voie qui surplombait la scène, trente mètres plus bas. Le spécialiste en mécanismes scéniques avait la charge de concevoir les machines de l'Opéra toujours en construction. Mais il ne pourrait se consacrer à ce travail qu'une fois Paris libéré. Depuis le début du siège, il se promenait souvent, comme ce soir, dans l'Opéra inachevé, projetant en imagination ce qui, demain, existerait.

Sa visite préférée était celle du gril. D'ici décors, fermes, herses et bâtis tomberaient sur scène pour constituer une ville, une forêt ou une mer de tempête. D'ici les dieux à machines fondraient vers le sol et les héros s'envoleraient vers le ciel, épées tendues, pour les combattre.

Ensifer gagna la corniche de fond de scène. Il la descendit et se retrouva sur une passerelle. Les garde-fous n'avaient pas été installés. Il se pencha au-dessus du vide.

Il n'était pas sujet au vertige.

Il aurait dû.

Une poussée brusque dans le dos. L'air s'ouvrit sous ses pieds. Il tomba sans un cri et produisit un bruit mou en s'écrasant sur le plateau. Une flaque de sang s'élargit rapidement sous son crâne.

L'assassin prit son temps pour rejoindre le cadavre.

Il huma l'atmosphère en atteignant le plateau sur lequel le machiniste avait disposé des lanternes une demi-heure plus tôt.

– Allons-y.

Il s'agenouilla à côté du cadavre, déboutonna la chemise poisseuse de sang, dégagea le bras gauche.

Le tatouage apparut.

L'homme sortit une fiole au verre épais d'un repli de sa cape. Il retira le bouchon de liège, souleva la tête d'Ensifer, glissa le bec de la fiole entre ses lèvres, la vida.

Une minute. C'était le temps nécessaire pour revenir du royaume des morts. Ensifer n'avait aucune raison d'être plus lent ou plus rapide que ses prédécesseurs.

Une minute plus tard, le corps du machiniste se tendait comme une corde de violon. Il s'arc-bouta, poussa un gémissement et ouvrit grands les yeux sur un monde qu'il pensait avoir quitté à jamais, des yeux qui rencontrèrent ceux de son bourreau.

Il le reconnut immédiatement.

L'autre se délectait de ce moment de trouble terrible qu'il avait autrefois connu. Ressusciter est une expérience plus traumatisante qu'une simple naissance. Car l'on sait ce que mourir signifie.

– Bonjour, Jules. Je suis content de te revoir.

Le machiniste pouvait voir et entendre. Parler peut-être, malgré sa mâchoire brisée. Le tueur eut à peine pitié. Ce presque mort n'était qu'une étape, un cairn sur sa route solitaire.

– À côté d'un chapelier qui a perdu la tête et d'un drapier qui n'avait plus rien dans le ventre quand je me suis occupé de lui, tu ne t'en tires pas trop mal. Ton côté pantin désarticulé s'accorde avec le décor. Tu ne trouves pas ?

Ensifer ne trouvait pas. Il ne comprenait pas. À moins qu'il ne veuille pas comprendre.

– Tu es le numéro trois. Je te demanderai de me donner le nom du numéro quatre. Puis je te laisserai partir en paix, si ta conscience te l'accorde.

Des tics parcoururent le visage d'Ensifer. Par quelle magie son cœur s'était-il remis à battre ? Ce goût de fiel dans sa bouche et dans sa gorge… Son corps lui infligeait mille tourments. Mais il avait les idées parfaitement claires.

« Ne pas dire le nom, pensait-il. Il m'a retrouvé en interrogeant Camille. Ne rien dire. Ne rien dire. Ne rien dire. »

La force qui l'avait ressuscité savait aussi quel mécanisme actionner pour commander l'esprit. Ensifer eut presque la vision de contrepoids montant vers les cintres de son cerveau et de la toile immense descendant vers le plateau, s'arrêtant sans accroc, pour montrer un nom en lettres de feu qu'il articula distinctement.

– Josse Hercule.

Le tueur lui caressa le front, s'excusa.

– Je suis désolé. Ta deuxième mort sera plus douloureuse que le choc, franc et net, qui t'a envoyé *ad patres* une première fois.

Il ramassa la lampe la plus proche, grimaça.

– On ne choisit pas sa façon de partir. N'est-ce pas, vieux frère ?

L'homme s'éloigna en éteignant les lumières une à une, noyant le machiniste dans l'ombre. Il ne s'habituait pas au spectacle du cadavre perdant toute cohésion, se liquéfiant, les joues, les yeux, les membres coulants comme de la gélatine exposée à la chaleur.

Il en avait été le premier surpris, à la morgue, en voyant le chapelier se dissoudre sans crier gare. D'autant que la victime, jusqu'au dernier moment, bougeait, était consciente, souffrait.

Sur scène, les gémissements du machiniste furent remplacés par des gargouillements, puis par le silence.

5

Ce soir du 24 octobre 1870, une aurore boréale flamboya dans le ciel de Paris. Le phénomène atmosphérique était incongru sous cette latitude. Du coup, il provoqua un certain émoi.

La plupart des Parisiens qui se précipitèrent dans la rue pour le contempler y virent un présage funeste. Les écrits de Nostradamus, déjà très en vogue, fleurirent sur les boulevards dès le lendemain matin. Les spécialistes de l'Observatoire bataillèrent pour expliquer le phénomène.

Blanche n'avait pas cédé aux injonctions de son amie Émilienne. Le récit circonstancié de sa traque de l'Alchimiste (avec deux cadavres à la clé) lui avait permis d'obtenir une dispense. Émilienne comprenait sa fatigue. Seule elle irait danser. Peut-être pas seule elle rentrerait. Quoi qu'il en soit, tueur à traquer ou pas, Blanche découvrirait bientôt la nuit parisienne. Qu'elle emmagasine des forces. Sous peu, elle en aurait besoin.

Blanche, épuisée, se coucha sans dîner. Elle nota dans son agenda-journal ses dernières découvertes. Elle avait raturé le *Quidam* à la date du 23 octobre et écrit d'une main appliquée :

Camille Vesper,
drapier, atelier
sur la Bièvre.
Identifié grâce
à la perle et à M. Nadar.

Dans la marge, elle dessina un ballon miniature aux méridiens jaunes et rouges.

Des exclamations montaient de la rue. L'aurore boréale battait son plein. Place des Victoires, dans le jardin des Tuileries, sur les pentes de Montmartre, de Belleville et de Chaillot, les Parisiens s'évanouissaient, se signaient, regardaient le contenu de leurs verres d'un air suspicieux ou les avalaient cul sec pour se donner du courage.

Quant à Blanche, elle se glissait sous sa couette lorsqu'on frappa à sa porte.

– Zut !

Elle enfila une robe de chambre sur sa chemise de nuit et traversa l'appartement en râlant. Si c'était Émilienne qui revenait à la charge... Elle ouvrit. Personne.

– Très drôle.

Elle esquissait un demi-tour lorsqu'un mouvement, à ses pieds, attira son attention. Une forme humaine était recroquevillée sur son paillasson.

– Mon Dieu, souffla-t-elle.

Des pas montaient l'escalier. Elle prit le blessé sous les bras, le tira dans l'appartement, ferma la porte à triple tour.

– Merci, gémit son visiteur de la nuit. Merci. Merci. Merci.

Blanche mit une main sur sa bouche, le temps que les pas, dans l'escalier, s'éloignent.

≈ IV ≈

Deux reines
sur un bateau-mouche

1

Gaston Loiseau avait été plutôt surpris de voir le nouveau préfet le convoquer à la *Halle aux faits divers*, un café du boulevard du Palais. Invitation d'autant plus surprenante qu'elle était pour onze heures trente du matin.

Que le préfet reçoive ses subordonnés dans un caboulot en lieu et place de son bureau, passe encore. La moitié de la Préfecture était en chantier, et le chantier à l'arrêt. Mais, entre onze et douze, comme entre quatre et cinq, se réunissaient chez le marchand de vin les reporters venus y vendre les produits de leur chasse aux quatre coins de la capitale.

Tout potin s'y troquait, de l'incendie criminel au ramassage de filles insoumises. Petit monde du journalisme que le commissaire préférait éviter. Il s'imprimait assez de bêtises dans les journaux pour ne pas donner du grain à moudre aux ragotiers avec les affaires de police intérieure.

Les reporters étaient aussi agités qu'à leur habitude. Gaston repéra son nouveau patron, Ernest Cresson, ancien avocat, assis à l'écart, derrière une cloison ornée de pampres et de vignes peintes à la détrempe. Il déjeunait d'une noix de bœuf qui fit saliver le commissaire. C'était la mi-novembre et la viande rouge atteignait des sommes astronomiques.

– Prenez une chaise, l'invita le préfet. J'ai parcouru votre rapport sur l'affaire des tatoués. J'avoue être perdu entre tous ces cadavres qui n'en sont pas vraiment…

Loiseau avait adressé son rapport à Cresson après la découverte du corps – enfin, de ce qui avait été un corps – de l'Opéra. Depuis un mois, il n'y avait pas eu d'autre « liquéfaction ». Ce qui n'avait pas empêché le commissaire de piétiner dans son enquête. Il récapitula, pour lui comme pour son supérieur :

– Edmond Abba, un chapelier de la galerie Vivienne, a été retrouvé dans les jardins du Palais-Royal, le 18 septembre au matin.

– Le haut de la tête en moins, se rappela Cresson.

– Le 19, son corps exposé à la morgue s'est liquéfié.

– Dissolution des tissus aussi soudaine qu'inexplicable.

– Tels sont les mots du greffier Lefebvre.

– Suivant.

– Le 22 octobre, un drapier est victime d'une crise cardiaque. Il atterrit à l'École de médecine pour dissection le 23. Il y connaît le même sort. Sans témoin et sans explication scientifique satisfaisante.

– Il s'appelait Camille Vesper, c'est bien ça ?

Loiseau acquiesça.

– L'homme avait été ramassé sur la voie publique. Rien ni personne n'avait permis de l'identifier. Par quel tour de magie lui avez-vous donné un nom ?

Gaston Loiseau se gratta le menton.

– Un informateur, lâcha-t-il sobrement.

– Un informateur, maugréa Cresson.

Loiseau n'en dirait pas plus. L'ancien avocat l'incita d'un mouvement de manche à continuer.

– Le 25 octobre, une troisième victime est découverte sur la scène du futur Opéra. Enfin, ses vêtements et ce qu'il en reste. Nous l'identifions comme étant Jules Ensifer, machiniste de spectacles.

– Un chapelier, un drapier, un machiniste. Et ils arboraient tous trois le même tatouage ?

– Je l'ai vu sur le bras gauche d'Abba. Plusieurs témoins nous ont certifié l'avoir vu sur celui de Vesper. Quant à Ensifer, nous avons interrogé sa compagne. Elle l'a reconnu, elle aussi.

– Troublant, jugea Cresson. J'imagine que vous avez dirigé votre enquête vers les apaches ?

Gaston Loiseau sourit en entendant l'expression consacrée par le milieu pour désigner ces malfaiteurs qui utilisaient les tatouages comme signe de reconnaissance. Travailler avec ce préfet allait peut-être se révéler moins ardu qu'avec ses prédécesseurs.

– Leurs marques sont plus simples et visibles. Un grain au coin de l'œil. Cinq autour du poignet. Des lettres dans la tabatière anatomique. (Gaston écarta le pouce et l'index de sa main droite et désigna le creux qui s'y était formé.) NMVS ou MAV.

Le préfet se prit au jeu.

– Laissez-moi deviner. J'ai défendu un type qui le portait. NMVS… NMVS… Né pour Mourir, Vivre pour Souffrir ! Quant à ce MAV…

– Mort aux vaches, monsieur.

– Évidemment.

– Nous avons fait le tour des échoppes de tatoueurs, de Belleville à Vaugirard. Nous avons enquêté dans le milieu des aumôniers, des chanteurs, des rats, des batteurs de dig-dig… (Cresson hochait la tête en entendant ces dénominations étranges.) Ils collaborent d'autant mieux qu'ils ne peuvent plus trop espérer se réfugier en province.

– Oui, c'est un des bons côtés du siège. Et aucune piste ?

– Non.

– Vous avez interrogé le sommier, je suppose ? (Cresson pianota sur le bois de la table.) Ce Pilotin reste donc le principal suspect et nous n'en savons guère plus sur ses motivations.

– Il sortira de son trou, affirma Loiseau. Et puis, j'ai mon idée sur le pourquoi du comment.

Le cabaretier approcha pour débarrasser le préfet qui lui demanda s'il avait un morceau de fromage. Une croûte de camembert aurait fait son bonheur. Le cabaretier soupira bruyamment, façon de dire que le fromage comme le beurre ou le lait réapparaîtrait après le blocus.

– Le ciel les damne, grogna Cresson en commandant un café.

– Souhaitons que la grande offensive porte ses fruits, lança Loiseau.

Le gouvernement de la Défense nationale avait annoncé par voie d'affiches qu'une attaque d'envergure était en cours. Trois corps d'armée, soit près de trois cent mille hommes, allaient bouter les Prussiens hors de leurs positions. Le général Ducrot ne rentrerait dans Paris que victorieux ou mort. Même les plus pessimistes se prenaient à espérer.

Le cabaretier apporta son café au préfet.

– Votre idée ? rappela Cresson.

– Nous avons affaire à un règlement de comptes entre corporations. L'apprenti chapelier en serait la main armée.

– Le monde des compagnons peut se montrer encore plus fermé que celui de la pègre.

– Et certains rites d'initiation sont occultes. Vous saviez que les chapeliers se flagellaient une fois l'an avec des queues de castor ?

Cresson observait Loiseau avec une lueur d'amusement dans le regard, Loiseau, prudent, se taisait. Car, derrière les corporations, il pensait aux francs-maçons. Le préfet appartenait peut-être à une loge.

– Donc, reprit Cresson, et en dépit de votre excellent travail, vous êtes au point mort sur cette affaire. (Gaston Loiseau pouvait difficilement prétendre le contraire.) Vous travaillez toujours avec l'inspecteur Léo ?

Loiseau acquiesça.

– J'aimerais que vous vous intéressiez à tout autre chose en attendant qu'un nouveau... bloc liquide ne vous remette sur la piste du tueur de tatoués.

Les deux hommes se rapprochèrent. De toute façon, le brouhaha des reporters dans la salle les protégeait des oreilles indiscrètes.

– Il y a eu une manifestation aujourd'hui. Devant la Préfecture. Des éléments séditieux descendus de la Courtille pour réclamer la mort des gouvernants ou du pain.

– Des femmes et des enfants, tempéra Gaston.

– Comme le 31 octobre à l'Hôtel de Ville. Je vous rappelle qu'il s'en est fallu d'un cheveu que le gouvernement ne bascule. Et il y avait parmi eux cette Louise Michel. Ce nom ne vous dit rien, peut-être. Une véritable enragée. Elle a retourné l'esprit de Victor Hugo. Il m'a écrit pour qu'on la relâche immédiatement.

La voilà donc, la hantise de Cresson, comprit Loiseau : la peur de l'insurgé. La grogne contre un gouvernement qui gérait dans l'urgence problèmes de ravitaillement et décisions militaires était logique à ses yeux. De là à imaginer l'instauration d'une Commune populaire...

– Il y a des signes inquiétants, s'obstina le préfet. Vacherot, le maire du Ve, a remarqué des signaux lumineux dans les tours de Saint-Sulpice.

– Et nous recevons des lettres parlant d'aérostats fantômes dès que des ballons-sondes sont lâchés par les météorologistes, ajouta Gaston Loiseau.

Cresson se raidit en constatant que son subordonné ne partageait pas ses vues.

– Nous sommes en guerre, commissaire. Et l'ennemi peut venir de l'extérieur comme de l'intérieur.

Cela avait été dit avec une telle conviction que Gaston Loiseau se forgea un masque aussi impassible que possible.

– Vous et l'inspecteur Léo allez me faire le plaisir d'enquêter dans le milieu des clubs. (Ce dernier mot prononcé du bout des lèvres.) Leurs dénominations nous imposent la plus stricte vigilance. Club de la Vengeance, de la Révolution… Nids de terroristes prêts à enflammer Paris. Glissez-vous parmi eux, espionnez-les et adressez-moi un rapport quotidien. Compris ?

– Compris.

– Je ne veux pas vous retenir plus longtemps. Mais gardez l'œil ouvert, commissaire. (Cresson tira exagérément sur la paupière inférieure de son œil gauche.) Et le bon !

2

É milienne avait vu Blanche partir de bon matin pour son ambulance. Une Blanche aussi fuyante qu'une anguille depuis ce fameux soir où elle lui avait raconté le début de son enquête, en fait depuis le jour où Victor Pilotin s'était enfui de Mazas. Impossible de la retenir à dîner comme à déjeuner.

Blanche jouait les infirmières de huit heures à midi et de deux heures à six heures. Puis elle passait ses soirées cloîtrée dans son appartement.

La mère d'Émilienne avait dit à sa fille :

– Ton amie nous file un mauvais coton. Essaie de voir ce qui va de travers avant que nous en parlions à son oncle.

Oncle absent, lui aussi. Le siège, avec son climat de folie ambiante, avait certainement de quoi l'occuper.

Émilienne utilisa la clé de l'appartement du troisième que conservait sa mère. Elle entra chez les Paichain, remonta le couloir qui desservait les pièces, ignora la cuisine, le salon, la chambre des parents, le cabinet de toilette, pénétra dans la chambre des sœurs.

Les lits de Bernadette, de Blanche et de Berthe étaient alignés comme ceux des trois ours dans l'histoire de Boucle d'or. Celui de Blanche était ouvert, pour aérer l'édredon.

Émilienne s'assit sur le lit, testa les ressorts.

– Tu caches quelque chose, ma cocotte. Quoi et où ?

Dernier étage, lui chuchota son sixième sens.

Émilienne s'engagea dans l'escalier de service et grimpa jusqu'aux combles. La chambre de bonne que les parents Paichain avaient donnée à Blanche pour y installer son laboratoire était la deuxième sur la droite. La porte n'était pas fermée à clé. Émilienne se glissa dans la pièce de dix mètres carrés.

La moitié de l'espace était occupée par une table sur laquelle traînaient un agenda, un crayon, une rangée d'éprouvettes et une boîte remplie d'objets hétéroclites. Il régnait ici une atmosphère de veille studieuse.

Une caisse en verre d'un mètre de long sur cinquante centimètres de haut, pleine aux trois quarts de sable fin, était posée sur le plancher. Un grillage aux mailles serrées la recouvrait.

Émilienne ôta le grillage, ratissa le sable avec les doigts. Elle les retira vivement en voyant trois grosses fourmis noires foncer sur elle, les antennes dressées, pour la mordre.

Du Blanche tout craché : entretenir une fourmilière au sixième étage d'un immeuble parisien. Elle pourrait toujours s'en faire une purée lorsqu'il n'y aurait plus rien à manger…

Émilienne remarqua alors une litière, sous la table de travail. Et un ballot de vêtements. Elle s'en saisit et le défit.

Une tenue complète – pantalon de casimir, chemise, veste de coutil et casquette – tomba à ses pieds.

– Ben ma vieille. Ce serait ça, ton secret ? T'as un bonhomme à demeure ?

Cette idée un peu folle, bizarrement, lui réchauffa le cœur. Émilienne fréquentait les garçons depuis qu'elle était femme. Elle allait enfin pouvoir en parler avec sa meilleure copine. Mais qui était ce mystérieux inconnu ? Pourquoi s'était-il caché dans la chambre de bonne ? Avait-il quelque chose à se reprocher ?

– Je peux savoir ce que tu fabriques ici ?

Blanche se tenait sur le seuil de la chambre de bonne.

Émilienne remit les affaires à leur place et répondit avec aplomb :

– Je voulais t'inviter. Ce soir.

– Où ?

– Au quai Napoléon. On prendra un bateau-mouche. Allez, quoi ! Depuis combien de temps tu ne t'es pas amusée ?

Blanche tira Émilienne hors de la chambre de bonne et ferma celle-ci avec une grosse clé sortie de son aumônière. Elles descendirent jusqu'à la rue par l'escalier de service. Durant ce trajet, elles ne desserrèrent pas les lèvres.

– Je vais déjeuner chez mon oncle, informa Blanche tout en enfilant ses gants. Je serai à l'ambulance du Grand-Hôtel tout l'après-midi. Je finis à dix-neuf heures. Je verrai si je reste à la maison ou si je te rejoins.

Sur ce, elle s'éloigna vers le quartier des Halles.

– Tu me rejoindras, affirma Émilienne. Et tu me diras qui se cache dans ta chambre de bonne.

Gaston Loiseau accueillit sa nièce par un :

– Entre. Arthur nous concocte un repas de rois.

Arthur Léo et Gaston Loiseau étaient devenus inséparables. Désormais, ils se donnaient la réplique pour ces déjeuners auxquels Blanche assistait en tant que spectatrice d'une fidélité et d'une discrétion absolues. La jeune fille se sentait bien avec ces représentants de la loi. En leur compagnie, elle oubliait le siège, les soldats mutilés, les queues de quatre heures aux boucheries municipales pour obtenir cent grammes de viande. De plus, les deux hommes parlaient invariablement boutique et les écouter permettait à Blanche de savoir où ils en étaient de leur enquête concernant le tueur de tatoués.

Elle pointa le bout de son nez dans la minuscule cuisine où Arthur Léo remuait deux magrets dans une poêle frétillante. Des pommes de terre rissolaient à côté dans un crépitement joyeux.

– Du canard ? s'exclama-t-elle.

– Un de mes gars en a mouché à la canne-fusil, expliqua Léo. À table.

Il n'eut pas besoin de le dire deux fois.

Le contenu de leurs assiettes englouti, Gaston ouvrit les fenêtres de la salle à manger et offrit un londrès à Léo. La fumée infecte des cigares à un sou s'envola en torchons gris-bleu dans le ciel de Paris.

– Comment se portent nos blessés du Palais-Bourbon ? s'enquit Léo.

– Je ne sais pas, répondit négligemment Blanche.

– Vous avez encore changé d'ambulance ?

– Je suis au Grand-Hôtel depuis trois jours. Les sociétés de secours ne manquent pas.

– Ma nièce se rend utile et visite Paris par la même occasion, résuma Gaston. (Il afficha une mine soucieuse.) Le travail n'est pas trop dur, au moins, ma bichette ?

– Il suffit de survivre au spectacle de la première amputation pour supporter les suivantes.

– Surtout quand on traîne dans les amphithéâtres de dissection à ses heures perdues, souligna Léo en adressant à Blanche un clin d'œil complice.

Gaston chérissait sa nièce et son esprit d'investigation. Mais son instinct de protection aurait préféré la voir coudre dans un atelier de ballons, comme son amie Émilienne, plutôt qu'affronter les horreurs de la guerre.

– Question amputés, vous aurez sous peu de la clientèle et en nombre, continua Léo. Avec les généraux qui la dirigent, la grande sortie risque fort de se transformer en grande boucherie.

Gaston Loiseau ferma les fenêtres et revint au sujet qui les occupait avant que Blanche n'arrive.

– Donc, mon cher Arthur, comme je vous le disais, nous allons traquer le Communard dans les clubs révolutionnaires.

– Dans les clubs ? intervint Blanche.

Gaston posa un index contre ses lèvres.

– Chut. Police secrète. Motus et bouche cousue.

Léo se balançait sur sa chaise.

– Notre nouveau préfet n'a pas forcément tort, convint-il. Ils n'ont pas été loin de renverser le gouvernement provisoire.

– Enfermons les nourrices ! Surveillons les lavandières ! Si ça se trouve, leurs jupons cachent des machines infernales ou des bombes incendiaires ?

Arthur Léo se contenta de sourire. Blanche sortit son nécessaire à broderie. Le motif venait de La Fontaine. En retrait, elle s'appliquait à donner forme à un lièvre. La tortue, elle, était déjà achevée.

– Rien de neuf côté tatoués, tonton Gaston ?

Au mépris du devoir de confidentialité inhérent à sa charge, Gaston avait informé Blanche de la découverte de l'Opéra et du relatif piétinement de son enquête. Relatif car, une semaine plus tôt, le commissaire avait reçu une lettre nommant le deuxième mort. Lettre qui l'avait blessé dans son amour-propre et qui, depuis, le faisait secrètement enrager.

Gaston sortit une feuille pliée en accordéon de son gilet et la tendit à Blanche. Elle délaissa son ouvrage pour la lire à voix haute :

– « Cher commissaire L'oiseau. D'abord toute mes excuse. Si je me suis échapé de Mazas, c'est que j'étais inoçan. Je suis donc mintenan aussi libre que laire pour vous prouver mon inoçance. »

Blanche écarquilla les yeux

– Victor Pilotin vous a écrit ?

133

– Continue.

– « Come nous le savon tous deux, l'Alchimiste… »
L'Alchimiste ?

– C'est le nom qu'il donne au tueur de tatoués,
intervint Léo.

– « … en est à trois maures. Mon regreté patron
– Dieu ait son âme – de chapelier. L'inconu de
l'École de maidecine et le machiniste de l'aupéra. »
Comment a-t-il pu savoir pour Ensifer ?

– Le meilleur est à venir.

– « Dans un souci de netteté intelectuele, j'aimerai
vous faire-part, comissaire, d'une découverte faite par
mes soin. L'homme sans nom, numéro 2, s'appelait
Camille Vesper, drapier. »

Son oncle hocha la tête, l'air sombre.

– Ce Camille Vesper a disparu le jour où le deuxième homme est mort. Son signalement correspondait à celui du cadavre de l'École de médecine.
Ses employés n'ont malheureusement pas pu nous
apprendre grand-chose à son sujet. Il n'avait pas de
famille. Impossible de reconstituer son emploi du
temps le jour de sa disparition.

« Ouf ! » soupira Blanche qui avait, à ce sujet, imaginé le pire. Car le commissaire n'aurait pas manqué
de remonter jusqu'à elle, *via* le restaurant *Chez
Philippe* ou Nadar. Elle préféra reprendre sa lecture
sans faire de commentaires.

– « Come vous pouvez le voire, je fais, moi aussi,
ma petite anquête. Parce que je suis inoçan. » Il se
répète. « Je traque donc le tueure de tatoués, come
vous. Par contre, j'ai trouvé un quatrième tatoué.

Enfin, un morceau qui apartiendrai à un tatoué vivan. Dès que j'auré mis la main sur lui, je vous en ferai pare. » Un morceau de quatrième tatoué… Qu'est-ce que c'est que ce charabia ? (Gaston haussa les épaules en signe d'impuissance.) « Bien à vous. Votre dévoué, Victor Pilotin, aprenti chapelier à la recherche de la vérité. »

Blanche plia la lettre et la rendit à son oncle.

— Son français est déplorable, jugea-t-elle. Mais ça prouve que Victor est innocent.

Loiseau explosa.

— J'étais sûr que tu dirais une chose pareille ! Alors que cette lettre prouve non seulement que Victor Pilotin est l'homme que nous recherchons, mais encore qu'il s'agit du tueur le plus machiavélique que j'ai eu à traquer de toute ma carrière municipale.

Blanche contenait son tumulte intérieur. Elle se permit d'une petite voix :

— Je ne vous suis pas, mon oncle.

— Qui d'autre que l'assassin aurait pu connaître le nom de sa deuxième victime ? Nous n'avions plus rien pour l'identifier ! Comment aurait-il su pour le machiniste ? Et maintenant, il me parle à mots couverts d'une quatrième victime potentielle, en morceaux. Aurait-il commencé à dépecer ce malheureux pour me défier ? Je n'hésiterai pas à tirer à vue et sans sommation sur Victor Pilotin. Il est atteint de démence. Ce personnage de justicier qu'il s'est forgé l'atteste. Seul mon Lemat (Il tapota la poche de son pantalon où était rangée son arme.) parviendra à le tenir en échec.

Blanche était plongée dans un abîme d'expectative. Cette lettre qu'elle avait écrite avec Victor s'était retournée contre le pauvre garçon en entretenant la rage du commissaire à son égard. Alors qu'à l'origine le plan consistait à mettre Gaston au courant de l'évolution de l'enquête côté Blanche, sans impliquer cette dernière.

Quant à l'histoire du morceau de la quatrième victime... Aurait-il mieux valu être plus explicite ? « Non », se dit-elle. Elle devait conserver une longueur d'avance ou bien c'en était fini de Victor Pilotin et du désir sincère qu'il avait de prouver son innocence. Son oncle venait d'être on ne peut plus explicite à ce sujet.

Arthur Léo se leva et annonça, prenant son manteau :

– On m'attend au Louvre pour une visite d'inspection.

– Je vous accompagne, lança Loiseau.

– Moi aussi, décida Blanche en rangeant son nécessaire à broderie.

La fable du *Lièvre et la Tortue* disait : « Rien ne sert de courir ; il faut partir à point. »

Courait-elle trop vite sur la piste des tatoués ?

« En tout cas, je suis partie à point », jugea-t-elle à juste titre.

Léo devait inspecter la galerie d'Apollon transformée en atelier d'artillerie. Trois cents ouvriers y convertissaient les anciens fusils à tabatière en fusils à piston. Blanche, qui accompagnait les fonctionnaires, changea d'avis en voyant un pigeon fendre le ciel en direction de la rue Neuve-des-Petits-Champs.

– J'ai oublié ! Je dois repasser à l'appartement ! À plus tard !

Si sa robe lui avait permis de courir, elle ne s'en serait pas privée.

– Elle est toujours aussi énergique ? s'informa Léo.

– Toujours, confirma l'oncle avec fatalisme.

Quand Blanche atteignit sa chambre de bonne, le pigeon l'attendait sur le rebord du vasistas ouvert.

Elle attrapa le volatile, le posa sur son bureau, souleva ses plumes arrière. Un tube d'aluminium était fixé à ses rémiges.

Blanche le détacha et remplit une coupelle d'un mélange de chènevis et de navette que le pigeon s'empressa de picorer avec des roucoulements reconnaissants. Le tube contenait une bande de papier sur laquelle était écrit :

« Trouvé tatoué. Il est vivan. Ce voir ce soire pour en parler. »

– Faudra vraiment que je lui donne des cours d'orthographe, grogna Blanche.

Elle écrivit sa réponse sur une bande de papier vierge.

« Je serai sur le mouche de vingt heures, départ quai Napoléon. »

137

La coupelle de granulés fut rangée, le message roulé dans le tube et le tube accroché aux rémiges de Victorin. Une seconde plus tard, le pigeon volait vers l'endroit d'où il était parti.

Si Victor avait trouvé le quatrième tatoué vivant, ils se rapprocheraient inéluctablement de l'Alchimiste.

Blanche sentait le besoin de se confier à quelqu'un avant d'aborder cette nouvelle étape. Son oncle ? Elle avait fait une croix dessus. Une personne, en revanche, était tout à fait indiquée pour partager le secret de son enquête.

3

É milienne poussa un soupir de soulagement lorsqu'elle vit Blanche s'engager sur la passerelle du vapeur omnibus et donner ses quinze centimes au receveur. Avec ses drapeaux tricolores, le mouche ressemblait à une guinguette. Le pilote sonna la cloche. Le bateau s'éloigna du quai Napoléon et remonta le courant vers l'Arsenal.

Émilienne prit son amie par le bras.

– C'est chouette que tu sois venue.

Blanche restait froide. Elle s'en voulait d'ailleurs. Mais Émilienne la connaissait assez pour savoir que cette glace n'était pas très épaisse et qu'il suffisait d'un rien pour la briser.

– Tu ne devais pas être avec toute une bande ? s'étonna Blanche.

Un vieux monsieur en manteau poils de souris, les mains posées sur le pommeau de sa canne, et une famille partageaient la proue avec elles.

– Le groupe des amies de longue date est au complet.

Le bateau-mouche atteignit la pointe orientale de l'île Saint-Louis. En temps normal, il aurait remonté le fleuve jusqu'à Charenton. Mais une chaloupe canonnière gardait cette destination où les combats faisaient rage. Des éclairs blancs illuminaient le ciel, vers l'est. Le mouche vira pour se placer dans l'axe du petit bras de la Seine et se remettre dans le sens du courant.

Blanche sortit tout à coup de sa réserve et étreignit Émilienne.

– Je suis désolée.

– C'est moi. Je n'aurais pas dû entrer chez toi et fouiller ta chambre.

– Mais non. Si je t'avais mise dans la confidence…

– Blanche Paichain ! Reine du dernier mot ! se moqua Émilienne en lui bourrant les côtes de coups de poing inoffensifs. Quand donc jetterez-vous l'éponge ?

Le noir vaisseau de Notre-Dame apparut. Les amies enlacées le regardèrent approcher, imaginant quelque abordage nocturne…

– Tu te souviens de l'expédition à Chatou ? lança Blanche.

Émilienne avait été invitée par les Paichain à aller canoter sur la Seine.

– Quand la barque de Bernadette s'est retournée ! Quelle poilade ! Son chapeau… On aurait dit une méduse !

– Vous n'êtes pas très charitable, Émilienne Bonvoisin.

– Bernadette a toujours été cruche. Son cerveau ne doit pas dépasser la taille d'une noix. Le reste baigne dans de l'eau de pluie.

Blanche, qui n'était pas loin de penser la même chose de son aînée, se tut.

La mère de famille, à portée d'oreille, outrée d'entendre des propos aussi peu orthodoxes, déplaça sa tribu vers l'arrière du bateau. Le vieux monsieur, qui n'en avait pas perdu une miette, souriait, les yeux fixés sur le lointain.

Ils avaient passé les tours en éteignoirs du Palais de Justice, les bains à quatre sous du quai de l'Hôtel de Ville, l'île de la Cité et ses parcs d'artillerie installés dans les squares. Devant eux s'ouvrait l'immense perspective du Louvre, de la Monnaie et de l'Institut terminée par la place de la Concorde d'où leur provenaient, portés par le vent, pétards et flonflons.

Blanche collait son épaule contre celle d'Émilienne. Le rythme du vapeur, le défilement des berges, tout cela était doux. Elle se libérait de la tension accumulée depuis des semaines. Elle avait été trop présomptueuse. En même temps, mettre Émilienne au courant, c'était l'exposer à un véritable danger. Elle en était là de ses spéculations et le pont des Arts glissait au-dessus de leurs têtes lorsque Émilienne lui coupa, comme à son habitude, l'herbe sous le pied.

– Alors comme ça, tu as caché Victor Pilotin dans ta chambre de bonne.

Blanche en resta bouche bée. Mais il était inutile de nier.

– Je l'ai retrouvé sur le pas de ma porte. Affamé et ensanglanté. Il dormait dans les immeubles en démolition de l'avenue de l'Opéra depuis qu'il s'était enfui de Mazas. Des chiens l'avaient attaqué.

En deux semaines, le gamin de quatorze ans avait repris des forces et il s'était mis en tête de traquer l'Alchimiste, lui aussi. Blanche savait peu de choses au sujet de Victor. Un cocher de fiacre de la Compagnie des omnibus l'avait pris sous son aile à l'âge de dix ans. Blanche le soupçonnait d'ailleurs d'être allé le rejoindre. Le bonhomme, dont elle ignorait le nom, avait, paraît-il, donné à Pilotin le goût de la chapellerie en lui apprenant, dans un premier temps, à courir ramasser les couvre-chefs emportés par la vitesse.

Émilienne glissa une cigarette entre ses lèvres. Elle en proposa une à Blanche qui se redressa.

– La nicotine est un alcaloïde plus redoutable que l'acide prussique ! s'exclama l'apprentie chimiste. (Ajoutant, bizarrement :) Plutôt mourir que de m'empoisonner !

Émilienne leva les yeux au ciel et grilla une allumette phosphorique qu'elle jeta dans la Seine.

– Toujours est-il, continua Blanche, que Victor a repéré un quatrième tatoué il y a une semaine. Enfin, un bras gauche portant le tatouage bizarre et déposé à l'hôpital militaire du Val-de-Grâce.

– Parce qu'il y a eu un troisième tatoué ? Je m'étais arrêtée à deux.

Quand ils atteignirent le pavillon de Flore, Émilienne en savait autant que Gaston Loiseau et Blanche Paichain réunis au sujet de l'Alchimiste et de sa route de douleur tracée dans Paris assiégé.

– Ton oncle n'a pas forcément tort. Victor aurait pu régler son compte au machiniste avant de frapper à ta porte. Et puis, la mort du drapier coïncide avec sa fuite de Mazas, non ?

– Il ne se souvient de rien. Sinon qu'un visiteur est entré dans la boutique passage Vivienne et a échangé quelques mots avec Abba. Puis le trou noir. Il était dans la remise, tournant le dos au rideau. Pour moi, on l'a drogué. Et franchement, insista Blanche, tu imagines Victor Pilotin en assassin machiavélique ?

Émilienne connaissait l'apprenti qui était aussi agité et insouciant qu'un garçon de quatorze ans peut l'être. La dernière fois qu'elle l'avait vu, il faisait la course avec ses copains dans les jardins du Palais-Royal.

– Vous cherchez le mutilé à qui appartient le bras tatoué. C'est pour ça que tu changes d'ambulance tous les trois jours ?

– Ben oui. Mais Victor l'a localisé. Je dois le rencontrer ce soir. Je lui ai écrit que je serais sur le mouche.

– Parce que vous vous écrivez ?

– On utilise un pigeon voyageur pour communiquer.

– Un pigeon voyageur…

– Il est tombé dans la chambre de bonne pendant la convalescence de Victor. Apparemment, il lui a appris à se reconnaître dans Paris.

Le mouche s'amarra au quai sous la place de la Concorde où les Parisiens s'étaient réunis pour fêter la grande sortie. Des élans de *La Marseillaise* leur parvenaient. Ainsi que des coups de feu tirés vers le ciel et destinés aux Prussiens.

Les passagers commencèrent à descendre. Émilienne dévisageait son amie avec une petite moue sceptique.

Elle lui dit, les yeux dans les yeux :

– Que les choses soient claires, Blanche Paichain, vous ne continuez pas à enquêter toute seule dans votre coin. Émilienne Bonvoisin vient en renfort. Une couturière, ça peut toujours servir.

Le bateau était presque complètement vide. Le vieux monsieur se leva et se découvrit pour saluer les jeunes filles.

– Il est à regretter que nos généraux aient baptisé les canons du mont Valérien Joséphine et Valérie. Les Prussiens auraient eu plus à craindre d'une Blanche associée à une Émilienne. Mesdemoiselles…

Le vieux descendit du bateau-mouche en projetant sa canne devant lui. Les amies le suivirent, bras dessus bras dessous, la démarche guerrière et le jupon conquérant.

4

Il en fallait peu pour qu'Émilienne et Blanche se perdent : une foule animée, des feux d'artifice, la liesse populaire qui poussa Blanche à se retrancher dans les ombres des Tuileries alors qu'Émilienne, suivant son tempérament de papillon de nuit, se laissait entraîner vers la lumière.

La dernière fois que Blanche la vit, son amie n'avait d'yeux que pour un Américain portant un improbable chapeau à large bord. Le Yankee signait le registre placé sous la statue de la ville de Strasbourg, déesse de pierre croulant sous les couronnes d'immortelles. Si le Nouveau Monde venait au secours de l'Ancien... Des « hip hip hourra ! » furent lancés, des coups de feu tirés.

Blanche n'avait pas eu besoin de boire les verres qu'on lui tendait, ni de fumer – pouah, quelle odeur infecte ! – pour s'enivrer. À moins que ce ne fût la faim ou la fatigue. Victor lui avait manifestement posé un lapin. Ou il n'avait pas reçu son message.

Blanche rentra aux Petits-Champs, dans son appartement vide, froid et silencieux.

– Vous me manquez, avoua-t-elle.

Dans la chambre de ses parents, elle ouvrit la grande armoire qui sentait le camphre, la lavande et les fleurs séchées. La collection d'éventails de sa mère y était rangée.

Blanche sortit la boîte à pharmacie, cachée au fond de l'armoire. Grâce à Berthe la souffreteuse, chez les Paichain, on guérissait de tout comme de rien, du mal des transports, des émotions, du vertige et du passage des saisons.

Bouteilles bleues, marron et rouges... Sur un tube était écrit : « Onguent de la maison Vérité, 4 rue des Orfèvres. Contre les maux d'aventures. »

Elle renifla le contenu, se colla deux noisettes de pommade sur les tempes, les massa légèrement. Effet de son imagination ou non, un calme souverain l'envahit. Calme qui lui permit d'entendre un battement d'ailes dans la rue, suivi d'un roucoulement caractéristique.

– J'ai un message !

Blanche courut à sa chambre de bonne. Victorin tournait en rond sur la table de travail, son tube d'aluminium fixé aux rémiges. L'encre du message était encore fraîche. Et Victor maltraitait toujours autant la langue française. Il disait simplement qu'il n'avait pas osé aborder Blanche en la voyant avec Émilienne mais que l'amputé se trouvait dans l'ambulance de l'Odéon.

Et c'était tout.

Soit. Blanche, dès le lendemain, donnerait sa démission au Grand-Hôtel sous un prétexte quelconque – la difficulté de la tâche, la vue du sang – pour se présenter au théâtre de l'Odéon. L'inspecteur Léo avait raison : les rôles d'infirmières seraient bientôt très demandés avec le retour de la grande sortie.

Le canon tonnant depuis Charenton l'appelait au vasistas. Blanche se hissa sur le tabouret, sortit la tête du toit. La voûte étoilée était parfaitement visible. Enhardie par l'annonce de Victor ou par l'onguent de la maison Vérité, elle grimpa à la force des bras jusqu'à l'extérieur et s'assit sur la pente douce de plomb gris, bien emmitouflée dans les replis de son châle.

L'éclairage public ne fonctionnait plus. À part les projecteurs électriques qui fouillaient la nuit depuis les hauteurs de Montmartre et l'orage de mitraille à l'est, Paris était plongé dans une obscurité totale. Le ciel, en revanche…

C'était la première fois que Blanche voyait la Voie lactée depuis la rue Neuve-des-Petits-Champs. Elle en eut le souffle coupé, lâchant un « Waouh ! » qui résumait des dizaines de milliers d'années d'admiration de l'infiniment petit pour l'infiniment grand.

Elle fut récompensée de son émerveillement par une étoile filante. Vite, elle fit le vœu de garder Émilienne amie pour toujours.

Quelques secondes plus tard, une deuxième pierre cosmique s'enflammait dans l'atmosphère. Avoir des nouvelles du Mans, demanda-t-elle.

Une troisième, enfin, dessina un arc incandescent vers les explosions, du côté de la Marne, pour un dernier vœu auquel Blanche réfléchit à deux fois avant de le soumettre aux entités immatérielles.

— Je veux résoudre l'énigme de l'Alchimiste, lança-t-elle, les poings serrés, fixant l'endroit où l'étoile s'était évaporée.

≈ V ≈

Le manchot
de l'Odéon

1

Le docteur Duchesne faisait son tour d'inspection de fin de journée dans l'ambulance de l'Odéon dont le foyer accueillait vingt-deux lits. Les blessés ne s'y trompaient pas. Rideaux de percaline blanche, draps propres et matelas épais, cantine miraculeuse et infirmières charmantes... L'adresse était recommandée avant d'aller tomber sous les balles prussiennes.

Les demoiselles Lemaire et Paichain s'occupaient des éclopés. Sarah Bernhardt venait les épauler au quotidien. Vraiment, l'ambulance du foyer de l'Odéon était un endroit béni pour narguer la Grande Faucheuse. On n'avait eu à regretter qu'un seul mort depuis son ouverture. Et encore, l'infortuné avait été emporté par la variole.

– Comment se porte notre marin ? demanda le chirurgien-major en s'arrêtant devant un gars à la mine sévère qui s'était pris une balle dans le ventre à Bicêtre.

– J'ai refait son pansement il y a une heure, l'abcès a cessé de se développer, l'informa Blanche, à ses côtés.

– Parfait. Vous serez bientôt sur pied, mon gaillard.

Ce que le marin n'espérait pas de sitôt.

– Notre ami Vert-de-gris, murmura le docteur en s'appuyant contre les montants du lit voisin.

Le zouave avait eu le visage ravagé par des éclats de métal après qu'un projectile prussien eut explosé sur une caisse, à côté de lui. Il s'en était sorti à coups de pansements au perchlorure de fer. Sa peau était marquée de traces bleues et de pustules. Depuis deux jours, il recommençait à sourire. Surtout en entendant le surnom qui lui avait été donné, rapport à son teint grisâtre.

Le chirurgien s'éloigna du lit en compagnie de Blanche.

– Vous êtes seule ? Mademoiselle Lemaire ?

– Avec Sarah à une fête de charité. Elles y déclament des poèmes pour récolter des fonds. Nous commençons à manquer de bois pour chauffer le théâtre.

– Ces pauvres diables sont mieux lotis que la plupart des Parisiens, l'assura le chirurgien-major. Vous avez vu ce froid, ce matin ? Attendez-vous à recevoir d'heureux gagnants au typhus ou à la pneumonie sous peu.

– Nous essaierons de les soigner aussi bien que les autres.

Le chirurgien contempla le profil décidé de son infirmière qui dégageait une vraie lumière. Dès son arrivée, Blanche ne s'était pas contentée de chan-

ger pansements et charpies, tâche déjà peu ragoû-
tante, elle l'assistait lors des opérations délicates.
L'abnégation avec laquelle elle s'était occupée de Vert-
de-gris forçait le respect. Elle savait aussi calmer les
patients avant qu'on ne les ampute et les rassurer à
leur réveil.

Cette jeune fille était une force. Et certains de
ceux qui s'étaient retrouvés entre la vie et la mort lui
devaient une fière chandelle.

– Place !

Le cri venait de l'entrée du foyer. Deux soldats portant un brancard approchaient en courant. Duchesne,
d'un coup d'œil, vit que le malade qu'on lui amenait
était au bord du gouffre. L'Odéon se trouvait pourtant
loin des lignes. Leurs blessés n'étaient pas abîmés à
ce point.

– L'ambulance du Sénat est débordée, lui expliqua
un des brancardiers. Et on nous a dit que vous faisiez
des miracles.

Depuis le fiasco de la grande sortie et le retour
de près de trois mille mutilés, ils en avaient accompli des miracles, pour sûr. Blanche avait jeté un
drap blanc sur la table d'opération où les hommes
posèrent leur blessé. Duchesne le déshabilla à coups
de ciseaux. Son bras droit était déchiqueté.

– Pas le choix… La scie, Blanche ! Et l'éther !

Une minute plus tard, le soldat dormait comme
un bébé et Duchesne lui sciait l'épaule, avec l'aide de
Blanche. Tous deux avaient eu l'occasion d'accomplir
ces gestes difficiles : amputer, ligaturer, cautériser au
fer tenu rouge dans la cantine pour éviter la gangrène.

Blanche prépara un lit et aida le chirurgien-major à y transporter l'amputé.

– Il pèse son poids, le gaillard, râla Duchesne.

– Dites-vous qu'avec un seul bras, il pèse moins lourd.

– On aurait dû lui scier les jambes. Humph.

Ils l'allongèrent, le bordèrent, le veillèrent un moment.

Duchesne sortit un sachet de pastilles en chocolat et en offrit une à l'infirmière.

– Encore un qui nous portera chance.

Pour une raison que Blanche ignorait, les manchots protégeaient les ambulances dans lesquelles on les soignait. Une des croyances du petit monde des hôpitaux parisiens.

– Vous avez été admirable, continua le major.

Une question lui brûlait les lèvres depuis qu'il la côtoyait.

– Que ferez-vous, une fois les Prussiens partis ?

– Parce que vous pensez que tout cela aura une fin ?

– Oui. Quand les Parisiens auront accepté de se rendre.

Le major avait raison. Les récentes défaites militaires ne laissaient plus d'autre solution. Et avec l'arrivée de l'hiver…

– Que ferez-vous ? insista le major.

– Une grande tartine de pain beurré, répondit-elle avec malice.

– Ah oui ! Avec du beurre des Charentes et du vrai pain blanc. Pas ces miches mêlées d'avoine que les boulangers osent désormais nous vendre.

En esthète, Duchesne apprécia le fait que le nouvel arrivant ayant perdu son bras droit et son voisin sans bras gauche se trouvaient allongés côte à côte. En les rapprochant et en les collant épaule contre épaule, on aurait presque pu les prendre pour des siamois ou croire à un effet de miroir.

Le chirurgien se pencha sur celui qu'il n'avait pas eu le temps d'ausculter. Il lui souleva la paupière, ne provoquant aucune réaction. L'homme, en trois semaines, s'était considérablement affaibli. Malgré les efforts prodigués par les infirmières pour le nourrir. Nul ne savait son nom ni le numéro de régiment auquel il était rattaché. On l'avait découvert sous le plateau de Châtillon, dans un fossé. Il avait agi seul et sans ordre. Comme s'il avait voulu enfoncer les lignes ennemies de son propre chef, jouer au héros ou se suicider.

Il avait été rapatrié sur Paris. On l'avait amputé du bras gauche au Val-de-Grâce qui, en tant qu'hôpital répartiteur, l'avait adressé à Mme Sarah Bernhardt en son ambulance de l'Odéon. Pendant toutes ces semaines, l'homme était resté dans le coma.

Blanche avait passé de longues nuits avec le tatoué repéré par Victor. En vain.

– J'ai parlé de lui à un confrère de Sainte-Anne, dit Duchesne. Ils ont l'habitude de traiter les apathiques à l'électricité. Il n'a pas sa place ici, de toute façon. Et il démoralise les convalescents. Quant à vous, reposez-vous. Vous avez une mine de papier mâché. Les malades ont besoin d'un personnel médical en bonne santé pour guérir. Sinon, où allons-nous ?

– L'infirmière de nuit sera là dans un instant, l'assura Blanche en collectant les bassines sous les lits.

Elle ne se sentait pas plus fatiguée que d'habitude. Plutôt pressée par le temps, après ces longues semaines d'attente.

Le jour tombait tôt. Et le foyer, avec sa double colonnade et ses figures de cariatides, ressemblait à un temple plongeant dans quelque divin mystère. Blanche se dépêcha d'allumer les lampes à huile que la tragédienne avait payées de ses propres deniers, comme quasiment tout le reste de l'ambulance. La lumière blanche et pure qu'elles diffusèrent repoussa les ombres. Après un dernier tour d'inspection, elle s'arrêta au chevet du soldat anonyme et se pencha sur lui pour le border, profitant pour chuchoter à son oreille, comme elle le faisait chaque soir :

– Abba, Vesper et Ensifer sont morts. L'Alchimiste les a tués. Vous êtes en danger. Il faut vous réveiller. Demain, il sera trop tard.

– Je vous libère ! clama l'infirmière de nuit en pénétrant dans le foyer.

Ancienne actrice, parfaite dans les rôles de matrone, elle se donnait à l'ambulance de l'Odéon avec une grande conviction. Ici, chacun avait appris à la craindre. On l'appelait la Borgia. Pas trop fort, pour éviter qu'elle entende.

Blanche échangea sa tenue contre un lourd manteau de ragondin emprunté à sa mère et des gants en peau de chien. Elle descendit l'escalier, sortit du théâtre, salua le père Latuile qui rangeait ses chaises d'osier. Il faisait un froid à donner l'onglée.

Un omnibus venait de quitter son poste. Blanche reconnut le H qui la déposerait rue de Richelieu, à deux pas des Petits-Champs.

Plus haut, la Borgia préparait quelque poison pour tous ces hommes en son pouvoir. Des hommes qui ne bougeaient pas d'un pouce. Seul l'amputé du bras gauche, qui avait apparemment décidé de sortir de son coma, remuait l'ensemble de ses orteils, lentement, du plus petit au plus grand, comme pour dresser une sorte d'inventaire.

2

Le grésil donnait à la Sainte-Chapelle un aspect de monument en sucre glace. Assis à son bureau, Gaston Loiseau manipula la molette de sa lampe de marine pour avoir plus de lumière. Il trempa sa plume dans l'encrier et écrivit :

« Club démocratique des Batignolles. Sujet principal abordé : possibilité d'un bombardement prussien sur la capitale. À noter : souscription ouverte à la sortie du club pour doter nos armées du feu grégeois dont la formule, a rappelé le souscripteur, est jalousement gardée par quelque général incapable et invalide (*sic*). »

Gaston traça un trait à la règle et continua le rapport de ses pérégrinations de la veille au soir.

« Club des Folies-Bergère. Discussions impossibles à transcrire ou sans intérêt. Je n'ai pu identifier les orateurs du fait de la pénombre, de la fumée des pipes et des vapeurs de toutes sortes. On y déteste tout particulièrement les jésuites. »

« Club de l'Élysée-Montmartre. Proposition du rouge comme couleur de la Commune par un citoyen de Belleville. Il semblerait que les clubs dispersés aux alentours de Paris aient décidé de se fédérer. Série de dénonciations, notamment de propriétaires de chiens et de chats qui nourrissent leurs animaux au lieu de les manger. »

Le commissaire laissa sa plume en suspens. Parlerait-il de sa quatrième visite au club des Amazones ? Ce qu'il y avait entendu n'intéressait pas le préfet. Lors de leur entrevue dans la *Halle aux faits divers*, il avait dédaigné l'histoire des tatoués. Et puis, ce que Gaston avait appris demandait vérification avant de parvenir aux instances supérieures.

Il data, signa, visa et cacheta son pli. Il enfila son manteau et s'assura que ses affaires habituelles – papiers, argent, Lemat – en garnissaient bien les poches.

Il planta sa toque d'astrakan sur son crâne et sortit de la Sûreté pour se rendre à l'entrée officielle de la Préfecture. Là, il remit son rapport à Marseille, le contrôleur général. Puis il traversa la Seine en direction du boulevard Saint-Michel sans se soucier du froid qui lui piquait le visage.

Car, avec tous les lièvres qu'il courait à la fois, Gaston Loiseau avait amplement de quoi s'échauffer le corps et l'esprit. Mais avant toute chose, il lui fallait fêter son anniversaire à Blanche. Mince ! On n'a pas tous les jours dix-huit ans !

Blanche était partie de l'Odéon et Sarah Bernhardt – que Gaston Loiseau espérait croiser – n'était pas là. Il redescendit donc vers la Cité.

En abordant le quai de Montebello, il se pencha sur le parapet et repéra un groupuscule, sous le Petit-Pont, qui tentait de se réchauffer aux flammes d'un feu de palissades. Il était à peine sept heures et, si Blanche venait de quitter l'Odéon, il ne voulait pas arriver trop tôt rue Neuve-des-Petits-Champs pour lui faire la surprise.

Gaston descendit sur le quai par un escalier que peu de bourgeois empruntaient. Au bord du fleuve survivait une faune étrange. Jojo la Grimace, clochard en chef, accueillit le commissaire avec chaleur. Les deux hommes se connaissaient depuis des lustres et ils n'avaient pas leur pareil, l'un comme l'autre, pour raconter le Paris d'avant.

Gaston lui acheta pour deux livres de goujons pêchés du jour puis il prit congé de ce monde d'en bas. Son ventre criait famine et il était l'heure de rejoindre sa nièce.

– Surprise !
Blanche resta interdite sur le seuil de l'appartement.
– Je peux entrer ?
Elle s'effaça devant son oncle qui accrocha son manteau à une patère.
– Il fait un froid de canard dans cet appartement ! Tu n'as pas de charbon ?

– J'économise.

– Économies. Ils n'ont que ce mot à la bouche.

Il lança un feu d'enfer dans le ventre du poêle.

– Des charbonnières ont été créées, dans les bois de Vincennes et de Boulogne. Il y aura bientôt de quoi chauffer Paris jusqu'au printemps. (Gaston se redressa.) Tu manques d'argent ?

Blanche s'était glissée derrière le bureau de son père sur lequel elle avait rapatrié ses affaires de la chambre de bonne, désormais trop froide pour y travailler. Elle rangea discrètement son agenda-journal dans le tiroir qu'elle ferma à clé.

– Non, non. Il y en a encore plein dans la caisse secrète de papa et maman.

– Alors tu vas te chauffer décemment. D'accord ?

– D'accord.

Gaston s'approcha du bureau, laissa traîner ses doigts parfaitement manucurés – une de ses coquetteries – sur l'exemplaire du *Dictionnaire de police* qu'il avait offert à sa nièce.

– Pardonnez-moi, tonton, mais… il était prévu qu'on se voie ?

Gaston ouvrit un des paquets et présenta les goujons.

– En un, le dîner, dit-il. Il y a une bouteille de vin quelque part ? s'inquiéta-t-il soudain.

– La souillarde en est pleine.

Il déballa le second paquet, celui qu'il avait apporté de la Préfecture, avec une lenteur toute théâtrale.

– En deux…

– Du beurre ! Et du pain blanc ?

Le commissaire avait déniché ce trésor chez un épicier aux caves bien remplies et trop porté sur la contrefaçon des produits vendus à l'étage.

Blanche se prépara une tartine et la dégusta, les yeux mi-clos. L'extase de la Parisienne retrouvant après deux mois de privations l'inimitable délicatesse du pain beurré!

– En quel honneur? demanda Blanche.

– Nous sommes le 8 décembre.

– Oui?

– Et le 8 décembre est le jour de…

– De?

– De ton anniversaire, ma bichette! Ne me dis pas que tu avais oublié qu'aujourd'hui tu as dix-huit ans?

Blanche en resta bouche bée. Elle faillit rectifier l'erreur de Gaston.

Elle était de janvier, pas de décembre. Mais du huit, effectivement.

Elle se contenta de l'embrasser sur les deux joues.

– Je massacre *Mon Rocher de Saint-Malo* au piano pendant que vous préparez le dîner, proposa-t-elle.

– Massacre, mon pinson. Massacre.

Heureusement que les voisins du dessous et du dessus étaient en province. Car, le temps que les goujons frétillent, ils auraient eu amplement matière à se plaindre auprès de la maréchaussée pour tapage nocturne et destruction de vieille chanson française.

3

L'Anniversaire de Blanche, amusement en deux actes et un entracte, tel est le titre que l'oncle et sa nièce auraient pu donner à la pièce familiale qui se joua au troisième étage de la rue Neuve-des-Petits-Champs ce soir-là.

Fidèles à leur habitude, les enquêteurs parlèrent affaires policières. Blanche restait à peu près lucide. Mais le vin rendait Gaston particulièrement volubile. Alors qu'elle débarrassait le couvert, il ouvrit la fenêtre et tendit le cou dehors.

– Que se passe-t-il ?

– J'ai cru entendre un pigeon, fit-il.

Les volatiles, sans doute mus par l'instinct de conservation, étaient de plus en plus rares. Le bureau de la poste aérienne en avait pourtant un cruel besoin et toutes les initiatives des colombophiles étaient les bienvenues. Blanche, craignant que son oncle ne surprenne son moyen de communiquer avec Victor Pilotin, ferma la fenêtre en serrant un châle autour de ses épaules.

– En parlant de pigeon, tu es au courant du dernier envoi de la province ?

Aucune nouvelle de l'extérieur n'était parvenue aux oreilles des Parisiens depuis près de trois semaines. À l'excitation et à l'impatience avait succédé une certaine résignation.

– Gambetta a transporté le gouvernement à Bordeaux. Tours et Bourges vont tomber. Cherbourg aussi est menacé.

Blanche marqua à peine sa surprise.

– Nous étions partis pour perdre, énonça-t-elle avec justesse.

– Et la déculottée sera exemplaire. Qu'importe ! L'Empire deviendra la République. Ou la Commune. Ou que sais-je ! En tout cas, ils n'auront pas cette bouteille.

Il se remplit un verre et s'affala dans une bergère. Blanche, voyant son oncle un peu gris, n'eut aucun scrupule à le questionner sur les tatoués.

– De ce côté aussi j'ai du nouveau, eh, eh ! ricana-t-il. Quelque chose de solide. Hier soir, j'étais au club des Amazones où se traitent des sujets aussi passionnants que la polygamie et les femmes au combat. L'un des intervenants a fait une annonce publicitaire. Une annonce qui m'a ramené en plein dans notre affaire…

Blanche, les mains sagement posées sur son giron, attendait. Intérieurement, elle bouillonnait.

– Un jeune type monte à la tribune et propose une méthode sûre à cent pour cent pour effacer les tatouages.

– Effacer les tatouages !

– Pas mal de signes impériaux doivent disparaître des bras et des torses de leurs propriétaires. Le gars détaille une partie de sa formule. Tu te badigeonnes avec une graisse composée d'acide acétique pur pendant vingt-quatre heures. Après... Il faut payer pour savoir. Forcément, je me dis, comme j'ai échoué chez les tatoueurs, si un homme portant le motif s'était adressé à cet énergumène, il s'en souviendrait sans doute. Je lui ai posé la question après sa prestation. Je lui ai notamment montré le dessin.

– Il l'a reconnu ?

– Tudieu, oui ! Un imprimeur l'arbore sur le bras gauche. J'irai le voir demain après-midi. Le matin, je réunionne avec Cresson.

– Comment s'appelle cet imprimeur ?

– C'est noté dans mon agenda.

Soudain, Gaston devint grave.

– Tu dois quitter Paris.

– Pardon ?

– Il y a des rumeurs de futurs bombardements. Et... tu le gardes pour toi, dans quinze jours, les comités de subsistance fermeront.

Blanche comprit ce que cela signifiait : disette, famine ou pire encore.

– La seule issue sera la voie des airs. Je peux me débrouiller pour te trouver une place sur un départ vers la province.

– Jamais de ma vie je ne grimperai dans une de ces baudruches ! mentit Blanche. Et puis, j'ai l'ambulance. Ils ont besoin de moi, là-bas. Et les Prussiens ne sont pas des monstres.

Blanche s'étira et bâilla. Gaston n'avait pas très envie de partir.

– Va te coucher. Je resterai jusqu'à ce que tu dormes. Après, je rentrerai chez moi.

– Vous pouvez dormir ici, vous savez ?

– Je sais, ma biche.

Blanche alla se coucher en oubliant complètement les fléaux qui menaçaient Paris. Dès qu'elle ferma les yeux, elle se retrouva gare Montparnasse à monter dans le train. Il faisait beau lorsqu'elle arriva au Mans. Elle joua au volant avec Berthe dans le jardin de la maison de tante Odette jusqu'au petit matin.

4

Le jour était levé depuis longtemps quand Blanche se réveilla. Son oncle était parti. Il avait laissé derrière lui une odeur de tabac froid qu'elle évacua en ouvrant les fenêtres du salon.

Elle se beurra deux tartines qu'elle enveloppa et fourra dans sa poche et ferma l'appartement. La mère d'Émilienne était en train de balayer devant la porte de l'immeuble.

– En retard, Blanche ? C'est bien la première fois que ça t'arrive !

Blanche afficha une mine contrite et se jeta dans la rue. Un omnibus approchait. Le I, ligne Montmartre-Halle aux vins. Blanche sauta sur le marchepied et alla s'asseoir.

À une borne, le receveur beugla :

– Correspondances avec le F comme Fanfre-luche, le N comme Nabuchodonosor et le V comme Victoire !

La voiture reprit sa course. Le receveur se dirigea vers Blanche perdue dans ses pensées.

– Vous avez votre billet, mam'zelle ?

– Bien sûr que j'ai mon billet... Victor !

Le loupiot aux taches de rousseur et au nez camus changea sa casquette de côté, canaille.

– Z'êtes en retard.

– Mon oncle est venu me voir, hier soir.

– L'en a toujours après moi ?

– Et il en aura après vous tant que nous n'aurons pas élucidé cette affaire, rétorqua Blanche aussi discrètement que possible. Mais j'ai du nouveau, rassurez-vous...

– Moi aussi, la coupa le garçon, plus malicieux que jamais. Notre manchot s'est réveillé.

– Quand ?

– Cette nuit.

Ils avaient déjà franchi la Seine par le Pont-Neuf. L'omnibus s'arrêta à une nouvelle borne. Victor courut à son poste pour beugler :

– Place Dauphine ! Place Dauphine ! Correspondance avec le AD comme Admittature, le O comme Orichalque et le V comme...

– Victoire ! reprirent la moitié des passagers, gagnés par son enthousiasme.

– Vous avez vu ? fit-il en revenant vers Blanche. J'ai bien travaillé sur le dictionnaire que vous m'avez donné. Maintenant, je connais plein de mots compliqués.

Blanche lui prit le bras pour le féliciter. Mais elle retira vivement sa main en voyant le rouge enflammer les joues de l'adolescent. Elle se leva pour descendre à l'arrêt suivant.

– Restez assise. On vous dépose à vot'palais, princesse.

De fait, l'omnibus ne tourna pas sur le quai des Orfèvres mais continua par le Pont-Neuf, la rue Dauphine et la rue de l'Odéon.

– Pas de panique ! Nous déposons une infirmière à l'ambulance de miss Bernhardt ! clama Victor avec des airs de monsieur Loyal.

L'omnibus s'arrêta au pied du théâtre. Blanche se fit toute petite pour en descendre. Les passagers s'étaient levés pour l'applaudir. Victor, sur le marche-pied, lui cria :

– Dites bonjour au tatoué de ma part !

– Duchesne a été alerté. Sarah ne devrait pas tarder. Et je ne sais pas quoi faire.

Mlle Lemaire avait affranchi Blanche dès son arrivée, le temps que cette dernière enfile sa blouse marquée de la fameuse croix rouge. Le soldat sorti de son coma avait été mis à l'écart, derrière un portant, au fond de l'ambulance. Il n'avait pas dit un mot depuis son réveil.

– Je m'en occupe, rassura Blanche.

Elle remonta l'allée, adressant aux blessés des sourires aussi chaleureux que possible. Son regard, dans ce lent mouvement de va-et-vient, revenait toujours au portant derrière lequel était allongée la première personne vivante susceptible de l'éclairer sur l'identité de l'Alchimiste.

Le chapelier, le drapier et le machiniste, tous morts quasiment sans laisser de traces, constituaient des empreintes en creux, des vides, dans cette affaire criminelle. Blanche, comme Gaston, n'avait rien de tangible à quoi se raccrocher. Alors que cette fois…

Le manchot s'était redressé. Les yeux fermés, torse nu, sa main droite posée sur son ventre creusé par la faim, les doigts entrouverts, comme s'ils se croisaient avec les doigts de sa main manquante.

Blanche s'assit au chevet de l'homme qui ouvrit les yeux. Elle soutint son regard. En fait, elle gravitait autour pour étudier les traits du soldat. Maintenant qu'il était éveillé, ils lui rappelaient ceux d'Abba et de Vesper.

– Vous m'avez parlé, fit-il d'une voix parfaitement claire.

Blanche, les mains à plat sur les cuisses, ne s'attendait pas du tout à ça. Elle hocha simplement la tête.

– Vous êtes un ange, continua-t-il avec une calme assurance.

Instinctivement, Blanche acquiesça. Puis elle demeura aussi immobile que l'homme avait pu l'être dans son coma pendant plus de trois semaines, de peur que le charme ne se rompe. Lui, contemplait les cariatides du foyer de l'Odéon et la pureté plastique des colonnes corinthiennes. L'Autre Monde était bien tel qu'il se l'imaginait : pur.

– Je craignais… en perdant la clé que l'on ne refuse de m'ouvrir la porte.

Il observa son moignon, essaya de se redresser mais sa faiblesse l'en empêcha.

– Dans quelle antichambre du ciel suis-je donc ? Cette enveloppe matérielle me pèse encore. Quand deviendrai-je être de pure lumière ?

Clé, porte, antichambre… Ce délire présentait une certaine logique. Et s'il prenait Blanche pour un ange, elle aurait eu tort de ne pas en profiter.

– Vous deviendrez un être de pure lumière plus tard. D'abord, je vous demanderai de répondre à certaines questions.

– Des questions ?

– Quel est votre nom ?

– Hercule.

– C'est tout ?

– C'est déjà beaucoup.

– La clé dont vous parlez et que vous avez perdue, il s'agissait de votre…

Elle faillit dire « bras » mais se rattrapa *in extremis*.

– … tatouage ?

– Quoi d'autre ?

Ce jeune type avait couru vers les lignes ennemies, vers la mort. Il fuyait quelque chose.

– Qui vous poursuivait ?

– Le monstre. J'étais le prochain sur sa liste.

– Qui est-il ?

L'autre ne répondit pas.

– Il a tué Edmond Abba, Camille Vesper, Jules Ensifer.

Hercule fixa Blanche avec une haine féroce.

– Vous devriez connaître leurs vrais noms.

– C'est-à-dire que… Je…

– Vous n'êtes pas un ange !

– Et vous n'êtes pas mort non plus ! Vous êtes à l'ambulance de l'Odéon, dans le coma depuis trois semaines. Quelqu'un cherche à vous tuer. Et je peux vous aider.

Un rire caverneux sortit de la poitrine du soldat, un rire à glacer le sang.

– Mort, j'étais sauvé. Vivant, je suis perdu. Vous ne pouvez rien. Vous ne pourrez rien.

Il tourna la tête pour signifier que la discussion était close. Blanche serra les poings, se leva et franchit le portant pour tomber nez à nez sur Sarah Bernhardt qui attendait de l'autre côté, en compagnie de Mlle Lemaire.

– Vous avez réussi à faire parler notre muet ? demanda la tragédienne.

– Oui. Mais il n'a pas toute sa raison.

Sarah jeta un coup d'œil derrière le portant puis revint à Blanche.

– Duchesne va arriver d'une minute à l'autre. L'ambulance de l'Observatoire m'a promis des médicaments. Ça ne vous dérange pas de prendre le chemin des papillons pour aller me les chercher ?

– Non, bien sûr.

Et traverser le jardin du Luxembourg lui changerait les idées.

Les chaises à deux sous du père Latuile étaient toutes occupées. Les messieurs s'y balançaient pour lire leur journal. Les nouvelles des défaites militaires et du déménagement du gouvernement provisoire remplissaient les colonnes. Un curé en soutane baissa sa feuille de chou lorsque Blanche le frôla. Son visage ne lui était pas inconnu… Mais elle détourna les yeux et hâta le pas.

Une fois dans le jardin du Luxembourg, elle s'arrêta au bout du bassin de la fontaine Médicis et mangea ses tartines.

Blanche pensait au monstre dont Hercule venait de lui parler. Folie ou réalité ? Les reflets ondoyants à la surface de l'eau faisaient dériver son esprit sur un océan d'incertitudes. L'Alchimiste en robe… Les hommes en soutane… Ce discours de fou… Elle naviguait en plein brouillard.

Une salve fut tirée du parc d'artillerie derrière le Sénat. Blanche se dressa, raide comme un piquet. Elle venait de se souvenir où et quand elle avait vu le gars en soutane qui avait loué une des chaises du père Latuile.

Elle courut jusqu'au théâtre, grimpa au foyer, remonta l'allée hors d'haleine, passa derrière le portant. Le faux curé était au chevet du soldat mutilé. Il avait glissé une fiole entre ses lèvres. Il se retourna et sourit à Blanche.

– Salmacis ! souffla-t-elle.

Le soi-disant préparateur anatomique croisé à la morgue le premier jour du siège.

Elle voulut l'attraper par la soutane. Il laissa tomber sa fiole, ouvrit la fenêtre à la tête du lit. Blanche le vit se réceptionner cinq mètres plus bas et s'éloigner par la rue Racine.

Elle ramassa la fiole qui s'était vidée de moitié et l'empocha. Le soldat se tendit, comme traversé par une décharge électrique.

– Il m'a tué une seconde fois, marmonna-t-il entre ses dents serrées.

Blanche remarqua la plaie à l'emplacement de son cœur.

– Le poison…

« Cet homme devrait être mort et il me parle », se disait Blanche.

– Il faut prévenir…

Il lui chuchota un nom et une adresse.

– Laissez-moi mourir.

Blanche obéit. Elle passa derrière le portant et attendit. La plupart des malades dormaient. Les autres ne lui prêtaient pas attention.

Lorsque les bruits de l'autre côté du portant cessèrent, Blanche prit son courage à deux mains et y retourna. Le soldat qui prétendait s'appeler Hercule avait disparu. Le matelas sur lequel il était étendu une minute auparavant avait adopté une teinte grise. Il paraissait humide, lourd et spongieux.

Le chirurgien-major arriva à l'ambulance un quart d'heure plus tard. Sarah Bernhardt l'accompagna jusqu'au manchot. Ils tombèrent sur un lit vide.

– Notre mutilé s'est envolé?

Blanche regardait par la fenêtre. Le ciel de Paris était du même gris que le matelas.

– Il a sauté sur ses pieds pour repartir au combat, inventa-t-elle.

– Dans son état ? s'exclama Duchesne.

– Nous abritions le Roland des temps modernes ! déclama Sarah. Tel l'oiseau que l'on ne peut mettre en cage…

Elle abandonna son ton grandiloquent pour lâcher avec un pur accent parisien :

– Voilà qui sera répété dans les salons où l'on cause.

Duchesne palpait le matelas. Il sentit le bout de ses doigts en grimaçant.

– Roland ou pas Roland, il nous a laissé sa litière dans un drôle d'état.

– Je ne pense pas qu'elle soit récupérable, avança Blanche.

– Nous la ferons enlever pour la décharge.

Blanche se tourna vers la tragédienne :

– Sarah.

– Oui ?

– J'aimerais prendre ma journée.

– Pas de problème, mon ange. Vous nous avez merveilleusement aidés. Prenez la semaine ou le mois si ça vous chante. On se bouscule au portillon pour venir travailler chez nous. (Sarah claqua des doigts.) Une dernière chose. Revenez avant que votre teint ne devienne définitivement diaphane. Nous parlerons maquillage, habillement et compagnie. Il y a une jolie jeune fille devant moi. Il serait regrettable qu'elle l'ignore plus longtemps.

Dehors, Blanche marchait, ressassant ce que sa besace, bien plus remplie que la veille, contenait à l'instant présent : des propos occultes, le nom et l'adresse d'un cinquième tatoué, une fiole à moitié pleine d'un liquide laissé par le tueur et un visage.

« Je dois prévenir tonton Gaston, se dit-elle en traquant un omnibus du regard. Et ce Benjamin Closter, 8, rue du Pré-Maudit, du danger qui le guette. »

≈ VI ≈

Quand Satan
mène le bal

1

– La rue est bien calme, marmonna Closter en soulevant le coin de papier qui recouvrait la fenêtre. On dirait que le temps s'est arrêté.

Il revint à l'ouvrage sur lequel il travaillait, *L'Art et la science de la vraye proportion des lettres attiques* de Geoffroy Tory de Bourges, imprimé en 1549. Acquis pour une bouchée de pain – en vérité, contre une miche de pain – d'un rentier ruiné. Les loyers ne rentrant plus, le propriétaire dilapidait sa bibliothèque pour s'acheter de quoi manger. Seuls la Bibliothèque Nationale et lui possédaient désormais ce trésor.

La joie fit trembler le bibliophile de plaisir. Il lut en exergue de la table : « Noms des auteurs & honnêtes personnages allégués & mentionnés en toute cette œuvre, desquels les aucuns sont en latin & les autres en françois selon que la douceur de la prononciation d'iceulx est aimable aux oreilles de plusieurs. »

Il caressa la page durcie par les ans.

– Voilà une époque où l'on savait encore écrire.

Il glissa l'ouvrage dans une poche de sa blouse et remonta l'étroit corridor de son atelier de fonderie. Benjamin Closter était reconnu dans son domaine. En dépit du siège, les affaires marchaient bien. Ses talents de miniaturiste lui avaient valu de livrer aux imprimeurs les caractères servant à l'impression de *La Gazette des absents*, lisible à la loupe. Au verso, les Parisiens donnaient de leurs nouvelles à la province. Et tout cela partait dans les airs.

La poste par ballon monté, Closter ne l'avait jamais usitée. Personne à qui écrire. Cette vie de moine dans cette zone reculée de la Villette lui convenait. Il n'avait pas trente ans mais il était né pour vivre reclus. Les heures passées sur les blocs-caractères de bois ou d'acier l'avaient vieilli avant l'heure.

Closter s'arrêta au centre du magasin de caractères. Les grandes commodes à tiroirs plats constituaient son domaine secret et privé. Robur, sphinx et giraldons. Clair-de-lune, elzévirs et montaignes. Fontes arabes, slavones et samarites. Figures fantastiques et pièces d'échecs à plat. Ces tiroirs contenaient mille mondes en fragments et rangés par ordre de grandeur.

Il donna un coup de pied dans un chat qui venait de se frotter contre lui. Le félin miaula de douleur et se réfugia sous une commode.

Le canon tonna, pas si loin. La rue du Pré-Maudit se trouvait en bordure du no man's land qui séparait la ville de la zone de guerre. Et ce bruit, une fois de plus, réveilla la rage qui couvait dans les tripes du fondeur. Oh, il n'était pas patriote. Être prussien ou français… La seule barrière, c'est la langue. Et les mêmes caractères la composent.

En fait, l'érudit ne supportait pas le cortège de destructions stupides accompagnant toute guerre. Et quand il pensait aux destructions, il ne pensait ni à la chair ni à la pierre mais au papier que le feu, sans se lasser, dévore.

Cent cinquante mille volumes partis en fumée. Les incunables de l'ancienne commanderie de Saint-Jean-de-Jérusalem. Le poème de *La Guerre de Troie* par Conrad de Wurtzbourg... La bibliothèque de Strasbourg avait été réduite en cendres. On disait qu'il allait bientôt pleuvoir des bombes sur Paris. Closter se réveillait parfois la nuit, voyant la Bibliothèque Nationale disparaître dans un incendie monstre.

Il s'accroupit avec l'idée saugrenue de caresser un chat pour lui voler du réconfort. L'animal cracha dans sa direction.

– Sale bête.

Il feuilleta l'ouvrage de Tory de Bourges tout en marchant vers son bureau. À la fin figurait un alphabet fantastique qu'il s'était promis de copier. Ça le changerait des grossiers caractères de bois qu'on lui demandait pour les affiches révolutionnaires.

Closter s'installa dans son fauteuil à roulettes et gratta son tatouage. L'apothicaire à qui il avait acheté la formule au club des Amazones ne l'avait pas prévenu que ça le démangerait autant. Était-ce la solution de potasse ou l'acide chlorhydrique étendu d'eau ? En tout cas, l'emplâtre le chauffait sévèrement. Il avait hâte d'être au soir pour l'enlever et se rendre compte – ou non – de son efficacité.

Il ferma les yeux et se projeta vingt ans en arrière.

Ils s'étaient tatoué l'un l'autre la clé sur le bras, du plus vieux au plus jeune et du plus jeune au plus vieux, pour que la boucle soit bouclée. La souche du grand chêne, l'orage, le lynx surgi de nulle part, la fuite, l'autel vide à leur retour, des années de silence et, depuis deux mois, la fureur meurtrière.

Camille avait appris pour Edmond. Il avait prévenu Jules et essayé de s'enfuir. Trop tard. Jules avait alors alerté Josse.

Benjamin n'avait plus de nouvelles de lui. Il n'en attendait pas, d'ailleurs. Ils s'étaient fâchés avant de se quitter. Dans ce bureau, un mois plus tôt, Josse, vert de peur, tremblait comme une feuille.

– Il est revenu d'entre les morts. Il nous traque. Il va nous tuer l'un après l'autre.

– Qu'il se présente à l'atelier, avait rétorqué le fondeur. Je lui ôterai le goût de la résurrection.

Il grogna en se grattant le bras.

Benjamin refusait de céder à la peur. Ce qui avait été fait devait être fait. Point à la ligne.

Un galop rapide dans le magasin de caractères ne l'en glaça pas moins de terreur. Il se retourna, un poinçon à la main, et vit un angora disparaître derrière une commode.

– Tu inaugureras l'abattoir, lui promit-il avec un sourire oblique.

2

Blanche hésitait à se rendre rue du Pré-Maudit. La Villette véhiculait une réputation sordide. Son oncle lui avait décrit les bouges situés au fond des impasses, les règlements de comptes qui s'y soldaient au couteau, cette zone franche où les jeunes filles de bonne famille ne s'aventuraient pas. Encore moins seules.

La destination n'effraierait sans doute pas Victor. Mais si ce Benjamin Closter était l'imprimeur dont Gaston Loiseau lui avait parlé la veille au soir, elle ne pouvait faire prendre le risque à Victor de tomber nez à nez avec le commissaire. En même temps, il fallait prévenir Closter, quel que soit son lien avec le mutilé de l'Odéon. Et si Salmacis connaissait son adresse, il était peut-être déjà en route…

Blanche n'avait pas l'habitude de rester les bras croisés. Elle rédigea une lettre et l'adressa à Gaston Loiseau, à la Préfecture. Elle la déposerait à la poste du Louvre. La lettre partirait au service de midi. Le commissaire la recevrait à deux heures.

Ensuite, elle enfila les habits de Victor Pilotin. L'apprenti faisait à peu près sa taille. Blanche coinça ses cheveux sous la casquette, la descendit sur son front, se mira dans le miroir du cabinet de toilette. Elle quitta l'appartement pas mécontente de sa transformation.

Une ombre l'attendait dans la rue Neuve-des-Petits-Champs, ombre qui la suivit de loin jusqu'à la poste et héla un fiacre couvert lorsque la jeune fille sauta dans un omnibus en direction des barrières.

Le Pré-Maudit ne comptait pas plus de dix maisons et autant de vergers aux arbres squelettiques. Certaines paraissaient vides. On se croyait vraiment à la campagne.

L'enseigne du numéro 8, un ancien relais de poste, montrait deux lettrines entrelacées. Ce Closter était bien l'imprimeur dont lui avait parlé son oncle.

La vue était dégagée. Pas de Loiseau à l'horizon. Blanche ne se sentit pas rassurée pour autant. Gaston avait le chic pour débarquer à l'improviste. Manquerait plus qu'il tombe sur sa nièce déguisée en garçon.

À part l'enseigne, rien n'indiquait que la demeure était habitée. Les fenêtres avaient été renforcées par du papier. Blanche frappa à la porte en y mettant toute sa force.

Personne.

Elle sortit son agenda-journal, attrapa la mine de plomb coincée dans la spirale, choisit une page vierge du mois d'août et rédigea un message en lettres capitales pour que son oncle, s'il tombait dessus, ne reconnaisse pas son écriture. Elle déchira la page, la plia, la glissa sous la porte.

Elle prit le même chemin qu'à l'aller, les mains au fond des poches, sifflant ostensiblement et comme elle pouvait, c'est-à-dire très mal.

Le fondeur n'avait pas eu besoin de lire plusieurs fois le message laissé par ce gamin pour en mesurer toute la portée :

« L'HOMME QUI M'A DONNÉ VOTRE NOM A ÉTÉ TUÉ CE MATIN DANS L'AMBULANCE DE L'ODÉON. IL PORTAIT UN TATOUAGE SUR LE BRAS GAUCHE. JE SUIS VENUE VOUS PRÉVENIR QUE CLAUDE SALMACIS EST À VOS TROUSSES. »

Closter le roula en boule et l'enflamma avec un briquet à amadou. Il se fichait de savoir qui était ce mystérieux messager. Le monstre avait eu Josse. Maintenant il était à ses trousses.

Le jeu de massacre se déroulait à l'échelle d'une capitale et à huis clos. Un tueur et ses dix victimes, présentes ou à venir, enfermés dans une ville-prison. Il y aurait presque eu là matière à roman. Il ne fuirait pas. Mais il pouvait sonner l'alarme.

Il écrivit une lettre d'une main hâtive, livrant le nom du tueur et ce qu'il avait déjà accompli.

– Claude Salmacis, grogna-t-il entre ses dents. On dirait que tu as choisi un pseudonyme de circonstance.

Il glissa sa lettre dans une enveloppe et sortit par-derrière. La maison des Leborgne se trouvait à cent pas. L'activité battait son plein, dans la grange, au grand jour. Les Leborgne rachetaient des casques, des éléments de cuirasses, voire des fusils à des Prussiens accommodants et ils les martelaient pour leur donner le poli du combat. Ils les revendaient en ville dans les beaux quartiers, à ceux qui pensaient agir par patriotisme en décorant leurs manteaux de cheminée avec une relique prise à l'ennemi.

Le cadet des Leborgne vint à la rencontre de Closter, un casque de uhlan cabossé à la main.

– Cette lettre doit arriver au plus vite dans un certain hôtel du parc Monceau, lui dit-il.

Closter donna un franc au coursier qui mémorisa l'adresse.

– Tu en auras deux autres à la réception.

Le gamin lança son casque dans le ciel, attrapa l'enveloppe et partit en courant.

Closter réintégra son atelier. Il ne ferma pas les portes à clé. Rien n'empêcherait le monstre de rentrer. Il ne s'arma pas non plus. Benjamin Closter détestait les pistolets et autres crucifix à ressorts. Il leur préférait les armes blanches.

Il retourna à son bureau et se remit à la tâche, la gravure d'un A fantastique qui ressemblait à un compas de maçon attaqué par un essaim de chauves-souris.

Un mouvement, dans son dos, l'informa que Salmacis était arrivé.

– Attends que j'aie fini, demanda le fondeur de caractères.

Claude Salmacis prit une chaise et la tira à trois pas du fauteuil roulant. Son visage était plus pâle qu'à l'ordinaire. Il s'était emmitouflé dans sa cape, comme saisi d'un froid subit. Un poêle à bois chauffait pourtant convenablement la pièce.

Closter cisela la dernière aile de la dernière chauve-souris, épousseta le bloc-caractère et le posa dans un coin du bureau. Il recula son fauteuil roulant. Ils se dévisagèrent.

– Que t'est-il arrivé ? voulut savoir Salmacis en montrant le fauteuil roulant.

– Un fardier qui s'est retourné à Belleville, il y a douze ans. J'étais dessous.

Salmacis se garda de tout commentaire. Il n'allait pas s'apitoyer sur le sort de Benjamin. Il jeta un coup d'œil aux abécédaires qui recouvraient les murs du bureau.

– Alors tu es imprimeur.

– Fondeur de caractères. Ce n'est pas pareil.

Salmacis haussa les épaules. Ce mouvement si familier ramena Benjamin à l'enfance, leur enfance.

– Amusant de voir les chemins que vous avez empruntés. Chapelier, drapier, machiniste d'Opéra...

– Comment nous as-tu retrouvés ?

Salmacis s'emmitoufla un peu plus dans sa cape.

– Le hasard.

– Comment nous as-tu retrouvés *l'un après l'autre* ?

Salmacis, par réflexe, commença à ouvrir un pan de sa cape. « J'ai laissé ma fiole à l'ambulance de l'Odéon », se souvint-il.

– Délieur de langue maison.

D'après ce que put voir Benjamin, le tueur ne cachait pas d'arme sur lui. Ou alors un nerf de bœuf, coincé dans le pantalon…

– Malin votre système de protection. Chaque frère ne connaît que l'identité de son cadet. Mais il a un défaut quand on sait faire parler les morts.

– Tu attends que je te dise quoi ?

– Le nom du suivant.

– Ton nom ? ironisa Benjamin. Car après moi et toi, il n'y a plus personne. Tu es mon petit frère. La chaîne s'arrête là.

Le fondeur jubila en voyant la déconfiture de son vis-à-vis.

– Dommage que tu aies commencé par Edmond. Mais tu as embarqué à mi-parcours et tu ne peux plus remonter le fleuve.

Closter bluffait. Il connaissait le nom de l'aîné à qui il venait d'envoyer un pli.

– Tu mens, essaya de se convaincre Salmacis.

Mais il paraissait perdu.

Closter profita de son trouble pour tenter sa chance. Il bondit de son fauteuil roulant et planta un poinçon dans le cœur de son frère, jusqu'au manche. Salmacis se figea, comme saisi par la mort. Ses yeux se fixèrent sur un point, au plafond.

– Pauvre idiot, cracha Closter, tremblant. Tu pensais vraiment me régler mon compte ?

Il hurla :

– Tu n'as jamais été qu'un monstre ! La Loi a tranché. Tout est accompli.

L'emplâtre appliqué sur le tatouage lui lança une décharge électrique. Closter batailla contre sa manche de chemise pour la remonter et se gratter. Dans sa tentative frénétique, il tourna le dos à Salmacis.

Le poinçon lui transperça la nuque et ressortit par la bouche, lui collant la langue au palais. Il était mort avant de toucher le sol.

Salmacis, debout au-dessus du cadavre, se força à respirer lentement, calmement.

Il ouvrit la chemise de Closter, découvrit son torse, que le fondeur avait glabre, fort heureusement. Le raser l'aurait répugné. Il fouilla le bureau, y trouva ce qu'il cherchait : un jeu de caractères et de chiffres, un tampon encreur. Les lettres étaient d'un dessin assez simple pour rester lisibles en dépit d'une impression grossière.

Et il se mit au travail.

5 ♞ ONT ÉTÉ DÉMASQUÉS
5 ♞ SONT CACHÉS
QUI PAIERONT POUR
LA TRIPLE CONTRAINTE
DE L'ENFER

Le message s'étalait en caractères noirs sur le torse de Benjamin Closter. Si cela ne suffisait pas à remettre les enquêteurs sur une piste, Salmacis adresserait une lettre anonyme à la Préfecture avec des indices complémentaires.

L'enquêtrice en jupons l'avait mené jusqu'à Benjamin. Elle le mènerait bien aux autres.

3

« Une filature ne s'improvise pas, lui avait dit un jour Gaston Loiseau. Mais il est un art qui requiert plus d'abnégation encore. Je te parle de la planque. Il m'est arrivé de passer des nuits entières sous la pluie, fondu dans le décor, à attendre qu'un malfrat sorte d'un tripot pour reprendre la poursuite. »

Le commissaire en rajoutait. Il adorait impressionner sa nièce.

« La planque est parfois récompensée. Le plus souvent, elle te laisse sur ta faim. Mais elle a au moins le mérite de séparer les policiers qui ne baissent jamais les bras des autres. »

Ne jamais baisser les bras. Blanche possédait d'autres cordes que l'opiniâtreté à son arc. Notamment, une ouïe excellente. N'en déplaise à Bernadette qui avait fait de ses oreilles décollées un sujet de raillerie récurrent. Cette grande asperge n'aurait pas entendu le léger bruit de pas dans la maison de Closter alors que Blanche venait de glisser son message sous la porte.

Elle avait fait semblant de partir pour se cacher un peu plus loin dans une baraque abandonnée.

Elle ne s'était pas plus tôt planquée qu'un homme était sorti pour prendre le pli avant de lorgner la rue d'un air soupçonneux. Benjamin Closter était chez lui.

Blanche avait patienté sans voir quiconque. Elle était à cent lieues d'imaginer que Claude Salmacis plantait le poinçon dans la nuque du fondeur, imprimait son message sur son torse…

Au bout d'une heure, elle contourna la maison et entra par-derrière au moment où Salmacis en sortait par-devant. Elle trouva une porte entrebâillée, appela à l'intérieur :

– Monsieur Closter ?

Un miaulement lui répondit.

Blanche suivit le couloir qui s'enfonçait dans la maison, déboucha dans une pièce rustique où trônait un fourneau entouré d'instruments sur trépied. Le foyer de briques réfractaires était froid, l'air glacé chargé de poussières. Blanche se pinça le nez et éternua aussi silencieusement que possible. Un étrange parfum flottait dans la pièce. Elle l'avait déjà senti quelque part…

Respirer de l'éther d'ambulance lui avait perverti l'odorat et elle ne reconnut pas la senteur de violette.

Quelque chose sauta sur le côté en poussant un cri abominable. Blanche bondit.

Un chat tigré efflanqué la toisait à deux pas, la queue dressée, outré.

« Je suis trop jeune pour faire un infarctus », se dit-elle avant de reprendre son exploration.

Elle parvint au bout du couloir, près de l'entrée. Le parfum était ici plus puissant qu'ailleurs. Elle entra dans une sorte d'atelier… et resta interdite face au cadavre assis dans le fauteuil roulant. Le tueur avait laissé un message sur son torse. Elle le lut avant de se précipiter à l'extérieur.

Si elle avait prévenu son oncle, Salmacis n'aurait pas eu le temps de tuer cet homme. Comment avait-il trouvé l'imprimeur ? Hercule avait légué son secret à Blanche et à personne d'autre…

« Il m'a suivie », comprit-elle.

– Pas un geste, Victor ! Tu es en état d'arrestation !

À cent mètres, Gaston Loiseau, le Lemat à la main, visait Blanche en costume d'apprenti qui lui tournait le dos. Elle tombait sous les chefs d'accusation de mensonge, d'exercice illégal d'une profession judiciaire et d'association de malfaiteurs devant le tribunal familial.

Un frelon métallique s'enfonça dans le mur à deux pouces de sa tête. Loiseau avait ouvert le feu.

Blanche courut vers les fortifications. Deux coups de feu claquèrent derrière elle. Des sifflets retentirent. Le commissaire n'était pas venu seul et ses adjoints essayaient de l'encercler. Elle se trouvait face à une plaine étale. De gros nuages flottaient au ras du sol. Ils créaient autant de couloirs où se cacher.

Loiseau cria un ordre. Nouveau coup de feu. Blanche s'enfonça dans le premier nuage sans attendre de savoir si cette balle serait pour elle ou non.

Les bandes cotonneuses roulaient sur les côtés, telles ces toiles peintes utilisées pour simuler le mouvement dans les théâtres.

Les sifflets retentirent. Et des cris. Blanche glissait sur la boue. Elle fatiguait. Et ses poursuivants se rapprochaient.

Les nuages lui dévoilèrent de hautes structures métalliques qui s'élevaient à proximité. Les citernes de gaz de l'usine de la Villette. La combustion du coke expliquait cette brume blanche. Tout près commençaient les fortifications. Elle ne s'échapperait pas par là. Et de l'autre, un cordon policier lui barrait la route.

« Je suis fichue », se dit-elle en changeant de direction.

Une ombre la frôla. Blanche s'arrêta. Son oncle, dans un autre couloir de nuage, à cinq pas, parlait à ses hommes :

– Si vous le voyez, tirez sans sommation. Ne prenons aucun risque avec ce forcené.

– Oui, chef.

Blanche décida de jeter l'éponge. Elle retira sa casquette et marcha vers l'endroit d'où les voix provenaient. Mais les policiers étaient repartis.

– Tonton Gaston ! appela-t-elle.

Un athlète vêtu d'un justaucorps blanc sortit d'un nuage. Blanche le reconnut à ses moustaches en guidon de vélo. Ses deux frères apparurent tour à tour.

– La demoiselle de la rue Neuve-des-Petits-Champs ! s'exclama le premier.

– Pour une surprise, ajouta le second.

– Le patron sera content de vous revoir, acheva le troisième.

– Nadar est là ?

Les trois hommes levèrent la tête. Une trouée dans le ciel dévoila le ballon jaune et rouge qui, vu d'ici, ressemblait à un jouet d'enfant.

¢

Ses gars revenaient bredouilles. La situation leur échappait. Pilotin était un petit malin. Mais, jusqu'à présent, les apprentis chapeliers n'avaient pas d'ailes pour voler !

La brume s'écarta pour montrer trois géants. Gaston avait encore deux balles dans son Lemat.

Les hommes se tenaient à côté d'un fardier, d'une conduite de gaz sans doute reliée à l'usine toute proche et d'un filin qui se perdait dans les nuages.

– Messieurs.

Avaient-ils l'air goguenards ou se faisait-il des idées ?

– Un garçon, avec une casquette, dans les quatorze ans, télégraphia-t-il. Vous ne l'auriez pas vu par hasard ?

Leur non fut aussi spontané que sincère. Ses agents le rejoignaient. L'un d'eux, qui était entré dans la maison de l'imprimeur, y avait découvert un cadavre.

Gaston leva la tête, espérant visualiser le ballon. Mais le ciel était bouché.

Il rangea son arme et donna le signal du repli. Ce Pilotin avait glissé entre les mailles du filet. Il fallait lui reconnaître au moins ça : c'était une anguille de premier choix.

4

Nadar avait le spleen.

À tel point qu'il ne réagit pas lorsque ses gymnastes tractèrent le ballon jusqu'au sol, firent basculer du lest dans la nacelle et le laissèrent remonter à une allure que l'aéronaute jugea modérée voire idéale.

Il se retourna, reconnut Blanche, la détailla de pied en cap.

– Vous vous déguisez en garçon maintenant?

– Ce serait trop long à expliquer.

Blanche regarda par-dessus bord. La Villette ne montrait qu'une mer de nuages et les superstructures de son usine à gaz. Paris et la campagne apparaissaient comme un paysage volé au monde des rêves. Le ciel était d'un bleu limpide. Quelques très hauts cirrus déroulaient leurs écharpes à des altitudes inaccessibles.

– Vous tremblez?

– Je... je suis ge-gelée.

Le photographe retira son manteau de fourrure pour le jeter sur les épaules de la demoiselle. Elle s'emmitoufla dedans en grelottant quelques remerciements.

En bas, les sifflets s'étaient tus. Son oncle avait sûrement abandonné la poursuite. La chaleur revenant, son cerveau se désengourdissait aussi.

Qu'allait-elle faire après cet épisode peu glorieux ? Se rendre à la Préfecture et tout raconter ? En parler à Victor ?

Il n'y était pour rien et elle venait de l'impliquer dans un nouveau meurtre. Son cas était plus tordu qu'un casse-tête chinois. Depuis le début, elle accumulait bourde sur bourde.

— Des soucis ? s'inquiéta Nadar.

— Je me suis mise dans une situation délicate, expliqua-t-elle succinctement.

— Leçon numéro deux de la photographie : tout est affaire de révélation.

— Pardon ?

— Lorsque votre papier est fixé au chlorure de sodium, vous le plongez dans le bain qui permettra de révéler en positif votre cliché négatif, un bain de sels d'argent.

— Et le cliché apparaît de suite ?

— Impatiente ! Il lui faut dix minutes par beau temps et une journée par temps couvert. Pour ma part, je préfère voir l'image apparaître lentement. L'opposition entre les noirs et les blancs est alors plus intense. Sinon, on obtient de la bouillie, de la purée sépia. Bon, parlez-moi de vous. Où en êtes-vous avec vos deux tatoués ? C'était bien l'objet de votre quête ?

— Deux... Quatre... Enfin cinq ont été tués.

— Par tous les diables ! Cinq ? C'est une hécatombe !

Blanche scrutait la rue du Pré-Maudit. Elle vit son oncle entrer dans la maison de Closter. Les environs grouillaient de policiers, en civil ou non. Mais en repartant par l'est, elle pourrait leur échapper.

– J'aimerais redescendre, le pria-t-elle.

– Pas de problème.

Nadar tira sur la corde de communication. Les athlètes tractèrent le ballon jusqu'au sol. Ils aidèrent Blanche à sortir de la nacelle. Nadar, lui, resta dedans.

– Vous savez où je loge, en haut comme en bas. Et jamais deux sans trois. Donc on se reverra. Lâchez tout !

Le ballon jaune et rouge fila vers le ciel. Quant aux gymnastes, ils raccompagnèrent Blanche à la première route carrossable et assez éloignée de la rue du Pré-Maudit pour qu'elle puisse gagner le centre de Paris sans croiser Loiseau et compagnie.

5

L'omnibus la déposa porte Saint-Martin. Blanche accomplit le reste du trajet à pied. Elle entra dans son immeuble discrètement et se changea. Après s'être aspergé le visage, elle se massa les tempes avec deux noisettes de baume contre le mal d'aventures.

Un roucoulement l'attira dans le salon. Blanche récupéra le pigeon voyageur qui attendait devant la fenêtre. Le tube contenait trois messages de la main de Victor, d'une impatience grandissante.

Message 1 : « Passé au téatre à onze heure. Vous ai pas vu. Coman ça a été avec le mancho ? »

Message 2 : « Serai au Guignole du Luxembourg a quatre heures. Suis inquiet. »

Message 3 : « Alore ! »

Blanche avait doublement trahi Victor : en agissant sans le mettre au courant et en le compromettant plus qu'il ne l'était déjà.

Elle s'apprêtait à lui donner rendez-vous quand la concierge monta lui remettre un pli.

– Un policier l'a déposé pour vous il y a une demi-heure. Il a dit que c'était urgent.

Blanche prit connaissance du message avec appréhension. L'écriture, appliquée, était celle d'un commis, le ton administratif au possible.

Vous êtes requise à la Préfecture. Veuillez vous munir de votre laissez-passer. Convocation à honorer dès que possible.

Marseille, contrôleur général.

Elle avait été reconnue rue du Pré-Maudit. Et on lui demandait de se rendre à la Conciergerie. La charrette du bourreau aurait tout aussi bien fait l'affaire.

¢

Une demi-heure plus tard, Blanche se présentait à l'entrée de la Préfecture. Elle produisit convocation et laissez-passer.

– Vous êtes attendue au numéro 3. Vous sortez et c'est la première à droite.

Soit l'édifice contigu au sommier. Soit la tour Tardieu.

Celui qui passait par la tour Tardieu était à peu près sûr de finir au Dépôt avant d'être envoyé dans l'un des sordides pénitenciers parisiens.

« Je suis cuite », songea-t-elle.

Bravement, elle pénétra dans la tour, grimpa la volée de marches, frappa à la porte.

– Entrez !

Elle avança dans l'octogone éclairé par quatre grandes lucarnes. Son oncle discutait avec Arthur Léo. Le greffier Lefebvre était présent. Et un homme que Blanche ne connaissait pas. Un gratte-papier d'après ses manches de lustrine noire. Une chaise vide l'attendait devant la table.

– Asseyez-vous, ordonna l'inconnu.

Blanche obéit.

– Tonton… commença-t-elle.

Le gratte-papier l'interrompit.

– La procédure, mademoiselle. La procédure. Levez la main droite. Jurez-vous de dire toute la vérité, rien que la vérité ?

– Marseille ! intervint Gaston. C'est ma nièce tout de même !

Elle ne réclamait aucun passe-droit. Elle paierait pour ses crimes. Elle leva la main droite et dit :

– Je le jure.

Marseille afficha un air satisfait. D'un geste, il signifia au commissaire que le témoin était à lui. Gaston se leva, contourna la table et la chaise pour s'arrêter derrière, posant les mains sur le dossier et non sur ses épaules, ce dont elle lui sut gré. Il glissa une feuille devant ses yeux.

– J'ai reçu ceci en début d'après-midi.

La lettre qu'elle avait écrite au nom de Victor, avec les fautes d'orthographe d'usage, révélant aux autorités compétentes le nom du vrai tueur à appréhender.

Elle coinça ses cheveux derrière ses oreilles. Elle allait tout avouer. Mais Gaston avait repris sa déambulation.

– Un nouveau crime a été commis. Il se pourrait que ce Claude Salmacis en soit l'auteur.

– Un crime ? releva Blanche.

– Benjamin Closter. L'imprimeur… Plutôt le fondeur de caractères dont je t'ai parlé hier soir. On l'a trouvé dans son atelier. Raide mort. J'ai surpris Victor Pilotin en arrivant sur les lieux. Il nous a filé entre les doigts.

Blanche comprit qu'elle ne risquait rien. Elle rendossa son costume de nièce ambulancière, criminologue du dimanche, et poussa l'audace jusqu'à émettre à haute voix des réflexions qu'elle s'était faites après avoir vu le cadavre.

– Quand vous dites avoir trouvé ce Closter dans son atelier… Vous l'avez vraiment trouvé-trouvé ? Il n'était pas liquéfié comme les autres ?

Marseille s'agita. Lefebvre sourit. Léo prit des notes. Gaston se mordit les lèvres. Blanche jubila. Pour sûr, il était tombé sur un corps. Vu que Salmacis avait laissé sa fiole à l'ambulance de l'Odéon et que la potion en question était cachée dans le bureau d'un certain appartement de la rue Neuve-des-Petits-Champs.

– Moins tu en sauras, mieux ce sera, ma chérie, l'assura le commissaire. Celui ou ceux que nous traquons sont de dangereux criminels. Tu dois rester en dehors de cette affaire.

Blanche mima celle qui boude puis celle qui comprend, pages 23 et 24 du Catalogue des enfants sages.

– D'accord, mon oncle. Alors en quoi puis-je vous être utile ?

– Tu as rencontré ce Claude Salmacis dont Victor parle dans sa lettre.

Blanche rougit comme une tomate et bégaya une série de syllabes qui pouvaient s'apparenter à un dialecte pré-sumérien, mais sûrement pas à une réponse intelligible.

– Tu m'en as parlé au *Grand Café*. Le 18 septembre. Le jour où tu as raté le train. Lorsque je vous ai rejoints. Tu venais de raconter ta rencontre dans la morgue à notre ami Lefebvre.

Le greffier confirma d'un hochement de tête. Blanche se rappela. Son oncle était arrivé sans qu'elle s'en rende compte.

– C'est vrai, avoua-t-elle. Je l'ai croisé à la morgue. Il prétendait être préparateur anatomique.

– Nous n'avons aucun Salmacis dans nos fichiers. Et une enquête de l'inspecteur Léo menée dans le petit milieu des préparateurs n'a rien donné.

Gaston s'accroupit à côté de sa nièce pour lui montrer un schéma. Elle reconnut le dessin de la scène du crime, le bureau de l'imprimeur, les meubles, le corps, des taches et des flèches.

– Commissaire ! s'exclama Marseille. Votre nièce a été convoquée ici en qualité de témoin. Les détails concernant cette affaire doivent rester strictement confidentiels.

Loiseau lui jeta un regard noir et revint à son laïus.

– Closter lui tournait sans doute le dos. L'autre lui a planté un poinçon dans la nuque.

– Victor n'a que quatorze ans, rappela Blanche. Il aurait pu terrasser cet homme ?

– Il en a déjà tué trois, affirma Gaston. Là n'est pas le problème. Le coup a été porté par un gaucher.

– Et Victor Pilotin est droitier, releva l'inspecteur Léo.

– Ça ne l'innocente en rien, intervint Loiseau. Mais cela me conforte dans l'idée d'une bande organisée dont Pilotin et Salmacis feraient partie. Maintenant, nous avons deux tueurs à traquer. Donc deux fois plus de chances de couper au moins une tête de cette hydre criminelle.

– Je trouve votre calcul statistique bien audacieux, intervint Lefebvre.

– Si on me donne deux fois plus d'hommes, ajouta Loiseau, se tournant vers Marseille, le calcul reste valable.

– N'y comptez pas trop, le calma le contrôleur général. Les consignes du préfet sont très claires : aucune dépense supplémentaire ne rognera le budget.

Loiseau, déconsidéré sur tous les fronts, grommela et revint à sa nièce.

– Tu peux au moins nous le décrire.

– Qui ?

– Salmacis, pardi !

Blanche n'avait aucune raison de cacher à son oncle ce qu'elle savait du personnage, à part son passage à l'Odéon. Et cela se réduisait à sa taille, la couleur de ses yeux, le fait qu'il avait les cheveux longs, bruns et qu'il les nouait. Il se parfumait à la violette, se souvint-elle. Et son apparence était – elle chercha le mot – polymorphe.

– Vous l'avez donc vu plusieurs fois ? demanda le commissaire Léo avec un mince sourire.

– Oui... Euh... Non. En fait, j'extrapole.

Gaston ne s'attendait pas à une réponse aussi vague. Mais l'arrière de la morgue était un royaume de pénombre. Elle n'allait pas lui livrer une description aussi précise qu'un cliché photographique.

– Mieux que rien, conclut-il, un brin déçu.

Marseille se leva.

– Je vous laisse. Une réunion avec le préfet. Mademoiselle, mes hommages.

L'ambiance se détendit considérablement avec le départ du contrôleur général.

– Ils ont l'air sur les dents dans les hautes sphères, risqua Lefebvre.

– Le fait qu'on ait enfin un cadavre ? proposa Léo.

– Il y a eu des fuites, expliqua Loiseau, la mine sombre. Elles ont atteint le tribunal de commerce.

– Le tribunal de commerce ? s'étonna Blanche.

– Oui, tu sais ? Cette grosse pâtisserie second Empire qu'ils ont plantée en face de notre bonne vieille Conciergerie.

– Pourquoi le tribunal de commerce s'intéresserait aux tatoués ?

– Les corporations, laissa tomber Loiseau. Le drapier, le chapelier, le machiniste et maintenant le fondeur de caractères... Chacun était reconnu dans sa profession et possédait une certaine influence. Et qui dit corporation.

– Dit artisans, ajouta Léo.

– Et qui dit artisans dit…

– … Communards, compléta Lefebvre.

Gaston s'alluma un londrès.

– Morts en série. Motifs étranges. Clubs en ébullition. Il semblerait que tout soit lié, même si nous nageons en plein mystère. Surtout, il y a ce message.

– Un message ? Quel message ! s'exclama le greffier.

Gaston contemplait sa nièce qui ne pipait mot.

– Vous vous êtes promis de ne pas entraîner une jeune femme sans défense dans une affaire de haute cour criminelle, rappela Léo, montant sur ses grands chevaux.

– Quel message ? insista Blanche, en faisant papillonner cils et paupières.

Elle savait pertinemment qu'il parlait des lettres imprimées sur le ventre de Closter.

Gaston pesait le pour et le contre. Léo était dans le vrai. Il ne pouvait lui en dire plus. Pas tout de suite, en tout cas.

Il remercia Léo et Lefebvre qui les laissèrent seuls. Lui, maître de la dramaturgie, tournait dans la pièce autour de la chaise que Blanche n'avait pas quittée.

– Ce soir, je visite un club très particulier. Ces morts lui sont peut-être liés. Voudrais-tu m'y accompagner ?

Blanche ne se demanda pas si c'était dangereux. Ni s'il se payait sa tête.

– Et comment !

– Je passerai te prendre à vingt heures.

Blanche sortit de la tour l'esprit plus troublé que lorsqu'elle y était entrée. Elle ne vit donc pas son oncle se frotter les mains, pas mécontent de sa petite mise en scène. Au moins, il ne serait pas écrit que Gaston Loiseau n'injectait pas dans son existence et dans celle des siens un minimum de panache.

– Le panache, murmura-t-il, revenant à son problème en cours.

Autant les trois premiers cadavres, par leur non-existence, pouvaient correspondre à tous les profils d'assassin, autant le dernier ne collait pas à celui de Pilotin. Gaston Loiseau ne parvenait pas à imaginer l'apprenti chapelier plantant son poinçon dans la nuque d'un homme dans la force de l'âge. Qu'il soit gaucher, droitier ou ambidextre, c'était du pareil au même.

Et le torse de Closter ne montrait aucune faute de français !

Pilotin traquait-il le tueur pour s'innocenter comme il l'affirmait ?

Et ce message... La triple contrainte de l'Enfer... Il avait déjà entendu cette formule. Mais où, nom d'une pipe, où ?

6

L'oncle Gaston était un fabulateur. Il avait fait croire à sa nièce, enfant, qu'il avait arrêté une tribu de Kobolds ayant monté une entreprise de bonneteau du côté de la halle aux vins. Les lutins s'étaient ensuite évadés de la Conciergerie aidés par des fées.

Elle ne lui en voulut donc pas trop lorsque son club se révéla être l'Opéra où, ce soir, se jouaient des extraits du *Faust* de Gounod. L'initiative en revenait aux acteurs et le prix des places était laissé à l'appréciation des spectateurs. Le but étant, avec l'argent récolté, de fondre un canon d'ores et déjà baptisé le *Méphisto*. La noble cause avait attiré aristos et artisans, princesses et cousettes. À moins que ce ne fût le spectacle annoncé.

Se mêler à cette foule impatiente, aux côtés du commissaire qui s'était métamorphosé en mélomane, électrifia Blanche. Elle se sentait alerte intellectuellement, mais les membres en coton. L'Opéra se prêtait bien à cet état double et légèrement hallucinant.

Gaston, royal, avait lâché cinq francs pour une loge. Elle leur offrait une vue imprenable sur la salle comme sur la scène malgré la maigre lumière des lampes à huile dont les lustres, normalement éclairés au gaz, avaient été garnis.

Tous ces gens avec leurs lourds manteaux, leurs plaids sur les genoux, leurs toques et leurs képis... Toutes ces respirations qui se condensaient dans l'air froid de la salle... Tout cela donnait l'impression d'un peuple de revenants ou de guerriers barbares rassemblés dans quelque théâtre baroque de la profonde Tartarie. Blanche rêvait, la moitié inférieure du visage cachée dans ses châles. Elle se cala contre son oncle lorsque le régisseur se présenta sur scène.

Oubliés, les tatoués, les Prussiens et les morts en série. Ce soir, on les transporterait dans des cabinets d'étude, des kermesses de village et sur des monts maudits. En musique et en imagination. Tel était l'avertissement du régisseur, agrémenté d'excuses : les acteurs chanteraient en costumes de ville dans un décor nu, les artifices du théâtre ayant été mis à l'abri dans une salle blindée, au sous-sol.

On murmura. On toussa. On renifla. Le chef d'orchestre enfila ses mitaines. Ses musiciens attendaient, éclairés par des lampes de marine. Dans leur fosse, on aurait dit une bande de pirates préparant un mauvais coup. Le chef leva les bras. La phrase envoûtante du prélude naquit, gonfla. Et la magie opéra.

Le docteur Faust, en frac, invoqua le diable – vêtu d'un improbable vison – qui apparut, emprisonné dans le pentacle. « L'épée au côté, la plume au chapeau, l'escarcelle pleine, un riche manteau sur l'épaule », chanta-t-il, accompagné dans la loge par Gaston qui murmurait les paroles. Tous, dans la salle, scrutèrent le miroir quand Faust y vit sa nouvelle jeunesse. Tous dodelinèrent de la têté lors de la valse. Tous frémirent lorsque la phrase fut lancée vers le plafond plongé dans la pénombre :

– Et Satan conduit le bal !

L'Opéra accueillant une ambulance dans son foyer, comme à l'Odéon, l'entracte se déroulait dans la salle. Les spectateurs en profitèrent pour tousser, renifler, se moucher, papoter.

Le chef d'orchestre reprit sa baguette. Le rideau remonta. Une lueur sourde, rouge, volcanique, éclairait l'arrière-scène. Gaston fulmina en comprenant qu'ils n'auraient pas droit à l'acte IV. Ce n'était pas son préféré, mais quand même ! On les avait transportés d'office sur la montagne du Harz où devait se tenir le bal des sorcières.

À ses côtés, Blanche tremblait de tous ses membres.

Les feux follets apparurent. L'illusion était parfaite et le chœur satanique au possible.

Blanche, enfermée dans ses châles, avait l'impression de perdre pied. Elle claquait des dents. Elle voyait des choses fantastiques se dérouler sur scène. Squelettes dansants avec des lucioles. Êtres pathétiques appelant la délivrance. Démon dépassé par ce qu'il avait provoqué et tentant, en vain, d'enrayer la mécanique du Destin.

Marguerite allait être emportée par les anges. Elle chanta alors à son amant :

– Ces mains rouges de sang, ce cauchemar de fer… Est-ce le prix à payer pour la triple contrainte de l'Enfer ?

Marguerite tomba sans vie. Le rideau la sépara du monde. Les applaudissements fusèrent.

Gaston Loiseau avait bondi. Il fixait l'immense drap fermé sur le mystère. Il n'avait pas rêvé ?

Les spectateurs avaient trop froid pour réclamer un *bis* et guère l'envie d'applaudir plus longtemps pour se réchauffer. On se hâtait vers l'extérieur. Les musiciens rangeaient leurs instruments.

Gaston se tourna vers Blanche. Elle l'avait sûrement entendue, elle aussi, la mention de la triple contrainte de l'Enfer ?

Blanche avait entendu, en effet. Juste avant de sombrer. Lorsque son oncle la secoua, pensant qu'elle s'était endormie, elle glissa de sa chaise sur le sol de la loge. Ses châles se déployèrent, montrant un visage d'une pâleur cadavérique. Gaston lui tapota les joues, ne provoquant aucune réaction.

– Ma bichette.

Blanche paraissait morte.

Gaston se dressa, s'agrippa au balcon de sa loge et appela :

– Un médecin !

≈ VII ≈

La triple contrainte
de l'Enfer

1

Blanche se tenait sur le plus haut gradin de l'amphithéâtre de l'École de médecine. Gaston Loiseau allait et venait en contrebas. Il lisait un article rangé sous la lettre S du *Dictionnaire de police*, celui concernant les « Saltimbanques ».

– On s'est toujours imaginé que les prêtres de foire, les sauvages qui se nourrissent de lapin vivant et les sirènes étaient des êtres déclassés. Il n'en est rien. La profession de monstre est régulière, organisée comme les autres, avec des statuts officiels et une caisse de secours mutuel. Il y a des années où la femme à barbe ne rentre pas dans ses frais, mais où la princesse de Lilliput lui vient en aide. Quand les athlètes chôment, les femmes-torpilles y vont de leur poche.

Blanche se rendit compte qu'elle était la seule fille. Heureusement, elle avait conservé le déguisement de Victor. Elle s'assura que ses cheveux longs étaient cachés sous sa casquette.

– Tout est réglé, continua le commissaire de sa voix puissante. Pour devenir la plus belle femme de l'univers…

Il eut un déhanchement lascif et exhiba une poitrine outrancière, provoquant des sifflets.

– … il y a des conditions à remplir, une cotisation à payer et un stage à accomplir. On n'est promu animal féroce…

Là, il poussa un rugissement léonin qui fit trembler gradins, bancs et grains de poussière virevoltant dans l'air ambiant.

– … qu'à l'ancienneté. Et l'on n'obtient le titre de saltimbanque honoraire qu'au mérite de toute une vie de Polichinelle.

Deux niveaux plus bas, Victor se tournait vers Blanche qui s'efforçait de ne pas croiser son regard.

– Pssittt! fit-il.

Blanche ferma son agenda et chercha une sortie des yeux.

– Pendant les heures de spectacle, les saltimbanques font une horrible cuisine avec un feu misérable, entre trois briques, avec du bois qu'ils feignent d'avoir volé. Mais quand le public s'est écoulé, ils dépouillent prestement cet accoutrement de convention, revêtent du linge blanc et des vêtements convenables et rentrent chez eux au troisième étage d'une maison honnête où les attendent l'eau et le gaz, un bon souper et une famille vertueuse.

– Pssitttt! recommença le garçon.

Des têtes se tournèrent vers le fond de l'amphithéâtre où Blanche, de plus en plus gênée, essayait de se cacher.

– Les phénomènes ne se donnent des airs de bohémiens que pour gagner honorablement leur vie et ils affectent d'être déclassés pour retenir quelques bribes de l'intérêt du public.

– Mademoiselle!

– Laissez-moi tranquille, implora Blanche d'une voix tremblante.

Voix qu'elle eut l'impression d'entendre enfler comme des grandes orgues de cathédrale.

– Si on voulait encore faire figurer les saltimbanques dans un roman, il faudrait raconter l'histoire d'une... C'est pas bientôt fini là-haut?

Le remue-ménage se généralisa. Blanche se leva. Sa casquette s'envola. Ses cheveux libérés parurent doués de vie. Des mains attrapèrent ses habits. Elle avança à l'aveuglette dans une direction approximative, devina deux battants de porte, les enfonça.

Les bruits avaient cessé. Le sol sous ses pieds avait changé de texture. Se trouvait-elle sur une plage? Lorsqu'elle retira ses cheveux de devant ses yeux, elle ne vit qu'un couloir circulaire aux parois constituées de sable aggloméré. Une lumière, au bout, lui donnait une teinte ocre.

Elle avança prudemment, aborda une niche. De gros cocons blancs et translucides y étaient rangés. Blanche tendit la main pour en toucher un. Quelque chose s'agita à l'intérieur. Elle recula vivement contre la paroi, provoquant une cascade de sable qui coula sur ses épaules.

– Il faut que je sorte d'ici.

Elle courut vers le coude formé par le tunnel où la lumière s'accentuait. Trop tard. Une tête noire et triangulaire apparut.

La fourmi géante fonça sur Blanche, pinces écartées...

¢

– Blanche !

Émilienne prit son amie dans ses bras et lui caressa tendrement le dos.

– Calme-toi. Calme-toi.

Blanche sanglotait sur l'épaule d'Émilienne.

– Là. Tout va bien.

Blanche se calma. Elle avait mal à la tête et elle se sentait extraordinairement faible.

– J'ai fait un rêve horrible.

– Je sais. Tu t'agitais dans tous les sens. (Émilienne l'embrassa sur le front.) C'est fini maintenant.

Blanche regarda autour d'elle. Elle se souvenait du *Faust* à l'Opéra, de la fièvre qui grimpait, de la mention de la triple contrainte de l'Enfer. Après, le trou noir.

– Que s'est-il passé ?

– Tu t'es évanouie. Tu délirais. Tu avais une fièvre de cheval...

– Est-ce que j'ai dit quelque chose concernant...

– Victor ? Non. J'étais là et tu es restée parfaitement incompréhensible.

– Que m'est-il arrivé ? Aouch, ajouta-t-elle en se palpant le crâne.

– Malnutrition. Fatigue. Surmenage. On t'a cataplasmée, réchauffée, nourrie comme un bébé, nettoyée.

La fille de la concierge se permit une grimace.

– J'ai été inconsciente combien de temps?

– Neuf jours.

– Quoi?

– Nous sommes le 18 décembre.

Les deux amies se contemplèrent avec incrédulité.

– Tu ne te souviens vraiment de rien?

– De rien, non.

Émilienne enfila son manteau.

– Et Victor? Tu as des nouvelles?

– On en parlera plus tard.

Blanche trépignait tout en sachant qu'elle n'avait pas la force de faire grand-chose.

– J'ai dormi pour les deux semaines qui viennent. Je suis capable de me… Aïe. Je reste allongée finalement.

– Sage décision, commenta Émilienne. Tu ne bouges pas. Je vais prévenir ton oncle.

2

Les journalistes qui remplissaient la *Halle aux faits divers* la chauffaient en même temps. D'ailleurs, peut-être était-ce la principale raison à cette affluence. Car, depuis dix jours, il gelait à pierre fendre.

Le gouverneur de Paris avait annoncé par voie d'affiches une nouvelle grande sortie. Les troufions allaient tenter de prendre Le Bourget pour libérer Paris par le nord. « Cet assaut sera le dernier », songeait Loiseau. Aussi vain et coûteux en vies humaines que les précédents. Les Parisiens s'étaient résignés à voir Bismarck défiler sur les Champs-Élysées. Mais sous les pavés, la colère grondait.

Personne n'avait osé aborder le commissaire assis dans son coin. Il portait ses lunettes à verres rouges. Son attitude – ramassé sur lui-même, prêt à charger – incitait à la prudence. Depuis la soirée à l'Opéra, il s'était fâché avec à peu près tout le monde – Léo, Lefebvre, les commis de la Préfecture. Il ne dormait plus que par courtes périodes. La maladie de Blanche lui mettait les nerfs à vif.

La porte de la *Halle* s'ouvrit sur un personnage au physique de furet qui se dirigea droit vers sa table. Il tenait une canne en cornouiller dont le pommeau sculpté représentait un serpent. Son costume étroit serrait ses formes en fil de fer. Seule une discrète rougeur au bout de son nez attestait que l'homme souffrait lui aussi de l'hiver sibérien. Loiseau s'alluma son dixième londrès de la journée.

– Commissaire, salua le nouveau venu.

L'aubergiste vint prendre la commande. L'homme furet eut le geste de celui qui a les poches vides. Gaston lança à l'aubergiste :

– Il vous reste de votre palette à la diable ?

L'aubergiste eut un moment d'hésitation avant de répondre par l'affirmative et de disparaître en cuisine pour préparer une platée.

– De la palette à la diable ? reprit le furet. Bigre ! Et ils ne la cuisinent pas avec de la vieille carne, du castor ou que sais-je encore ?

– Le dernier mouton de Paris y est passé.

Le furet soupira.

– Ils ont donc augmenté vos traitements à la Préfecture ?

L'aubergiste vint poser une portion de palette devant le commissaire. Le morceau de viande nappé de moutarde était indéfinissable. Finalement, Loiseau poussa l'assiette sous le nez du furet.

– Cadeau de l'État français.

Cinq minutes plus tard, l'autre se léchait les doigts.

– Avez-vous trouvé quelque chose ? demanda Loiseau.

Le furet rota.

– Donc, vous êtes à l'affût de tout acte de sorcelle-rie émaillant les activités des…

Il sortit un carnet, chaussa des bésicles et récita.

– … chapeliers, drapiers, machinistes d'Opéra et fondeurs de caractères. C'est bien cela ?

Gaston Loiseau fit craquer ses doigts d'une inquiétante manière, ce que l'informateur prit pour un oui.

– Vous avez eu raison de me solliciter. L'agence *Prudentia* est spécialisée dans les démarches offi-cieuses en tous genres et…

– Rangez votre bla-bla, Baylac. Livrez-moi vos résultats. Je vous enverrai des maris ayant perdu leurs femmes ou des maîtres chanteurs en mal de personnalités à saigner.

– Vos insinuations sont tendancieuses, Loiseau. Je les mets sur le compte des temps que nous traversons.

Baylac tritura ses doigts sans parvenir à les faire craquer comme le commissaire.

– Ces recherches ont-elles un rapport avec le mort du Pré-Maudit ?

Gaston Loiseau, convaincu du lien pouvant exis-ter entre les tatoués et la tragédie faustienne, avait lancé l'enquêteur sur la piste du satanisme artisanal. Il n'était pas difficile d'imaginer des messes noires dans le monde fermé des corporations, toujours actives malgré leur dissolution officielle en 1791. Chaque métier possédait son argot, ses rites de pas-sage, ses fêtes occultes et ses secrets plus ou moins avouables.

Baylac était capable de s'infiltrer, de stagner comme de l'eau d'égout. Des histoires traînaient sur son compte alors qu'il travaillait encore à la Sûreté. On ne lui connaissait ni famille ni amis. Malgré le dégoût qu'il inspirait à la plupart, il n'avait jamais failli lorsqu'un renseignement lui était demandé.

– Lui et d'autres, lâcha Loiseau. Il y a eu des morts suspectes dans ces catégories de métiers. Des morts qui sentent le soufre.

Baylac replongea dans ses notes.

– Commençons par les chapeliers. Ils offrent un pourceau vivant au premier homme de l'État, une fois l'an, avec une figure de cire représentant saint Antoine d'Héraclée. Les drapiers sont plus intéressants. Les clous ayant servi à crucifier le Christ proviendraient d'un métier de drapier, les forgerons, ce jour-là, ayant fait défaut. Un ouvrier m'a raconté que le diable manipulait la navette lorsque le travail est en retard. Par contre, je n'ai rien trouvé sur les machinistes. La profession pourrait s'apparenter à celle de charpentier de marine. Et alors là, il y en aurait des livres à écrire…

– Je vous ai demandé de vous concentrer sur les histoires de pactes avec le diable.

– Tous les ateliers en sont truffés! J'en ai même vu un de mes propres yeux, de pacte. Accroché à un mur, chez un imprimeur. Et signé avec du sang. De cheval, sans doute. Tout ça, c'est du folklore, commissaire, chats à quinze queues et sorciers en carton-pierre. Les imprimeurs… Vous savez ce qu'ils font faire aux grouillots qui rentrent dans leurs ateliers?

Gaston ouvrit les mains pour signifier qu'il l'ignorait.

— Ils les envoient en ville acheter une machine à cintrer les guillemets et une écumoire à passer les gros points.

— Le 1er avril, je suppose ?

— Vous supposez bien. Et comment s'appelle leur dieu ? Le Seigneur de la Coquille.

Baylac rangea son carnet, plia la serviette, laissa l'aubergiste le débarrasser et chuchota au commissaire :

— Vous avez des soupçons de messes noires ? Des enfants ont été retrouvés égorgés dans les catacombes ? Si vous voulez du concret, il faut m'en dire plus.

Loiseau lui montra le dessin du tatouage.

— Cinq hommes ont été tués. Chacun portait ce tatouage.

Baylac prit le temps d'imprimer le motif dans sa mémoire.

— Vous m'aviez demandé d'enquêter sur quatre professions.

— Nous ne connaissons pas celle de l'un d'entre eux.

Quatre plus un, jusqu'à nouvel ordre, faisaient cinq, nombre de victimes reporté sur le ventre de Benjamin Closter.

— L'affaire sort de l'ordinaire.

Gaston garda le silence. Il resterait muet sur la dissolution, *Faust* et *tutti quanti*.

— Ce tatouage ne me dit rien, avoua Baylac. Mais je peux fureter…

– Si vous apprenez quoi que ce soit, venez m'en faire part directement. Nous avons des fonds. Nous vous paierons pour cela.

– Quel prince ! Un en-cas et un salaire ! Je m'abonne.

Baylac avait l'air de s'amuser follement.

– Avant de partir, je vous fais un cadeau, commissaire. Le satanisme occupe vos jours, mais la nuit vous traquez le révolutionnaire avec Arthur Léo du IIᵉ arrondissement. Ne niez pas, je vous en prie. Vous et votre comparse avez été repérés dès le premier soir. Vous savez quels surnoms les espions politiques vous donnent ?

– Je serais curieux de l'apprendre.

– Castor et Pollux.

Baylac éclata de rire.

– Castor et Pollux ! Comme les deux éléphants de la ménagerie ! Sûr ! Vous faites la paire.

Baylac prit congé, les épaules agitées d'un tressautement nerveux. Émilienne le croisa pour rejoindre Loiseau. Gaston et la fille de la concierge se relayaient au chevet de Blanche.

– Blanche s'est réveillée !

Gaston retira ses lunettes, découvrant des cernes éloquents.

– Et elle a l'air d'aller bien. Elle parle. Elle pose des questions. Elle a la bougeotte. Notre Blanche d'avant, quoi !

Gaston sourit, ce qui ne lui était pas arrivé une fois durant ces neuf derniers jours. Il attrapa son manteau et sortit dans le froid polaire.

– Il aurait mangé de ma palette à la diable, je comprendrais qu'il soit pressé de partir, glissa l'aubergiste à Émilienne. Généralement, ils font tous ça après. Mais il n'a pas touché à son assiette.

– De la palette à la diable?

– Je la prépare avec du rat. Certains estomacs supportent, d'autres non.

En disant cela, l'aubergiste n'était honnête qu'à moitié. Car les estomacs qui supportaient sa palette, il n'en connaissait pas encore.

3

Pour un civil, il n'était guère aisé de trouver un médecin dans Paris, la plupart étant accaparés par les ambulances combles depuis des semaines. Heureusement, le soir de l'Opéra, Gaston avait eu le réflexe d'envoyer Émilienne à l'Odéon. Malgré l'heure avancée, Sarah Bernhardt avait suivi la fille de la concierge rue Neuve-des-Petits-Champs en compagnie d'un homme de l'art.

Blanche était inconsciente, brûlante, et elle respirait avec difficulté. Ses battements de cœur étaient arythmiques. Pneumonie ? Attaque cérébrale ? Choléra ? Le médecin n'avait pu poser le moindre diagnostic. Du repos, porter de la flanelle à même la peau, des cataplasmes à la moutarde deux fois par jour et quelqu'un pour la veiller continûment, tel avait été le traitement provisoire. Ainsi que des pilules dont il avait laissé un flacon, pilules qui, d'après lui, guérissaient tous les maux.

Émilienne la nuit, parce qu'elle travaillait le jour dans la manufacture de ballons, Gaston le jour, quand la pression de la Préfecture se relâchait, avaient pris soin de Blanche, endormie la plupart du temps. Éveillée, l'alitée avait le regard vague et les paroles balbutiantes d'une enfant ne parvenant pas à s'évader d'un cauchemar. Elle babillait, délirait, semblait frappée de stupeur. On parla de *delirium tremens*… Malgré cela, les jours se succédaient. Et au cinquième, la fièvre retomba.

Une visite du médecin confirma le rétablissement, même si Blanche paraissait encore ailleurs. L'esprit réintégrerait bientôt le corps renforcé, assura-t-il aux chaperons épuisés par cette surveillance constante. Émilienne dormait debout. Gaston prenait du retard sur ses dossiers. Il leur fallait à tout prix un troisième larron pour jouer les gardes-malades.

– Alors, qui d'autre est resté à mes côtés ? demanda Blanche à Émilienne qui lui racontait ces dix jours vécus à l'écart du monde.

Gaston venait de passer à l'appartement pour repartir rassuré.

– T'as faim ? s'exclama la fille de la concierge. On t'a nourrie de tisane et de mie de pain.

Blanche jouait avec le flacon de pilules et en prit une, par réflexe. Émilienne était partie en cuisine. Aux bruits qui en provenaient et à l'odeur ensorcelante qui suivit, il s'y réalisait quelque improbable œuvre au noir en ces temps de pénurie. Elle revint avec un gros bol de bouillon dans lequel flottaient d'énormes morceaux de… bœuf ?

– Et un Bonvoisin pour la deux, un! s'exclama Émilienne.

Blanche goûta le bouillon. Brûlant mais excellent.

– Les Prussiens ont levé le siège?

– Maman et moi nous sommes donné le droit de visiter les appartements inoccupés depuis des mois. Les Tissandier, au cinquième, ont une armoire pleine de boîtes de conserve. Tu le gardes pour toi, hein? Ou tout Paris va venir frapper à notre porte.

Non seulement Blanche le garda pour elle, mais en plus elle termina son bol. La richesse de l'aliment l'étourdit. Et elle s'allongea pour se remettre. Elle était aussi vulnérable que l'agneau sortant du ventre de sa mère. Hors de question de quitter l'appartement maintenant et de courir à la Bibliothèque nationale de la rue Vivienne pour y chercher ce dont elle avait besoin pour reprendre son enquête. Par contre, Émilienne pouvait y aller et lui rapporter l'ouvrage.

Un pas discret se fit entendre sur le tapis.

– Justement, voilà ton troisième ange gardien, le vaillant petit tailleur qui nous a relevés alors que nos forces déclinaient, l'informa Émilienne. La mort se serait présentée pour te prendre, il l'aurait expulsée à coups de godillot dans le derrière. N'est-ce pas, Victor?

– Pour sûr.

Blanche se hissa sur un coude. Victor se tenait à la lisière du tapis, n'osant approcher.

– Z'avez une mine épatante! s'exclama-t-il en souriant de toutes ses dents.

– Il est venu me voir, expliqua Émilienne. Ton silence l'inquiétait. Je l'ai logé chez les Tissandier. Je me suis arrangée pour qu'il ne croise ni ton tonton ni ma maman. Et il était mieux ici que dehors par ce froid. Non ?

– Si, convint Blanche.

– Et je peux rester, ajouta Victor.

– Ben, ça m'arrange, figure-toi. Faut que j'aille gare du Nord. Je repasserai ce soir.

Émilienne embrassa Blanche et sortit précipitamment de l'appartement. Blanche et l'apprenti de quatorze ans se dévisagèrent en silence. Victor la contemplait sans détourner les yeux. N'avait-il pas passé des heures entières, de jour comme de nuit, à épier le moindre signe de guérison chez celle qui lui avait sauvé la vie ?

– Pourriez-vous ouvrir les volets ? lui réclama Blanche.

Victor se précipita sur les fenêtres. Un jour gris inonda l'appartement.

– Quelle heure est-il ?

– Trois heures, mam'zelle.

– Est-ce que tu peux… Pouvez-vous ?

– Servez-moi du *tu*, proposa le gamin. Je continuerai à vous dire *vous*, différence d'âge oblige.

Blanche noua ses cheveux en chignon.

– Peux-tu me donner le crayon et le bloc papier sur le bureau, s'il te plaît ?

Victor les lui apporta. Blanche nota un titre de livre et un nom avant d'arracher la feuille et de la lui tendre.

– J'aimerais que tu te rendes à la Bibliothèque nationale. Demande ce magasinier. Explique-lui que je suis malade mais qu'il me faut ce livre.

– *Fauste* de Gueutte? lut Victor avec difficulté.

– C'est une histoire de tatoués, lui glissa Blanche avec un sourire complice.

– Les affaires reprennent?

– Dépêche-toi. La Bibliothèque ferme dans une heure.

Victor parti, Blanche se laissa retomber sur son oreiller et s'endormit aussitôt. Lors de cette courte trêve, son esprit ne fut agité par aucune vision intraduisible. Ce que l'endormie jugea, à son réveil comme en songe, bien agréable.

4

La vérité est dans les livres. Telle fut la leçon que Blanche tira de sa convalescence, tandis qu'avec Victor – et parfois Émilienne lorsqu'elle pointait le bout de son nez pour savoir où ils en étaient de leur enquête – elle traquait l'Alchimiste depuis l'appartement de la rue Neuve-des-Petits-Champs. Quand Gaston Loiseau arrivait à l'improviste, Victor s'esquivait par l'escalier de service.

Blanche se rétablissait lentement. Même, elle paraissait plus forte qu'avant, plus mûre en tout cas. « La lutte renforce », se plaisait à répéter le commissaire. Sa nièce, comme tous les Parisiens, n'en était-elle pas une vibrante illustration ?

Sarah Bernhardt revint la voir. Elle aussi trouva la jeune fille changée. À cette occasion, elle lui fit cadeau d'une trousse de maquillage. Bâton de rouge d'Espagne pour les lèvres, baume du Pérou pour les joues, huile d'amande douce pour les cheveux et axonge pour le corps. De quoi faire tourner toutes les têtes.

Les échos de l'extérieur ne parvenaient à Blanche que d'une manière très lointaine. La seconde sortie avait échoué. Les clubs s'agitaient. Les Prussiens avaient installé des batteries de canons au sud de la capitale. Toutes les façades situées sur les hauteurs avaient été peintes en noir pour compliquer le travail des artilleurs ennemis.

Avec la neige, Paris était devenue une ville en noir et blanc.

Salmacis ne s'était plus manifesté depuis le meurtre du Pré-Maudit. Blanche ne tenait pas l'information de son oncle qui refusait de l'inquiéter avec ces histoires criminelles, mais de Victor qui, grâce au réseau des omnibus, était aussi bien renseigné que la rue de Jérusalem. Blanche se plaisait à imaginer Salmacis blessé, comme elle, dans son antre, rassemblant ses forces et se préparant pour l'acte suivant.

L'épreuve, les découvertes qu'elle fit durant cette période, amenèrent Blanche à voir peu à peu Salmacis d'un nouvel œil. Pas au sujet de sa défroque d'assassin. Il avait tué cinq personnes de sang-froid et d'atroce manière.

Mais la plongée en sorcellerie qu'elle accomplit avec Goethe lui chuchotait une histoire dans laquelle celui qui frappe n'est pas forcément l'incarnation du Mal, la Ténèbre, la bête à éliminer comme elle le pensait auparavant.

Tout commença par la lecture de *Faust*. Blanche la fit à haute voix pour Victor qui découvrit ainsi la légende de ce savant invoquant le diable pour rajeunir.

Elle notait dans son agenda tout ce qui pouvait être lié à leur affaire, l'indice principal demeurant cette mention d'une triple contrainte de l'Enfer, chantée sur la scène de l'Opéra et appliquée sur le ventre d'un fondeur de caractères.

« La Nature ne se laisse point dévoiler et il n'est ni levier ni machine qui puisse la contraindre à faire voir à mon esprit ce qu'elle a résolu de lui cacher », se lamentait Faust, incapable de percer les secrets de l'Univers. Suivait le passage de la fiole avec laquelle il tentait de se suicider. Fiole qui éveilla des échos avec celle que Blanche conservait dans le bureau de son père et qu'elle n'avait pas encore étudiée.

Elle avait sa petite idée sur la méthode à appliquer, du moins sur la personne à solliciter pour en savoir plus. Et elle s'était promis de mettre son idée en pratique dès qu'elle pourrait marcher sans ressentir une violente migraine.

Mais revenons à Faust autour de qui le drame se nouait.

Lorsque Faust appelait l'esprit du mal, Méphistophélès apparaissait, prisonnier du pentacle tracé à même le sol. Et le démon avait ces paroles étranges de la part d'un être que l'on aurait pu croire tout-puissant :

« C'est une loi du diable et des revenants qu'ils doivent sortir par où ils sont entrés. Le premier acte est libre. Mais nous sommes esclaves du second. »

À noter que Faust invitait trois fois le diable à entrer pour qu'il s'exécute. La triple contrainte… Ils étaient sur la bonne piste et cela se confirma plus loin lorsque Méphisto se moqua de Faust :

« Entasse sur ta tête des perruques à mille marteaux, chausse tes pieds de cothurnes hauts d'une aune, tu n'en resteras pas moins ce que tu es. »

Le personnage du tatouage ne portait pas des babouches mais des cothurnes, comprit Blanche. Sa coiffe en forme de tour de Babel miniature était une perruque. Il s'agissait bien d'un alchimiste. En fait, peut-être était-ce Faust en personne ? La sorcière qui possédait le secret de l'élixir de Jouvence parlait des corbeaux qui accompagnaient le sorcier comme ceux visibles sur le tatouage.

À la fin de la lecture du *Faust*, la triple contrainte de l'Enfer demeurait un mystère. Pourtant, la traduction était celle de Gérard de Nerval, la meilleure d'après le magasinier qui avait confié l'ouvrage à Victor. Il leur fallait chercher ailleurs, non plus dans la légende, mais dans l'histoire réelle qui l'avait inspirée.

Victor échangea le poème de Goethe contre un traité ayant pour titre : *Considérations sur l'histoire de Faust* par Alphonse de Lespin, capitaine du génie. L'autre ne décrivait pas un savant fou avide de savoir, mais un bon vivant ayant appelé un démon à son service pour régler ses problèmes de trésorerie et vivre à son aise jusqu'à ce que mort s'ensuive.

Les festins se succèdent, le tumulte et le scandale. Faust voyage de ville en ville sur son manteau qui lui sert de tapis volant. Il chevauche un tonneau de vin à Leipzig. À Francfort, il prend un arc-en-ciel dans ses mains. Il présente Alexandre le Grand à Maximilien et leur permet d'avoir une conversation fort intéressante. Il épouse Hélène de Troie. Bref, sa vie est une succession de prodiges qui s'arrêtent net, vingt-quatre ans après la signature du pacte, temps imparti pour le « bon vivre », lorsque Satan vient réclamer le prix de toutes ces folies.

Que cela ait réellement eu lieu ou non ne faisait pas avancer la brouette de Blanche. À part la façon dont le Faust historique avait invoqué le démon, en se plaçant au carrefour de cinq routes (cinq victimes, nota la jeune fille) et en l'appelant trois fois. Le mystère entourant la triple contrainte de l'Enfer restait aussi épais que de la béchamel.

La veille de Noël, Blanche envoya Victor à la Nationale avec un dessin du tatouage. Après tout, si l'histoire était antique, le motif aussi, qui sait ? D'ailleurs, sa complexité laissait supposer un modèle, une gravure, imprimée quelque part… Le magasinier de Blanche possédait une mémoire visuelle phénoménale. S'il avait vu ce dessin, il s'en souviendrait.

Ce soir de 24 décembre, Gaston Loiseau passa à l'appartement en coup de vent, le temps de dire à Blanche qu'il ne pourrait lui tenir compagnie. Il était de service à la Préfecture.

— Ça m'embête que tu sois toute seule pour Noël.

— Ne vous en faites pas. Émilienne et Vi… (Blanche rougit, chassa un chat imaginaire de sa gorge et rattrapa comme elle put ce qui avait failli être une gaffe monumentale.) Eh vi ! répéta-t-elle.

— Eh vi ?

— Elle passe la soirée avec moi. Eh vi. Eh oui, quoi.

Le commissaire se dit que les facultés mentales de sa nièce n'étaient pas tout à fait rétablies. Il l'embrassa en lui conseillant de ne pas veiller trop tard.

Victor rentra vers six heures. Émilienne venait d'arriver avec deux boîtes de bœuf en daube, une de flageolets et deux bouteilles de vin chipées chez les Tissandier.

– Regardez ce que j'ai découvert à la Bibliothèque nationale, annonça fièrement le gamin de Paris.

Il exhiba une publication à quatre sous. La gravure d'un château fantastique dressé sur un piton rocheux ornait la couverture. Il l'ouvrit jusqu'à une page montrant le tatouage, imprimé noir sur blanc.

Blanche lui arracha le fascicule des mains et l'aplatit sur le bureau.

– C'est un numéro du *Magasin pittoresque* de 1841, expliqua Victor. Le magasinier a tout de suite reconnu le dessin.

Blanche lut à haute voix.

– « *La triple contrainte de l'Enfer, livre de mon art et de mes miracles, avec lequel j'ai forcé les esprits à m'apporter ce que je désirois et à se soumettre à mes ordres,* tel est le titre d'un manuscrit allemand du XVe siècle que l'on attribue au docteur Faust, ce mystérieux personnage. Nous nous contenterons d'emprunter au vieux grimoire son frontispice fantastique. »

Le personnage aux cothurnes les fixait, tout aussi inquiétant que sa version dessinée dans l'agenda de Blanche, ouvert à côté.

– « L'auteur a voulu sans doute donner une idée terrible de sa toute-puissance. La couronne au front, il tient d'une main en équilibre plusieurs boules, ce qui peut figurer son autorité sur les sphères, sur leur harmonie et sur l'équilibre des éléments. De l'autre main, il est censé supporter le monde qui lui est soumis. Ainsi que son diadème, le monde est surmonté d'une croix ; mais c'est là une usurpation sacrilège. Voyez-vous ce hideux serpent qui enlace le monde et, la tête en bas, siffle contre une souveraineté invisible ? Voyez-vous ce cadenas, signe du silence et du mystère imposé aux œuvres ténébreuses ? Voyez-vous enfin ces trois oiseaux qui tiennent suspendus à leurs becs des anneaux ravis aux abîmes des mers ? Ce sont trois personnifications des esprits subalternes ; leur couleur indique assez le maître qu'ils servent. Cette image sent la cabale et le bûcher. Nous aurions regardé à deux fois à la mettre en lumière, il y a seulement trois siècles. »

Une bûchette explosa dans le poêle, les faisant sursauter tous trois.

— Ben, ma vieille, lança Émilienne en frissonnant. On nage en pleine sorcellerie, là.

— Pour sûr, ajouta Victor. C'est sabbat *et cetera*.

Blanche ne croyait pas au surnaturel, mais aux lois de la Nature.

Comme Émilienne qui s'exclama :

— J'ai faim ! J'ai soif ! Et ce soir, c'est la fête !

5

Des bougies furent allumées sur la cheminée. Victor disposa des Roméo et Juliette en porcelaine de Saxe pour composer une crèche. Émilienne était en train de se battre avec l'ouvre-boîtes lorsque des coups puissants furent donnés contre la porte et un retentissant « Police, ouvrez ! » emplit l'appartement.

Blanche et Émilienne changèrent de couleur. Victor, dans la lune, ne témoigna aucune réaction. Elles le traînèrent dans l'escalier de service en lui intimant de se terrer dans la chambre de bonne tant que l'alerte ne serait pas levée.

Blanche alla ouvrir. Tout d'abord, elle ne vit que deux bras entourant des bouts de bois. Une tête apparut derrière les planches, celle d'Arthur Léo.

– Je ne dérange pas, j'espère ?

Blanche le laissa entrer, balbutiant un « Non, non, pas du tout ». Léo se débattait avec ses débris d'échafaudage. Il les avait pris sur l'avenue de l'Opéra pour que Blanche se chauffe. Il les posa dans le couloir, retira sa toque et ses moufles.

– Vous êtes sûre que je ne dérange pas ?

– Pas le moins du monde, répondit Blanche, étourdie. (Elle lui présenta Émilienne.) Désirez-vous un rafraîchissant ?

– Je préférerais un réchauffissant.

Pendant qu'Émilienne pliait les boîtes de conserve à sa volonté, Blanche jouait à la maîtresse de maison, servant une généreuse rasade de Rhum du Guerrier à leur visiteur. Léo s'installa devant le poêle. Émilienne les retrouva, une bouteille de vin ouverte dans chaque main, alors que Blanche éclatait de rire.

– Quoi ? voulut savoir la fille de la concierge.

– L'inspecteur… Hips.

– Arthur, s'il vous plaît.

– … me racontait. Ouh.

Blanche attrapa un vent du nord de sa mère et s'éventa avec.

– Je me demande si je ne suis pas pompette, moi.

Arthur Léo raconta son histoire une seconde fois.

– Un type se promène sur les boulevards. Tout à coup, il en arrête un autre qu'il a cru entendre parler allemand. Il crie à l'espion. Celui qui a été accusé n'essaie pas de s'enfuir. Mais il reconnaît dans son accusateur un rôdeur nocturne au comportement louche. Ils en viennent donc à s'accuser et à s'attraper par le col, refusant de lâcher prise de peur que l'autre ne s'échappe.

– Et alors ?

Émilienne ne voyait pas ce qu'il y avait de drôle dans cette situation stupide.

– Et alors, ils se sont emmenés au poste mutuellement.

– Grotesque.

– Bon. Hum. Je ferais mieux d'y aller.

– Soupez avec nous, proposa Blanche.

Émilienne essaya de rappeler à son amie le pauvre Victor relégué dans la chambre de bonne. Mais Blanche avait complètement oublié le garçon. Léo accepta de bon cœur et fit mine de se rendre dans le cabinet de toilette pendant que les jeunes filles s'occupaient du frichti. En fait, il alla ouvrir la porte donnant sur l'escalier de service pour faire entrer une sorte de grand singe albinos qui se cacha dans la chambre des enfants. Lorsque Émilienne et Blanche le rejoignirent dans le salon, Arthur Léo avait repris sa position initiale, à côté du poêle, un air de parfaite innocence peint sur le visage.

– Il fait un de ces froids. On a atteint les moins quinze dehors, aujourd'hui… (Il leva un doigt.) Vous n'avez rien entendu ?

Blanche avait très bien entendu. Le bruit d'une fenêtre ouverte dans sa chambre. Elle pensa immédiatement à Claude Salmacis.

Elle attrapa un tisonnier rangé dans un seau près de la cheminée et avança dans le couloir.

– Cette arme ne sera peut-être pas nécessaire, essaya Léo. En ma qualité d'inspecteur…

Blanche lui intima de se taire. Émilienne s'était emparée d'une pelle à cendres.

Blanche poussa la porte de sa chambre. Ce n'était pas la lune noire qui apportait de la lumière mais les appartements occupés, en face, où l'on fêtait Noël.

Un colosse se tenait au centre de la pièce. Blanche hésitait. Avait-elle affaire à un être humain ou à un animal ?

Elle brandit son tisonnier.

– Mon beau sapin, roi des forêts, que j'aime ta verdure !

Blanche aurait reconnu cette voix de baryton entre toutes.

– Tonton Gaston ?

Son oncle dévoila la lanterne qu'il cachait derrière son dos. Il portait un manteau de fourrure blanche serré par une large ceinture sur son abdomen ventru. Avec son fourre-tout de cambrioleur jeté sur l'épaule, il correspondait à l'image que les Français se faisaient alors de saint Nicolas leur apportant bonbons, joujoux et *tutti quanti*.

– Je viens du Kamtchatka pour vous combler de présents ! annonça Loiseau, les pommettes rouges de malice, à moins que ce ne fût des bocks éclusés avec Arthur avant son arrivée, alors qu'ils mettaient au point les détails de leur mascarade.

Il vida son sac sur le lit de Blanche et commença par l'objet le plus volumineux.

– Un jambon.

– De renne ? plaisanta Léo.

– Et comment ! Avec tampon de la ménagerie ! Un pot de moutarde ! Du lait concentré ! Une chemise en flanelle pour ma Blanchette…

– Je vous croyais en travail de nuit ?

– Et tu appelles ça comment ? gronda-t-il, les poings sur les hanches.

Il brandit une enveloppe coincée dans sa ceinture et qui se confondait avec la fourrure.

– J'ai gardé le meilleur pour la fin. Retranscrit par le service des dépêches microphotographiques et en provenance directe de Saint-Cénéri.

– Des nouvelles de papa et maman !

Blanche arracha l'enveloppe des mains de son oncle et courut dans le salon pour lire la correspondance. Lorsqu'ils la rejoignirent, elle s'exclama :

– Bernadette va se marier !

– Avec quoi ? demanda méchamment Gaston qui se débattait pour retirer sa défroque de papa Noël.

– Un huissier de justice, réfugié à Saint-Pierre-aux-Nids, à côté de Saint-Cénéri, avec sa vieille mère malade.

– Le ciel nous préserve des huissiers, murmura Léo.

– Un huissier ? marmonna Gaston en se concoctant un mélange explosif de vin et de Rhum du Guerrier. Je n'ose imaginer la vie impossible que Madeleine doit faire vivre à ton père.

– Pourquoi ? s'étonna Émilienne.

– Les préparatifs… Même Berthe et tante Odette ont dû s'y mettre.

Malgré les épreuves passées et à venir, Blanche remercia les gardiennes du Destin d'avoir emmêlé son fil, un certain jour de septembre, dans les jambes des Parisiens paniqués de la gare Montparnasse.

¢

On but (sauf Blanche), on rit et chanta beaucoup au troisième étage de l'immeuble de la rue Neuve-des-Petits-Champs. Blanche se coucha sans regarder l'heure. Elle s'endormit comme une petite fille qui croit encore au père Noël.

Plus haut, sous les combles, Victor réveillonnait seul. Il était resté l'oreille collée à la porte de service avant d'abandonner. Les policiers n'avaient pas l'air prêts à partir. Dans la chambre de bonne, allongé sur la paillasse, enroulé dans une couverture, il flotta longtemps entre deux mondes.

Seul ? Non, il ne l'était pas vraiment. Le pigeon était venu frapper à la lucarne. Il roucoulait, calé dans le creux de l'épaule de l'apprenti chapelier qui, au bout d'un temps indéterminé, appela trois fois Blanche par son nom.

Et le sommeil daigna enfin le prendre.

≈ VIII ≈

L'écume de la Lune

1

Les premières bombes prussiennes touchèrent le fort d'Avron trois jours après Noël. Martèlements lointains qui décidèrent la convalescente à sortir de l'appartement. De toute façon, elle avait de bonnes raisons de mettre enfin le nez dehors.

Victor, d'abord, qui en pinçait pour elle. Blanche ne s'en était rendu compte que tardivement, à des riens : gestes, attentions, regards. Mais une fois le lièvre levé, ce qui passait auparavant inaperçu était devenu flagrant. La réaction de Victor à la demande de Blanche – ne pouvait-il retrouver asile chez ses amis de la Compagnie des omnibus ? – avait confirmé ses soupçons. Victor avait balbutié avant de partir en courant.

Blanche aurait peut-être dû se faire du souci pour lui. Après tout, elle l'avait recueilli. Elle ne se sentait pas pour autant le droit d'alimenter cette idylle imaginaire.

La deuxième raison de reprendre une vie normale était Émilienne.

Son activité de couturière, le siège, son tempérament de lionne avaient jeté la fille de concierge dans l'arène des clubs révolutionnaires. Elle y avait pris goût, guidée par Victor qui, du haut de ses quatorze ans, était déjà sérieusement engagé sur la voie de la contestation communarde.

Émilienne fréquentait un certain club des Lanternes rouges. Elle l'avait avoué à Blanche avec la fougue de celle qui aimerait tant convaincre, mais qui sait par avance le combat impossible à gagner. Car Blanche était une bourgeoise. Et ces rencontres secrètes dans des lieux enfumés où s'élaboraient des complots pour renverser le pouvoir ne lui disaient rien qui vaille. Les positions de l'une et de l'autre se résumaient dans leur dernière conversation.

– Tu pourrais venir voir. Je te ferai rentrer, avait proposé Émilienne.

– De quoi vous parlez aux Lanternes rouges ?

– Eh bien, de Trochu. Il faut l'envoyer aux Prussiens ! Tu sais combien son attaque du Bourget a fait de morts ?

– Deux cents ?

– Deux mille !

– La guerre est une affaire d'hommes.

– Ah ouais. Et quand tu l'auras trouvé, ton prince charmant, tu resteras à la maison pendant qu'il ira mourir sur ordre d'un général ?

– Le moment est mal choisi pour renverser le gouvernement.

– Sors et ouvre les yeux. Tu verras où on en est, question bon moment.

Blanche avait rétorqué, méchante :

– Les conserves de la famille Tissandier, tu les as distribuées avec ton club aux plus nécessiteux ?

– J'ai proposé de généraliser la méthode à tout Paris. Les Lanternes rouges ont voté pour. Les logements vides sont en cours de visite et des bureaux de distribution aux affamés se sont organisés dans les arrondissements.

Blanche s'était tue. La scène se déroulait au petit matin, juste avant qu'Émilienne ne parte pour la manufacture de ballons.

– Écoutez, Blanche Paichain. Je vous adresserai par pigeon les ordres du jour du club. Quand vous vous sentirez concernée, vous me le ferez savoir. À bon entendeur...

Et la couturière avait quitté l'appartement après s'être emmitouflée dans un raglan de laine grise.

– En tout cas, ne t'inquiète pas ! lança Blanche dans l'escalier. Je ne dirai rien à mon oncle !

Émilienne ne s'était pas abaissée à lui répondre.

Elles se réconcilieraient. Ce n'était pas la première fois qu'elles se prenaient le bec. Mais les brouilles précédentes n'avaient jamais été aussi sérieuses.

Enfin, Blanche avait hâte d'analyser le contenu de la fiole laissée par Salmacis à l'ambulance de l'Odéon. Une personne à Paris pouvait l'aider. Et pour la rencontrer, elle devait traverser la Seine.

¢

Après vingt jours de claustration, cette promenade à pied chassa le brouillard qui encombrait son esprit. Le ciel était pur comme lors de sa dernière ascension en ballon. Les Parisiens se pressaient, mais la misère était peu apparente. La seule nouveauté que Blanche nota fut le marché de l'Hôtel-de-Ville. Le rat s'y vendait à trente centimes pièce, pour les plus maigres. Ceux attrapés aux Halles, plus gras, coûtaient le double.

¢

Ni le pavillon, ni l'escalier couvert, ni le personnage qui lui ouvrit après qu'elle eut sonné n'avaient changé. Il portait la même robe de chambre de soie dorée et son képi de guingois sur la tête.

– La jeune fille à la perle, la reconnut Klosowski. À l'heure du café. Entrez, je vous en prie.

L'appartement du chirurgien était convenablement chauffé. Blanche retira manteau et manchon. Klosowski l'invita à s'asseoir à la table de la salle à manger. Elle sortit la fiole en verre épais et la posa devant elle.

Klosowski regarda l'objet sans y toucher et s'alluma une cigarette.

– *Was ist das ?*

– Ce qui a permis à votre cadavre de se dissoudre.

Le chirurgien saisit la fiole, en retira précautionneusement le bouchon de liège, renifla le contenu.

– Le laboratoire municipal de chimie a découvert sa composition ?

– Je ne compte pas solliciter ses services.

Blanche fit tinter ses boucles d'oreilles.

– Vous agissez dans la marge et vous avez besoin de mes services. Intéressant... Comment vous l'êtes-vous procurée ?

– C'est une longue histoire.

Klosowski étendit ses jambes sous la table et dit simplement :

– Je n'ai personne à éventrer aujourd'hui.

Blanche mit plus d'une heure à résumer les faits, compilant ce qu'elle avait appris de son côté et de celui de son oncle. Les destins d'Edmond Abba (chapelier), de Camille Vesper (drapier), de Jules Ensifer (machiniste), d'Hercule quelque chose (profession inconnue), de Benjamin Closter (fondeur de caractères), de Claude Salmacis (assassin) et de Faust (sorcier) furent disséqués.

Blanche insista sur ses découvertes concernant la triple contrainte de l'Enfer et sur les conditions dans lesquelles elle avait récupéré la fiole. Toutefois, elle tut sa maladie récente, ne désirant pas s'appesantir sur le sujet.

– Où habitez-vous ?

Blanche donna son adresse avant d'ajouter :

– Il doit y avoir tout ce qu'il faut dans le laboratoire d'Orfila, dans l'École de médecine, pour analyser cette... chose. Nous pouvons y aller maintenant. Je n'ai rien de prévu.

Le chirurgien observa attentivement la jeune fille.

– Quand je vois votre intérêt pour les poisons, je me demande si vous n'étiez pas, autrefois, une sorcière.

– Je ne crois pas à la sorcellerie. J'aime la chimie. Voilà tout.

Klosowski remit son manteau sur les épaules de Blanche.

– Je vous ferai parvenir les résultats de mes expériences dans les meilleurs délais.

Blanche tapa du pied.

– C'est un monde !

– Ou alors, vous reprenez votre fiole, proposa Klosowski, toujours aussi courtois. Et nous n'en parlons plus.

Blanche se laissa raccompagner à la porte, vaincue.

– Ayez confiance. La chimie a peu de secrets pour moi. Nous connaîtrons bientôt la composition de cette liqueur infernale.

Blanche descendit l'escalier couvert, sortit de la cour du couvent des Cordeliers et prit sur sa droite comme une somnambule.

– C'est un monde, répéta-t-elle.

Elle s'arrêta au milieu du trottoir.

Et si Klosowski était de mèche avec Salmacis ? Le tueur n'avait-il pas prétendu exercer la profession de préparateur anatomique ?

Blanche, n'osant s'imaginer le pétrin dans lequel elle venait de se fourrer si cette théorie se révélait exacte, préféra reprendre sa flânerie qui l'amena devant l'Odéon. Vert-de-gris était-il sorti ? Sarah était-elle là ? Comment se portait le docteur Duchesne ?

Blanche pénétra dans le bâtiment, monta le grand escalier et tomba sur l'actrice qui l'embrassa, lui caressa la joue, étudia ses boucles d'oreilles.

– Métamorphosée... Remise... Venue reprendre du service ?

Blanche fut étonnée de s'entendre répondre :

– Oui.

– Parfait. L'ambulance craque de partout. Nous en avons installé dans la salle et sur scène. La Bérézina.

Il régnait en effet une certaine agitation dans le foyer aux cariatides. Un jeune médecin courait d'un lit à l'autre. Les infirmières paraissaient débordées. Les malades gémissaient, demandaient à boire, une cigarette ou un gradé à étriper.

– Votre calme nous sera d'un grand secours, confia Sarah.

– Le docteur Duchesne n'est pas là ?

– Fauché par un obus à Bicêtre.

Blanche accusa le coup et avança dans l'allée centrale du foyer jusqu'aux fenêtres.

Duchesne était mort...

Ses yeux étaient humides mais elle ne pleurait pas. C'est donc dans un cadre tremblotant qu'elle vit une scène irréelle se dérouler sur la place en contrebas.

Un cheval venait de s'effondrer sur le pavé, d'épuisement. Des passants s'étaient précipités pour le dépecer. Le cocher maniait son fouet pour tenter d'écarter les affamés. Un couteau à la main, il essayait, lui aussi, de prélever sa part du butin avant qu'il n'en reste plus que les os. Le dernier souffle de l'animal flottait encore au-dessus de la place.

Un homme, derrière Blanche, hurla de douleur. Elle se rendit au vestiaire pour troquer sa robe contre une tenue d'infirmière.

2

Gaston Loiseau observait la Sainte-Chapelle depuis la fenêtre de son bureau, un londrès au bec, les mains au fond de sa redingote qu'il ne quittait plus. La Préfecture était en rupture de chauffage. Il faisait un froid de gueux dans les bâtiments officiels.

Arthur Léo entra sans frapper et se plaça à côté de l'ours pour contempler l'édifice gothique qui, depuis six siècles d'existence, en avait vu d'autres question hiver rigoureux.

– Votre profil est soucieux, commissaire.

Pour toute réponse, Loiseau tendit une feuille. Léo reconnut un nouveau massacre orthographique à la Victor Pilotin.

– Il vous confirme qu'un cinquième tatoué a fait les frais de Salmacis ?

– Un certain Hercule. Tué avant Benjamin Closter.

Loiseau mâchonna son cigare.

– Cinq cavaliers ont été démasqués. Cinq cavaliers sont cachés qui paieront pour la triple contrainte de l'Enfer, rumina-t-il. Il y a une chose que je déteste plus que les rébus.

– Quoi donc ?

– Les satanistes. Et qu'est-ce que je déteste encore plus que les satanistes ?

– Les rébus satanistes ?

Loiseau rugit de frustration.

– Ce message ne nous aide en rien !

– Et Victor ne précise pas où le crime a eu lieu ni qui était cet Hercule.

Gaston dessina un échafaud sur la vitre dans l'ovale de condensation créé par son souffle. Il fit tomber une lame du tranchant de la main, effaçant le dessin.

– Vous n'êtes pas à la remise des prix ? s'étonna Léo.

En ce moment se déroulait une réception dans le bureau du Préfet où, a priori, tous les commissaires étaient conviés.

– Vous voyez Cresson me demandant : « Et vous, Loiseau ? Où en êtes-vous avec vos tatoués ? », « On piétine, monsieur. On piétine. Mes informateurs sont muets, les coupables insaisissables, l'enquête dans le brouillard. » Mine déconfite du préfet. « Et les clubs ? Vous nous avez bien déniché quelques révolutionnaires ? » Alors là, je lui sors les surnoms qu'on nous a collés…

– Parce qu'on a des surnoms ?

– Laissez tomber. Vous veniez me voir pour une raison précise ?

– J'ai la preuve que l'apprenti chapelier n'est pour rien dans tous ces crimes.

Gaston contempla son acolyte avec une expression indéchiffrable.

– Le message sur le ventre du fondeur. Il est écrit en bon français.

– J'avais remarqué. Disons qu'il a pris des cours.

– Vite oubliés, vu la dernière lettre qu'il vous a envoyée.

Le commissaire grogna.

– Vous parliez de preuve, pas de suppositions.

– J'y viens.

L'inspecteur écarta les doigts de la main droite.

– Empreintes digitales.

Gaston Loiseau afficha un air ahuri.

– J'ai relevé celles laissées par le tueur chez le fondeur de caractères. Il s'était taché les doigts d'encre d'imprimerie en appliquant son message. Il y en avait partout. J'ai aussi relevé les empreintes sur le conformateur de chapelier.

Arthur Léo était très fier d'annoncer sa trouvaille. Il était le seul enquêteur, à sa connaissance, à avoir jamais accompli une chose pareille.

– Ce sont les mêmes !

– Les mêmes quoi ?

– Les mêmes empreintes !

– Celles de Victor Pilotin, alors.

– Eh non.

– Comment ça « Eh non » ?

– Je me suis permis d'étudier les empreintes présentes sur une de ses lettres. Elles ne correspondent pas.

On frappa à la porte.

– Entrez ! lança Loiseau.

Un commis glissa la tête dans le bureau.

– Tout le monde vous attend. Monsieur le Préfet ne commencera pas sans vous.

– Rien ne me sera épargné, rumina Loiseau en écrasant son londrès.

Arthur Léo le suivit en se promettant de remettre cette histoire d'empreintes sur le tapis dès que l'occasion se présenterait.

3

L e dernier jour de l'année est, pour chacun, celui des possibles. Pour Blanche aussi, ce jour ne serait pas comme les autres.

Elle s'appliqua du baume d'aventure sur les tempes et avala une pilule miracle qui eut le don de la faire se sentir plus légère.

– Côté poids, Nadar n'y trouverait pas son compte, dit-elle à son reflet.

Le pigeon frappa à la fenêtre du salon, comme chaque matin à cette heure. Blanche lut le message caché dans ses rémiges. Aussi laconique que les précédents : « Club des Lanternes rouges, ce soir, vingt et une heures, ligne H (Nord). Sujets abordés : bois de chauffage, accapareurs, entrepreneurs du désordre. »

Ira ? Ira pas ?

Blanche froissa le papier et remplit une coupelle de chènevis pour le pigeon. Elle lui laissa le temps de la vider avant de le reposer sur le balcon. Ce faisant, elle jeta un coup d'œil dans la rue en contrebas.

Victor était resté au moins deux heures à battre la semelle hier soir, caché dans le renfoncement d'une porte cochère, les yeux rivés sur les lumières du troisième étage.

Elle trouvait le garçon pathétique et touchant à la fois. L'ignorer était la seule solution. Mais il faudrait bien, un jour ou l'autre, lui parler franchement !

Du courage, Blanche considérait qu'elle en possédait une réserve assez limitée. Et les mutilés de l'Odéon en avaient plus besoin qu'un Roméo en culottes courtes de la Compagnie des omnibus.

Le 31 décembre 1870 fut un des jours les plus durs que l'Odéon eut à subir. Même l'ambiance bohème que Sarah Bernhardt essayait d'entretenir n'y était pas. L'actrice ne put monter sur scène en costume de Zanetto et déclamer aux alités disséminés dans la salle les tirades de François Coppée qui avaient ému le Tout-Paris :

Je suis le voyageur bizarre
Que tous ont rencontré, léger de ses seize ans,
Dans le sentier nocturne où sont les vers luisants.

Car le médecin-major du Val-de-Grâce chargé de traquer les moindres signes épidémiques passa dans l'après-midi. Il s'arrêta devant le lit d'un troufion, demandant à Blanche qui l'accompagnait :

— Depuis quand a-t-il ces éruptions rouges et mauves ?

— Ce matin.

– Avant, était-il hébété ? Stupéfait ? Insomniaque ? Apathique ?

– Insomniaque, stupéfait puis apathique.

Le major renifla.

– Vous sentez ?

Il y avait comme une odeur de putréfaction animale dans l'air de ce côté du foyer.

– Vous savez ce que cette puanteur signifie ?

Blanche fit non de la tête.

– Typhus, laissa tomber le major.

Le mot parcourut l'Odéon à la vitesse d'une mouche venimeuse. Il fallut isoler le soldat, calmer les esprits, empêcher les moins éclopés de s'enfuir avec leurs béquilles et, surtout, se calmer soi-même. Car le typhus, comme la peste ou le choléra, était une maladie hautement contagieuse. Elle pouvait tuer en une semaine. Une centaine de personnes en étaient déjà mortes. Blanche, comme Sarah, le médecin et les autres infirmières, avait manipulé cet homme.

Blanche resta calme, visita les blessés, trouva pour chacun une parole rassurante. À force de douceur, et alors que le crépuscule se rapprochait, la situation revint à peu près à la normale.

Quand elle quitta l'ambulance, ça tonnait au sud de Paris. Plus fort que d'habitude.

Blanche rentra chez elle, anxieuse. Des éclats de rire et une voix de miel aux accents germaniques provenaient de la loge. La mère d'Émilienne apparut.

– Tiens, la petite Blanche. Le monsieur est venu pour toi. Ça fait deux heures que je l'assomme avec mes histoires.

La silhouette de Séverin Klosowski, drapé dans une cape et éclairé en contre-jour, se détacha derrière celle de la concierge.

– Vous tenir compagnie a été un réel plaisir, *Frau* Bonvoisin. En vous souhaitant une bonne année.

La mère d'Émilienne referma sa porte, à regret apparemment.

– Vous avez du nouveau ? l'interrogea Blanche.

Le chirurgien enfila des gants de cuir noir et prit sa canne qui, d'après la bague d'argent sous le pommeau, recelait une épée.

– Nous allons voir quelqu'un, dit-il en proposant son bras à la jeune fille.

¢

Klosowski héla un fiacre couvert qui approchait. Ils grimpèrent dedans et jetèrent un plaid sur leurs genoux. Klosowski donna une adresse du côté de la barrière d'Enfer. Le cocher augmenta le prix de la course. Il y avait des destinations plus sûres...

– Qui allons-nous voir ? voulut savoir Blanche.

– Une sorcière.

¢

Blanche vécut le trajet dans un état d'hébétude qui lui fit craindre d'avoir hérité des miasmes épidémiques de l'Odéon. Mais le froid, lorsqu'ils descendirent du fiacre, la réveilla tout à fait.

Klosowski se dirigea vers une maisonnette et sonna la cloche. Comme dans les mauvais romans gothiques que Blanche lisait parfois à Bernadette pour l'effrayer, la porte s'ouvrit toute seule avec un grincement lugubre. Un chat noir les reçut.

Il les escorta jusqu'à une alcôve. Des flammèches crépitaient dans des coupelles de grès brun. Des tissus pendaient du plafond comme des bannières. L'air était chargé d'encens.

Ils retirèrent leurs manteaux.

Klosowski s'installa en tailleur sur un coussin.

Blanche l'imita.

Le chat était parti.

Un vent, une plainte, souleva les bannières. Une vieille à la peau mate, les cheveux serrés dans un foulard constellé d'étoiles s'assit face à eux. Blanche comprit, en voyant ses yeux dériver de l'un à l'autre, qu'elle était aveugle.

– Un franc la prédiction. Je donne les bonnes et les mauvaises nouvelles. Je rembourse si l'avenir ne se réalise pas.

Klosowski avait sorti la fiole de verre épais.

– Nous ne sommes pas venus pour Rebecca la voyante mais pour Rebecca la maîtresse des poisons. Nous aimerions avoir votre sentiment sur la composition de ce bouquet vénéneux.

Rebecca renifla le contenu de la fiole. Tout à coup, elle la porta à ses lèvres et en avala une gorgée.

– Non ! cria Blanche.

Rebecca murmurait :

– *Has, Irimiru, karabrao. Uraraike ! Muraraike !*

263

Blanche, pétrifiée, attendait l'inévitable qui pourtant n'arriva pas. La vieille reboucha la fiole, la rendit à Klosowski et changea de position.

– Poison des poisons, quintessence, souffla-t-elle.

– Aconit, colchique, ellébore, énuméra le chirurgien.

Rebecca reprit la liste :

– Thassagli, euphorbe, litharge. Mercure et arsenic.

– Végétaux. Minéraux. Il y a aussi… autre chose.

Klosowski avait passé les trois derniers jours à traquer les composants, les identifiant un à un, pour se rendre compte que ce poison était un concentré, une parfaite synthèse encyclopédique de tout ce qui avait pu être inventé en la matière.

– Poisons d'animaux, souffla la vieille. Bave de chien enragé, entrailles de lynx, os de hyène.

– Qui aurait pu créer cette chose ? demanda Blanche, pressée de retrouver l'air libre.

Rebecca planta ses yeux dans les siens. Pourtant, elle ne la voyait pas. Blanche en était quasiment sûre.

– Quelqu'un qui a accès à tous ces produits. Ils ne sont pas courants. Quelqu'un qui connaît le secret de l'écume de la Lune.

Klosowski se taisait. Lorsque deux sorcières discutent, il ne faut pas les interrompre.

– L'écume de la Lune ?

– Le poison des poisons. Je vous raconte son histoire à une condition.

– Dites toujours.

– Vous me montrerez vos âmes.

Blanche fronça les sourcils. Elle interrogea Klosowski du regard qui, bizarrement, s'était ratatiné.

Blanche n'y prit pas garde et répondit :

– Va pour les âmes.

La vieille cracha sur le côté.

– L'écume a été inventée par les sorcières de Thessalie. Il s'agissait d'ouvrir le gosier d'un cadavre et d'y verser le poison.

– Dans quel but ?

– Faire parler les morts.

Blanche se remémora la plaie qui ornait le flanc d'Hercule, ses étranges paroles avant de mourir. Alors Claude Salmacis pratiquait la nécromancie pour interroger les tatoués ?

Insensé, se serait-elle dit en temps normal. Mais elle avait vu le poison à l'œuvre.

La voyante attrapa tout à coup les mains de Blanche, comme pour l'empêcher de partir, et se mit à les caresser. Ses paumes étaient chaudes, engourdissantes, et Blanche dut lutter pour garder les yeux ouverts.

– Vous allez rencontrer le grand amour. Au bord d'une rivière. De l'eau vive. Un peintre à son chevalet. Des libellules…

– Vous ne parlez pas de ma sœur, là ?

Rebecca pivota pour chercher les mains du chirurgien qui répugnait à les tendre. Il s'exécuta, néanmoins. La vieille le toucha. Ses traits se durcirent. Le silence s'éternisa. Elle adopta un ton cassant pour lui lancer :

– Rien ne vous forcera à le faire !

Il rangea la fiole dans une poche et laissa un billet de dix francs.

Le chat noir réapparut.

– *Diff! Diff!* cracha la voyante dans la direction de Klosowski. *Has! Has!*

Le chat feulait, poil hérissé, dos arqué. Ils devaient partir. Vite!

– Que se passe-t-il? demanda Blanche, se sentant prise dans un ouragan.

– *Trudinxe! Burrudixe!* continuait la vieille.

Le chirurgien tira la jeune fille derrière lui.

Rebecca maudit Séverin Klosowski bien après son départ. Puis elle retomba sur ses coussins, épuisée. Elle sanglota longtemps sur le sort réservé à ces pauvres filles qui croiseraient son visiteur dans le quartier de Whitechapel, pays de misère, de cris et de brume, de l'autre côté de la Manche. Enfin, elle ramassa le billet de dix francs et traversa les rideaux de tissu aussi fins que des toiles d'araignées pour rejoindre son antre.

4

Le patron du restaurant *Chez Philippe* rue Mouffetard et son cuisinier avaient attendu le bon moment pour organiser leur repas du club des Grands Estomacs.

Trochu venait de décréter les bêtes du Jardin des Plantes propres à la consommation pour la joie des fines gueules parisiennes. Le restaurateur avait ses entrées au Muséum où il s'approvisionnait en herbes rares. Il obtint donc un éventail représentatif de ce qui s'y faisait de mieux en matière d'animaux exotiques à fricasser et mijoter, ce pour une quarantaine de convives environ.

Côté vins, ils avaient du tokay, du Pétrus et de la liqueur du Pèlerin qui, d'après ses concepteurs, vous permettait de faire Paris/Saint-Jacques/Paris à genoux, sans douleur et avec visions mystiques de surcroît.

Certes, les portions étaient plutôt congrues, une cassolette de trente grammes pour chaque échantillon.

Mais les goûteurs ne se formalisaient pas. Les côtelettes de tigre, les jambons d'ours et les bosses de bison avaient déjà délié les langues. Les conversations allaient bon train dans la salle de restaurant. L'ambiance des grands soirs.

À une table, dans un coin, trois noceurs d'âge et de corpulence différents fumaient londrès sur londrès, empoisonnant l'atmosphère. Heureusement, la fenêtre au-dessus de leurs têtes était entrouverte.

– Vous souriez depuis tout à l'heure, Lefebvre, remarqua Loiseau. Quelle est la raison de cette joie intérieure ?

Il ne pouvait s'empêcher d'interroger les gens, ses amis y compris. Déformation professionnelle oblige.

– Vous savez que votre tatoué de la rue du Pré-Maudit est encore en parfait état de conservation dans mon musée de la mort ?

– Depuis le temps ? brailla Arthur Léo.

– Le froid bloque le processus de putréfaction. Il faudra que j'exige une chambre frigorifique au prochain gouvernement quand cette folie sera terminée.

– Pieds d'éléphant à la poulette !

Un serveur posa trois assiettes devant eux. Gaston l'arrêta.

– Vous voulez dire que ce sont les pieds de Castor et Pollux ?

– Tout à fait, m'sieur.

– Eh bien. Hips. Commissaire ?

Cette fois, Léo avait le hoquet.

– Castor et Pollux. C'est ainsi que les Communards nous ont surnommés, Léo et moi.

La révélation mit un terme au hoquet de l'inspecteur.

– Castor et Pollux? réagit Lefebvre. Très drôle!

Suivirent le filet de lama, le râble de kangourou et de la salade verte. Grisé, Arthur Léo se donna le droit de revenir à un sujet qui pouvait fâcher.

– Vous devriez écouter plus souvent votre nièce, conseilla-t-il à Loiseau.

– À quel propos?

– L'innocence de Pilotin.

– Vous n'allez pas remettre vos empreintes sur le tapis?

– Des empreintes? Quelles empreintes? s'intéressa Lefebvre.

L'inspecteur du IIe arrondissement exposa ses vues audacieuses au greffier qui se déclara très curieux de voir cette idée de dactyloscopie mise en pratique. Même si elle ne pouvait, dans l'état actuel des choses, avoir aucune base légale. Au sommier, on fichait mesures anthropométriques et marques distinctives comme les tatouages. De là à prendre les empreintes…

Gaston noircissait son agenda-journal. Il fallut attendre que le serpent boa à la tartare soit passé pour qu'il leur adresse à nouveau la parole. Et cela seulement parce que Lefebvre, avec sa curiosité habituelle, essayait de lire ce qu'il avait écrit.

– Ce sont les noms des victimes, dans l'ordre, expliqua Loiseau en tournant son agenda.

Le greffier chaussa ses bésicles. Il regarda Loiseau, Léo, l'agenda.

– Vous êtes sûr?

– Évidemment.

– C'est étrange… Ils sonnent… Enfin, je veux dire…

Le greffier prit un livre dans son manteau accroché à une patère. Il mit un doigt sur l'agenda, sur le premier nom, celui du chapelier de la galerie Vivienne, Edmond Abba. Il ouvrit son volume qui avait été utilisé maintes et maintes fois.

– « Abba. Mythologie indienne. Nom de l'Être suprême. » (Il manipula l'ouvrage avec précaution pour se rendre à la fin.) « Vesper, le même qu'Hesper. » (Il retourna au milieu du dictionnaire.) « Hesper, frère d'Atlas et père des Hespérides, fut changé en étoile après sa mort. »

Le greffier dévisagea les policiers. Gaston Loiseau avait un sourcil arqué et Arthur Léo se triturait la lèvre inférieure. Lefebvre revint à la liste des victimes. Il en était à la troisième : Jules Ensifer, le machiniste de spectacles.

– Ensifer, murmura-t-il, cherchant l'entrée dans son petit dictionnaire. « Ensifer, c'est-à-dire "qui porte une épée", épithète d'Orion. » Hercule, on s'en passera, il est connu comme le loup blanc. Quant au dernier… Closter, Closter, Closter. Le voilà. « Closter, fils d'Arachné à qui on attribue l'invention du fuseau. »

Le greffier referma son ouvrage et permit à Loiseau de le consulter. Il s'agissait d'un *Dictionnaire de la fable*, une édition courante. On en trouvait chez tous les bouquinistes sur les quais.

Le restaurateur visita leur table et lança en remplissant les verres :

– Pour la suite, nous avions le choix entre une fricassée de phénicoptères et de la grue de Numidie à la chasseur.

Personne ne réagissant à son boniment, il alla voir ailleurs.

– Ils ont tous des noms tirés de la mythologie, comprit Gaston.

– Franchement, si vous me les aviez montrés plus tôt, gronda le greffier. Edmond Abba, Camille Vesper, Jules Ensifer, Hercule Machin, Benjamin Closter… Pas un patronyme qui sonne vrai là-dedans. Gaston Loiseau, Arthur Léo, Blanche Paichain, Lefebvre… Oui. Da. Ce sont des noms qui fleurent bon la France.

Léo s'empara du *Dictionnaire de la fable*.

– Qu'est-ce que vous cherchez ? demanda le greffier, inquiet de voir son trésor passer ainsi de main en main sans ménagement.

– Salmacis. (Il se mordit les lèvres.) Rien.

– Vous devriez vérifier à Pilotin, proposa Loiseau.

Arthur Léo ne se donna pas cette peine et rendit le livre à son propriétaire.

– Il ne me quitte jamais, expliqua Lefebvre. Je fais la lecture à mes locataires de l'au-delà, pour les préparer au jugement dernier.

– Et les détendre ? tenta Léo.

– Ah non ! Je les aime raides !

La grue de Numidie fut servie et les bouteilles interverties dans un ballet de verre et de porcelaine qui laissa les trois hommes parfaitement indifférents.

– Pourquoi se seraient-ils inventé des noms ? s'interrogea Loiseau.

– Ils portaient tous ce tatouage, non ? rappela le greffier. On peut partir du principe qu'ils se connaissaient. Qu'ils formaient une sorte de confrérie…

– Nous y avons pensé, grogna Loiseau. Mais cette piste n'a rien donné.

Sur son agenda-journal, il noircissait les majuscules des patronymes qui avaient éveillé la curiosité de Lefebvre. Lefebvre, ayant l'habitude d'examiner les macchabées à l'envers depuis le poste d'observation de son bureau à la morgue, le regardait faire avec un grand intérêt. Et l'agenda, vu de l'autre côté de la table, ressemblait à ceci :

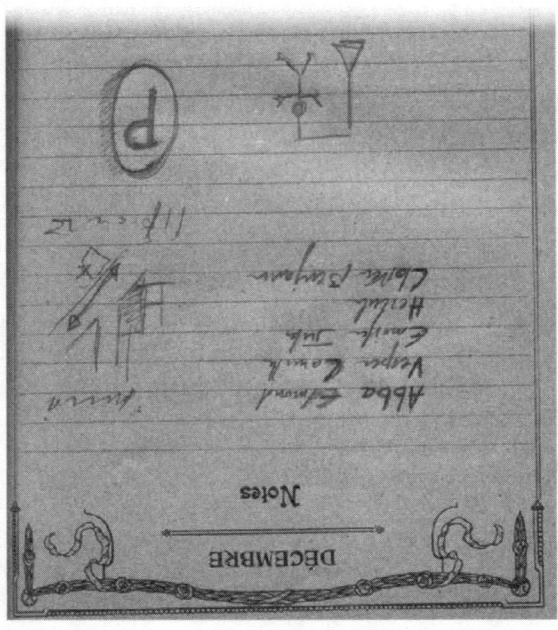

– Cheva, murmura-t-il.

Loiseau leva le nez.

– Pardon ?

– Les premières lettres de ces noms de famille, du dernier tué au premier. C. H. E. V. A. Ces hommes étaient liés d'une manière ou d'une autre, non ? Nous pourrions imaginer que leurs noms composent une sorte d'acrostiche ?

– On devrait plutôt lire dans l'autre sens, si on respecte la chronologie de la tuerie, essaya Léo.

– Oui. Mais Avehc, ça ne veut strictement rien dire. Alors que Cheva, c'est plus euphonique. Ce n'est certes pas un nom mais ça pourrait être une partie ou un début de nom. De plus, nous savons que le massacre n'est pas achevé.

Léo afficha une mine stupéfaite.

– Le message. Sur la poitrine du fondeur. Son corps est chez moi. Je le vois tous les jours. Ne parle-t-il pas des cinq cavaliers qui sont encore cachés ?

– Corneguidouille !!!

Le coup que Gaston Loiseau donna sur la table des deux poings fermés interrompit toutes les conversations dans la salle de restaurant.

– Je vous le dis comme je le pense, nous sommes de sérieux empotés !

Arthur Léo ne savait plus où se mettre. Lefebvre, interdit, attendait la suite.

– Pas cavaliers ! Chevaliers.

– L'assassin a mentionné le nom de famille des tatoués dans son message, murmura Lefebvre. Il aurait pu être plus explicite.

– D'accord, reprit Léo. Ils s'appellent tous Chevaliers. Où cela nous mène-t-il ?

– Nous parlions de confrérie, intervint le greffier. Et si les Chevaliers étaient simplement… frères ?

Un coup de tonnerre n'aurait pas moins abasourdi Loiseau. Pas mécontent de son effet, Lefebvre continua :

– Rappelez-moi le prénom de Closter.

– Benjamin.

– Et voilà. Closter était le petit dernier. Cela valide la théorie de l'acrostiche dans le sens du plus jeune au plus vieux.

– Des frères, souffla Loiseau. Et je n'y ai pas pensé plus tôt !

Il reprit son agenda et le consulta d'un doigt fébrile. Évacuées les vapeurs d'alcool ! Chassée l'ivresse !

– Nous sommes en pleine extrapolation, essaya de tempérer Léo.

– Oui, mon petit Léo, oui ! (Loiseau lui broya l'épaule.) Mais dès demain matin, à la première heure, nous plongerons dans le sommier, nous ébranlerons l'état civil de la base au sommet, nous sortirons les copistes de leurs lits pour savoir si cette extrapolation est fondée ou non.

« Et mes empreintes digitales ? » pensait-il.

Lefebvre leva son verre et porta un toast.

– Aux mousquetaires qui pourfendent les mystères !

¢

Le dîner se prolongea fort tard. Le restaurateur perdit le sens de ce qui se passait dans son auberge après le chaud-froid de toucan et de kamichi.

Dehors, des amorces fulminantes pétaradèrent, de-ci de-là. Elles accompagnèrent les pendules de Paris qui annonçaient aux habitants de la ville assiégée qu'ils entraient en 1871. Et cette annonce dura une bonne partie de la nuit car, dans toutes ces horloges désynchronisées, pas une seule ne sonna réellement à minuit. Bien des cendrillons n'y trouvèrent à redire.

≈ IX ≈

La loi
des Douze Tables

1

Il était deux sujets sur lesquels Blanche s'était toujours opposée à ses parents et ce, dès son plus jeune âge : le piano qu'elle n'avait jamais pratiqué qu'en dilettante et le Grand Barbu que, faute de mieux, on appelait Dieu.

Or, en cette matinée du 8 janvier, elle déambulait gravement dans les bas-côtés de l'église de Saint-Germain-des-Prés.

Son esprit était encombré de questions et elle espérait entendre les réponses dans le silence, entre les murs du vénérable édifice.

Le silence... Denrée devenue plus rare que le beurre frais depuis que les Prussiens bombardaient la capitale.

Près de quatre cents obus tombaient sur la ville assiégée chaque vingt-quatre heures, de nuit comme de jour. Les artilleurs avaient commencé par l'extrême sud pour gagner ensuite en hardiesse, visant le Val-de-Grâce, le Luxembourg...

La lanterne du Panthéon avait été touchée ainsi que la bibliothèque Sainte-Geneviève. Hier, un gamin parti chercher des médicaments avait été déchiqueté, juste derrière l'Odéon. Le déménagement de l'ambulance avait été décidé dans la foulée, direction le ministère de la Guerre, place Vendôme, et le transport des blessés effectué dans la journée. À la nuit tombée, l'Odéon était vide. Blanche l'avait quitté avec un serrement au cœur.

Blanche pensa à son oncle et à sa théorie des dix frères Chevaliers.

Il n'avait pu résister à l'envie de partager les spéculations du repas de réveillon avec sa nièce. Depuis une semaine, il remuait ciel et terre pour remonter la trace des Chevaliers. Il avait obtenu une dizaine de commis dans une Préfecture qui fonctionnait au ralenti.

La moitié des postes de police étaient fermés, les garants de l'Autorité invisibles. Une sorte de *statu quo* régnait sur la ville, seulement troublé par le bruit des obus qui sifflaient comme des couleuvres.

De fait, les hommes de Gaston n'avaient pu accéder aux états civils des mairies des XVIIIe, XIXe et XXe arrondissements, en sécession. On lui fichait certes une paix royale mais il ne pouvait compter que sur lui-même pour poursuivre ce que certains de ses collègues appelaient une chimère.

Blanche l'aurait bien aidé. Mais elle avait son propre périple à accomplir pour repérer les cinq tatoués traqués par Claude Salmacis. La triple contrainte de l'Enfer. Faust. L'écume de la Lune… Quelle serait la prochaine étape ?

Klosowski la lui avait soufflée. Et elle lui faisait froid dans le dos.

L'église était vide malgré que ce soit dimanche. Les Parisiens préféraient contempler les entonnoirs créés par les obus. Blanche, unique occupante des lieux, demanda à voix haute :

– Dois-je me rendre à la morgue pour faire parler Closter avec le reste d'écume de la Lune ?

Un boum lointain retentit à l'extérieur. Chez les spirites, un coup voulait dire oui. La déesse des enquêtrices venait de lui répondre.

– Vous êtes sûre ?

Autre coup, plus fort cette fois.

– Soit.

Elle assisterait le chirurgien dans cette opération. Le gel avait permis à Lefebvre de conserver le corps jusqu'à maintenant. Mais le redoux s'amorçait. Il leur fallait agir au plus vite. Demain soir serait le mieux.

Réveiller un mort. Elle savait que la chose avait été accomplie par Salmacis sur Hercule. Sur les autres aussi, peut-être ?

– C'est une histoire de fous.

Le gros boum qui fit trembler l'église ne la contredit pas.

¢

Sur le trottoir, Blanche sortit le message qu'elle avait reçu au petit matin avant de se rendre à l'ambulance. « Ce soir, vingt et une heures, club des Lanternes rouges, ligne F (Est). Sujet abordé : démonstration d'une arme secrète pour empoisonner l'air des armées prussiennes. »

Blanche n'avait pas revu Victor, mais Émilienne si. Des retrouvailles un peu froides. Indépendamment de l'énoncé de la démonstration (une histoire de poisons, de quoi éveiller sa curiosité), Blanche avait très envie de se réconcilier avec son amie. La prendre dans ses bras, la serrer contre elle... « Dois-je me rendre à cette réunion ? » se demanda Blanche.

Un boum, plus proche que les autres et ne souffrant aucune contestation. Le Ciel avait dit oui. Blanche obéirait. Et maintenant. Car, d'après ce qu'Émilienne lui avait raconté, les réunions du club des Lanternes rouges se tenaient dans les dépôts au bout des lignes d'omnibus. Ligne F (Est) signifiait : au bout de la ligne F, en direction de la Bastille.

2

Elle grimpa dans l'omnibus en exhibant une cocarde achetée deux sous sur la route. Le receveur lui adressa un signe de tête entendu et la laissa tranquille jusqu'au terminus où Blanche fut la seule à ne pas descendre.

La voiture mit ses lanternes rouges en veilleuse et contourna la colonne de Juillet pour prendre la rue de Charenton. Il longea l'embarcadère du chemin de fer de Lyon, s'engagea dans une impasse. Au bout, une vaste halle : le dépôt des omnibus. Le conducteur détacha ses chevaux et s'éloigna avec eux.

Blanche, sagement assise sur son banc à l'arrière de l'omnibus, attendait une consigne. Derrière les vitres, le noir total. Elle aurait aussi bien pu se tenir à bord d'un corbillard. La portière étant bloquée, elle prit l'escalier en colimaçon et monta sur l'impériale.

Le dépôt était rempli d'omnibus sans attelage, rangés à touche-touche. Le tapis de voitures formait un paysage étonnant dans la pénombre rougeoyante.

Car des lanternes vénitiennes avaient été accrochées de place en place et dessinaient une route sinueuse d'un omnibus à l'autre, jusqu'à un point, là-bas, marqué d'un rond de lumières rouges.

– Ohé, du labyrinthe ! appela Blanche gagnée par l'esprit facétieux de la mise en scène.

Un hennissement lointain lui répondit. Ainsi que deux accords de piano.

Elle retroussa ses jupons et enjamba le garde-fou de l'omnibus qui l'avait amenée jusqu'ici pour rejoindre celui où une lanterne était fixée. Elle suivit scrupuleusement le chemin, dégustant cette atmosphère baroque.

Elle prit pied sur l'impériale du dernier omnibus, remit ses jupes en place, se pencha sur l'escalier en colimaçon.

– Y a quelqu'un ?

Un accord puissant plaqué sur un piano, tout près, la fit sursauter.

– C'est pas drôle ! râla-t-elle en descendant la vis.

Elle s'arrêta dans le noir total. Pourtant, il y avait des gens autour d'elle. Blanche pouvait entendre leur respiration.

– Bonjour, lança-t-elle. Je m'appelle Blanche Paichain. C'est la première fois que je viens à une réunion du club des Lanternes rouges et…

Le piano la fit taire. Des lumières dévoilèrent la petite foule qui remplissait l'omnibus. Émilienne fonça sur son amie pour l'embrasser.

– Joyeux anniversaire, Blanche ! lança la fille de la concierge.

La jeune fille mit dix bonnes secondes à se rappeler qu'elle était née un 8 janvier et qu'aujourd'hui
elle vieillissait d'un coup. Grâce à son oncle, c'était
fait depuis un mois. Mais elle ne contesta pas la date.
Bien peu peuvent se flatter d'avoir eu deux fois dix-
huit ans.

Une quarantaine de receveurs et autant de
conducteurs formaient une compagnie joyeuse et
débridée. Ils auraient pu se réunir sous le prétexte
de casser du jésuite ou pour prévoir quelque plan
d'enlèvement de Trochu. Au lieu de quoi, ils fêtaient
l'anniversaire de Blanche Paichain, amie d'Émilienne et de Victor Pilotin, deux de leurs clubistes
les plus acharnés. Et pour cela, ils n'avaient pas fait
les choses à moitié.

Une clairière avait été aménagée au milieu du
dépôt. Y brûlait un grand feu, sous haute surveillance,
à cause de la charpente. Des seaux d'eau avaient été
disposés alentour et des vasques de punch préparées
pour un autre usage. Le pianiste enchaînait les airs à
la mode.

Blanche était assise par terre, tout contre
Émilienne. Elles se pelotonnaient sous un plaid. La
fille Paichain en était à son second bol de punch
et elle sentait déjà le mouvement de rotation de la
Terre.

Victor s'approcha et donna une boîte à Blanche.
Elle en sortit une casquette à poils roux avec des
rabats pour les oreilles qui lui allait parfaitement.

– C'est du renard. Ce sont de fins limiers, comme vous.

Blanche voulut le remercier mais Victor était reparti danser autour du feu. Les receveurs reprenaient leur refrain en forme de cri de guerre. Ils le chantaient à tue-tête, au mépris du voisinage et de la maréchaussée :

– *Nous sommes les receveurs*
Du club des omnibus
Nous courons à toute heure
De Passy à Picpus.

– J'ai mis du temps à lui faire comprendre, confia Émilienne.

– À lui faire comprendre quoi ?

– Que tu n'es pas de son âge.

– Je te dois une fière chandelle. En tout cas, c'est chouette d'avoir pensé à mon anniversaire.

– Oh ! Ce n'est qu'un prétexte pour faire la fête. Et on avait surtout besoin de te voir. Si t'étais pas venue, on aurait été te chercher par la peau des fesses.

Émilienne salua de nouveaux arrivants, habitants du quartier, femmes, enfants, bien loin des révolutionnaires que Blanche imaginait.

– Nous voulons savoir où en sont tes recherches et celles de ton oncle concernant les tatoués.

Blanche parla des frères Chevaliers, du passage chez la voyante, de ce que Closter leur apprendrait peut-être.

– Vous allez réveiller un mort ? Ben, ma vieille, sur ce coup-là, je ne te suivrai pas.

– Je croyais que la morgue faisait partie de tes destinations préférées.

– En fait, pas vraiment.

Émilienne se renfrogna, avant de reprendre.

– On s'inquiète pour Victor. Apparemment, ton oncle est toujours convaincu de sa culpabilité.

– Oui, fut forcée d'avouer Blanche.

– Si on l'attrape...

– ... il sera jugé, sûrement reconnu coupable. Son évasion ne joue pas en sa faveur. Et on lui appliquera l'article 12 du Code pénal.

– C'est-à-dire ?

– « Tout condamné à mort aura la tête tranchée. »

Émilienne était toujours inquiète lorsqu'elle voyait Blanche aussi froide. Elle poursuivit son raisonnement :

– Nous devons résoudre le mystère des tatoués avant que les Prussiens ne prennent Paris. Ce qui ne saurait tarder, vu la fréquence à laquelle ils nous balancent leurs pruneaux. Les camarades sont d'accord pour filer un coup de main à Victor. Demain soir, le club des Lanternes rouges va tendre un piège aux tatoués.

– Comment ?

– En organisant une réunion spéciale. Des tracts seront déposés dans tous les omnibus. Et nous serons aidés par un inventeur qui a mis au point un projecteur pouvant imprimer une image sur les nuages. La réunion se tiendra dans son atelier. Il projettera le motif de l'alchimiste dans le ciel. Et les tatoués rappliqueront comme des papillons de nuit sur un bec de gaz.

– Vous êtes cinglés ? Mon oncle va vous tomber dessus !

– C'est là où t'interviens, ma cocotte. On allume le phare à neuf heures, demain soir. Et on l'éteint à dix. Le signal sera visible depuis tout Paris, une heure seulement. Avec la publicité qu'on aura faite dans les omnibus, m'étonnerait que les tatoués restent cachés. Mais entre neuf et dix, il va falloir que t'occupes ton oncle, son ami inspecteur et... comment s'appelle le type de la morgue ?

– Lefebvre. Pourquoi ?

Émilienne renifla.

– Il a vu le tatouage, non ?

– T'as raison. Je pourrais les inviter à dîner...

Blanche soupira bruyamment.

– Si un tatoué se manifeste, vous ferez quoi ?

– On le garde au chaud et on t'envoie le pigeon.

– Et si vous attirez Salmacis ?

Émilienne but un coup de punch et rétorqua avec assurance :

– Les conducteurs d'omnibus ne sont pas des enfants de chœur. Si le tueur se pointe, on le coince comme les autres.

Blanche pesait le pour et le contre. Elle sentait à la voix d'Émilienne que ce plan était élaboré depuis longtemps et que ses auteurs n'en changeraient pas une ligne.

– Tu me promets d'être prudente ? demanda-t-elle à la fille de la concierge.

– Entre nous, ce n'est pas moi qui passe mes nuits à la morgue ou chez les bohémiennes.

La soirée continua par des danses et des chants. Le pianiste joua *As-tu vu Bismarck porte de Châtillon ?* puis *Trochu ou la complainte de l'homme canon* et *Je poinçonne à tout-va* avant d'attaquer un pot-pourri de romances qui donna le signal du départ pour Blanche.

Les Lanternes rouges avaient tout prévu. Un omnibus de la ligne Z attendait pour ramener les clubistes chez eux. Avant qu'il s'ébranle, Blanche promit à Émilienne que, demain soir, entre neuf et dix, son oncle et ses amis seraient privés de nuages.

3

Grâce à Gaston Loiseau, la neuvième brigade était en train d'acquérir une réputation de bouffonnerie.

Il se chuchotait que des commis parcouraient les rues de Paris, un *Dictionnaire de la fable* à la main, pour interroger d'innocents contribuables sur leurs liens de parenté avec des divinités de tous rangs et origines géographiques.

Julie Samia, jolie lavandière habitant dans le XIVe arrondissement, n'était pas une nymphe. Et son père ne s'appelait pas Méandre. Toutefois, elle montra son bras gauche aux policiers.

Bernard Stentor, charbonnier à la retraite, avait une voix éraillée et il ne comprit pas un traître mot de ce qu'on lui raconta.

Quant à Michel-Edme Sabasius, garçon limonadier, il accepta qu'on le prenne pour le fils de Jupiter et de Proserpine. Sa mère, une catin, et son père, un chiffonnier alcoolique, avaient été emportés par la tuberculose quand il avait dix ans.

Le cas d'Octavius Schinchilla avait achevé de décourager les enquêteurs, déjà sceptiques sur cette mission qu'on leur demandait de remplir. Schinchilla désignait une obscure divinité indienne. Un acte de naissance de la mairie du IVe arrondissement citait un Schinchilla, né en 1862, un enfant donc. Les agents s'étaient rendus à l'adresse indiquée pour tomber sur une toquée qui considérait son rongeur d'Amérique du Sud comme la chair de sa chair. Elle avait réussi à l'inscrire comme tel à l'état civil.

Face aux policiers, elle serra le mammifère contre elle au risque de l'étouffer, braillant :

– Vous ne mangerez pas mon Octavius, bande de cannibales !

Loiseau commençait à désespérer de trouver quoi que ce soit lorsqu'un copiste envoya un mot à la Préfecture. Il avait eu vent de la recherche sur les Chevaliers. On pouvait venir le voir à Saint-Gervais-Saint-Protais, juste derrière l'Hôtel de Ville.

Le commissaire entra dans l'église par le chevet. Le copiste travaillait dans la sacristie. Il était victime d'une extinction de voix.

Sur une grande table de chêne étaient disposés les registres paroissiaux et son attirail : écritoire, plumes et encrier, fiches vierges, grog. L'homme prit une fiche et la tendit au commissaire. Le document était daté de 1851. Il s'agissait d'un acte d'enterrement.

– D'où vient-il ?

– Saint-Pierre-de-Montmartre, articula le copiste avec une grimace.

Gaston lut le document, son cœur s'accélérant alors qu'il prenait conscience de sa valeur.

« Le 17 janvier 1851, a été inhumé dans l'église Claude Chevaliers, décédé la veille, âgé de dix ans. En présence de ses frères Benjamin, Josse, Jules, Camille, Edmond, Guillaume, Étienne, Louis, Ernest, Marcel Chevaliers, tuteurs, tous demeurant en cette paroisse Saint-Pierre-de-Montmartre. »

Les prénoms correspondaient. Dix frères étaient cités.

Plus un onzième, mort.

¢

Arthur Léo retourna rue du Pré-Maudit, sur les lieux du dernier crime. La maison du fondeur, mise sous scellés, avait été pillée. Il n'y trouverait rien de nouveau. En revanche, les environs n'avaient pas été explorés. En tout cas, pas à sa connaissance.

Il contourna la maison et remarqua une ferme à une centaine de pas. Des martèlements provenaient de la grange.

Trois gaillards cabossaient des débris de métal qu'un gamin sortait d'un panier. Léo eut un choc en reconnaissant des obus. Les hommes s'arrêtèrent, le marteau à la main, repérèrent le policier en habits bourgeois. Échange de regards. Léo avait compris ce qu'ils trafiquaient et il ne venait pas pour cela.

– J'enquête sur le meurtre qui a eu lieu dans la maison là-bas, lança-t-il, respectant une distance prudente.

– Closter ? répondit le plus costaud. On ne le connaissait pas. Toujours cloîtré.

Le gamin, qui récupérait les éclats d'obus, jeta un coup d'œil furtif au policier qui le lui rendit. S'ensuivit la série de questions d'usage en pareille situation. L'inspecteur avait sorti carnet et crayon pour faire bonne figure. Il repartit bredouille, en apparence, car il se doutait que le gamin le rejoindrait.

Son attente ne fut pas déçue. Léo fumait, adossé à la façade du 8, rue du Pré-Maudit, lorsque le loupiot arriva, essoufflé par sa course.

– J'avions peur de vous voir parti.

– Tu as quelque chose à me dire ?

– Pour cinq francs, oui.

– Cinq francs le renseignement ? Tout augmente ?

– Vous aurez un cadeau en prime.

L'inspecteur mit la main à la poche.

– Closter, juste avant qu'on l'dérouille, m'a donné une lettre. J'l'ai portée vif comme le vent, précis comme l'éclair.

– Tu as joué les coursiers ? décrypta Léo. Et pour qui était cette lettre ?

– Marcel Scrobe, 34, rue de Valois, parc Monceau, dans les quartiers chic.

Scrobe... Le nom n'était pas inconnu à Léo. Il dégaina son *Dictionnaire de la fable* et trouva l'article en question : « Scrobe ou Scrobicule : espèce de fosse dans laquelle on faisait couler le lait, le vin ou l'huile des libations ou le sang des victimes qu'on offrait aux divinités infernales. »

— Nom d'une pipe, jura l'inspecteur.

Il s'apprêtait à reprendre le chemin le plus court pour la Préfecture.

— M'sieur ! Vot'cadeau !

Le gamin lui envoya un fragment d'obus qui aurait dû être vendu, comme souvenir, à un Parisien. En retour, Léo lança une nouvelle pièce d'un franc. Le gamin l'attrapa au vol et se dit, des étoiles plein les yeux : « Mince alors ! Coursier, ça paie mieux que chaudronnier. »

Comme la plupart des gamins de Paris, il ne savait ni lire ni écrire. Mais il savait compter.

4

Blanche se rendit dès potron-minet à l'École de médecine pour informer Klosowski qu'elle l'accompagnerait à la morgue. Il venait de prendre un café avec Lefebvre.

– Le périmètre autour de Notre-Dame va être vidé de ses occupants, annonça le chirurgien. Ordre de Trochu.

– À cause des bombardements ?

Les îles de Paris n'étaient plus à l'abri de l'artillerie prussienne.

– Lefebvre a prévu d'opérer le transfert de Closter et consorts à partir de dix heures du soir pour un aller simple au cimetière.

– Donc, c'est ce soir ou jamais.

Le garçon que Lefebvre avait pu garder à son service quittait les lieux à neuf heures. Cela leur ménageait une fenêtre d'une heure, en plein dans celle choisie par Émilienne et Victor pour imprimer l'alchimiste sur les nuages.

Blanche devait assister Klosowski et détourner l'attention de son oncle en même temps. Et ses connaissances en chimie ne lui avaient pas encore soufflé le secret de l'ubiquité.

Ils se donnèrent rendez-vous pour le soir même. La jeune fille assura qu'elle serait là, quoi qu'il advienne.

Elle trouva le tract du club des Lanternes rouges dans le premier omnibus où elle monta, posé sur la banquette.

Le piège se mettait en place.

Comment occuper Loiseau, Léo et Lefebvre entre neuf et dix heures? Telle était la question.

– Eurêka! s'exclama Blanche en passant devant l'Opéra.

On jouait du Wagner à Le Peletier au profit des indigents du IXe arrondissement. Le rideau se lèverait à neuf heures trente. Mais Gaston arrivait toujours en avance pour profiter du spectacle de la salle qui se remplit.

Blanche réserva une loge et fonça à la Préfecture. Son oncle était bien dans son bureau, ses lunettes à verres rouges sur le nez.

– Tu tombes mal, lâcha-t-il en guise de préambule.

– Que se passe-t-il?

– Nous sommes sur une piste sérieuse.

Léo entra.

– Quand même!

Loiseau emmena l'inspecteur dans une autre pièce. Lorsqu'ils revinrent, ils étaient aussi excités l'un que l'autre.

– Ce Marcel Scrobe doit être l'aîné des Chevaliers! s'exclama Loiseau. Mais avant de nous rendre chez lui, une visite à cette église s'impose.

Le commissaire enfilait déjà son manteau. Blanche se glissa devant la porte et exhiba le billet pour l'Opéra.

– Cadeau... Pour vous remercier de toutes vos attentions. Vous pourriez y aller avec Léo et Lefebvre?

Gaston embrassa sa nièce sur le front.

– Je suis désolé, ma bichette. Ce soir, je suis coincé. Vas-y toi, avec tes amis. Tu me raconteras.

– J'insiste.

Blanche insistait rarement. Son oncle se sentit obligé de mettre les points sur les i.

– Tu me proposerais une partie de cartes avec Sarah Bernhardt, je déclinerais quand même.

Sur ce, il s'éloigna avec Léo à grandes enjambées.

– On parie ? murmura Blanche à qui Gaston venait de donner une idée.

5

Les trois tentes militaires, blanches et coniques, ressemblaient à un camp d'Indiens. Un manège était remisé dans un coin ainsi qu'une carriole verte des saltimbanques dans laquelle, d'après un calicot, vivait l'incroyable loup Homo.

Deux policiers gravissaient la place Saint-Pierre de Montmartre pour rejoindre l'église. La pente ne les freinait pas. Leurs fronts ne se déridaient pas. Car ils allaient déranger la quiétude des morts, tâche qui imposait une certaine gravité d'ores et déjà peinte sur leurs traits.

Ils parvinrent devant le porche de Saint-Pierre. Loiseau enfonça la porte d'un coup d'épaule.

– Nous n'avons pas besoin de mandat ? s'enquit Léo en sortant son Lefaucheux.

– Cette église est à l'abandon depuis près de vingt ans.

Loiseau jeta un regard sceptique à Léo qui vérifiait que son arme était chargée.

– Et vous n'aurez pas besoin de votre joujou.

– Dans les églises il y a des cryptes, et dans les cryptes des révolutionnaires en puissance.

– Cresson a une influence déplorable sur vous, jugea Loiseau avant de pénétrer dans l'édifice.

Pénombre. Odeur d'humus et de poussière. Dallage branlant. Le lieu était l'image de la désespérance. La nef avait été vidée de son mobilier. Les mauvaises herbes avaient réussi à pousser entre les dalles.

– Pourquoi a-t-elle été abandonnée ? demanda Léo en frissonnant.

Il serrait la crosse de son Lefaucheux à s'en blanchir les phalanges.

– La voûte menaçait de s'effondrer.

Gaston gratta son allumette sur une colonne du bas-côté. Il éclaira un chapiteau représentant un homme à tête de porc chevauchant un bouc à l'envers dont il soulevait la queue.

– La Luxure, reconnut Loiseau. (Il renifla bruyamment.) Nous sommes dans la plus vieille église de Paris…

– Et la plus sombre aussi. Repérer la tombe de Claude Chevaliers va être compliqué.

– Allez demander deux lampes, une pioche et une pelle aux troufions sur la place. Je vous attends.

Le temps que Léo revienne, Loiseau avait dessiné un labyrinthe dans le dallage de la nef en traînant ses semelles dans la poussière.

Ils commencèrent par l'intérieur de l'église, explorant les bas-côtés et les absides. Des abbesses avaient été enterrées là depuis le XIIe siècle, exhibant fleurs de lis et missels gravés sur leurs pierres tombales. Ils dénichèrent une Mademoiselle Camille, actrice de la Comédie-Italienne, un fermier général, des princes, le bourreau qui avait décapité Louis XVI...

– En somme, quelqu'un de la Maison, commenta Loiseau.

Mais pas de Chevaliers.

Sur le côté de l'église, un cimetière accueillait des ossements humains depuis les temps mérovingiens. Ils l'explorèrent scrupuleusement.

Vintimille, Portal, Fitz-James, le cœur de Bougainville, inconnus et célébrités. Mais pas de pierre datée de 1851 au nom de Claude Chevaliers. La tombe n'était ni dans l'église ni dans le cimetière. L'acte d'enterrement indiquait pourtant que l'inhumation avait eu lieu dans l'enclos de Saint-Pierre. Alors où ?

Arthur Léo s'était assis sur le flanc d'un monticule. Trois croix le couronnaient.

– Une idée ? lança Léo.

Le jour tombait et il avait hâte de déguerpir. Loiseau l'observait, lui et le monticule.

– Levez-vous.

Léo obéit. Loiseau entreprit de dégager la végétation à l'endroit où l'inspecteur était assis un instant plus tôt.

– Des marches.

Il dévoila petit à petit un escalier qui tournait autour du monticule. Un bas-relief de plâtre, brisé en plusieurs morceaux et montrant un christ fouetté par les mécréants, les éclaira sur ce qu'ils venaient de mettre au jour.

– Le calvaire de Saint-Pierre ! s'exclama Loiseau. C'est un chemin de croix miniature. Je suis venu quand j'étais petit ! (Il grimaça.) Ma mère était bigote.

Neuf stations apparurent, ainsi qu'un faux rocher. Gaston le dégagea de son lierre et tendit une patte puissante vers Léo.

– Pioche.

L'inspecteur regarda le commissaire retirer son manteau malgré le froid, remonter ses manches de chemise, cracher dans ses mains et brandir la pioche haut au-dessus de sa tête pour la faire retomber sur la réplique miniature de la grotte sacrée.

Gaston Loiseau détruisant le Saint-Sépulcre… L'image ne manquait pas de grandeur. La pierre explosa du premier coup.

– Lampe.

Léo le rejoignit et éclaira un cercueil. Il mesurait moins d'un mètre de long. Un nom et deux dates étaient inscrits sur le couvercle : Claude Chevaliers, 1841-1851.

Gaston et Arthur ne bougeaient plus. À la lueur du faisceau, leurs visages étaient vraiment ceux de profanateurs de sépultures.

Des martèlements sourds résonnèrent derrière l'église, du côté de Paris. Une nouvelle nuit de bombardements commençait.

Loiseau inséra la pioche entre le couvercle et la boîte pour faire levier. Le cercueil s'ouvrit avec un grincement sinistre. Après deux mouvements, son contenu apparut à l'air libre. Léo braqua sa lampe dessus.

Le squelette était couché sur le côté. Il restait quelques lambeaux de peau épars. La cage thoracique était surdimensionnée, les pattes fines et non pas terminées par des pieds, mais par des sabots. Quant à la tête… elle était étroite, effilée et ornée de deux protubérances.

– Un monstre, gémit Léo en se signant.

– Ne dites pas de sottises. C'est un squelette de chevreuil.

– Un chevreuil ?

Loiseau reboutonna ses manches de chemise et remit son manteau. Il prit pelle, pioche et lampe, descendit le chemin de croix, traversa Saint-Pierre, remonta la nef où Léo le rattrapa. Sur la place, les soldats étaient sortis des tentes et observaient Paris et la banlieue sud aux jumelles.

– Pourquoi aurait-on enterré un chevreuil en lieu et place de Claude Chevaliers ? Ça n'a pas de sens ! s'exclama Léo.

Loiseau rendit le matériel aux soldats. Des traits de feu s'abattaient sur les quartiers plongés dans les ténèbres. L'un d'eux survola le XIVe arrondissement pour s'écraser près de la Seine.

– Ils ont touché le Jardin des Plantes, constata l'officier.

La canonnière amarrée sur la Seine répliqua et cracha en direction du sud. Mais ses artilleurs n'avaient aucune visibilité et les projectiles se perdaient loin des batteries ennemies.

– Claude Chevaliers, articula Loiseau.

– Oui, et alors ?

– Claude Salmacis. Réfléchissez une minute. Les deux Claude ne font qu'un.

– Nous aurions affaire à un règlement de comptes familial ?

– Et m'est avis que les tatoués, s'ils ont sciemment inhumé un chevreuil, ne sont pas innocents dans cette histoire. Une visite à ce Marcel Scrobe s'impose.

L'officier fixait une lumière intermittente en provenance de la Préfecture. Les deux fonctionnaires s'apprêtaient à prendre le large. Il les interpella.

– Un moment.

L'officier leur indiqua le point lumineux qui s'allumait et s'éteignait selon un rythme précis.

– La Préfecture me délivre un message par télégraphe optique.

Il traduisit au fur et à mesure :

– « Loiseau et Léo… »

Les policiers bondirent en entendant leurs noms.

– « … attendus au Palais de toute urgence. »

– Jésus-Marie-Joseph ! s'exclama Gaston. Si jamais il est arrivé quelque chose à Blanche !

Les policiers dévalèrent la place Saint-Pierre en courant malgré l'obscurité.

Cachés derrière une boîte à bouquins du quai de la Tournelle, Blanche et Séverin Klosowski virent le garçon de garde quitter la morgue. Pile vingt et une heures. Ils n'avaient pas une minute à perdre.

Klosowski traversa le pont de l'Archevêché. Son macfarlane lui donnait une apparence d'oiseau de proie.

Blanche le suivit, dépassa un clochard assis par terre, s'arrêta, revint sur ses pas.

– Qu'est-ce que vous faites ? s'impatienta le chirurgien.

Jojo la Grimace dormait à moitié, mais il était clair. Le siège avait imposé une diète salvatrice à son organisme ravagé par le tabac et la piquette. Aussi, il sut qu'il ne rêvait pas lorsqu'il vit la jeune fille lui tendre un billet :

– C'est une contremarque pour l'Opéra Le Peletier. Une loge. Vous pouvez y aller à quatre. Dépêchez-vous. Ça commence dans une demi-heure.

– L'Opéra ?

Il se leva pour remercier la donzelle, mais elle trottinait déjà vers un escogriffe qui trépignait à l'autre bout du pont.

– Encore une de vos œuvres de charité ? râla le chirurgien.

Blanche ronchonna.

– Que faisons-nous si la morgue est fermée ?

– La morgue n'est jamais fermée.

– Ah bon ?

– La Grande Faucheuse doit pouvoir y entrer, qu'il y ait des vivants ou non. (Klosowski adressa un clin d'œil à Blanche.) Une des traditions parisiennes.

En effet, la porte de derrière n'était pas verrouillée. Ils se glissèrent à l'intérieur. Blanche n'eut aucune peine à se remémorer sa dernière visite, lorsqu'elle était tombée sur Salmacis puis sur le chapelier, les deux horizontaux, l'un vivant, l'autre mort.

Benjamin Closter était étendu dans la troisième pièce. Un drap le recouvrait de la tête aux pieds. En le soulevant, ils virent que son visage, grâce au froid noir des semaines précédentes, ne s'était presque pas altéré.

Blanche était bonne physionomiste et elle aurait fait une excellente stagiaire au service anthropométrique de la Préfecture. Elle décela un air de famille avec le soldat de l'Odéon. Et le dessin oriental des paupières lui rappela les yeux de chat de Claude Salmacis.

Klosowski avait retiré son macfarlane. Il sortit la fiole d'écume de la Lune à peine remplie au quart de ce que le tueur, ses expériences et la voyante avaient laissé.

– J'espère que ça suffira.

Il déboucha la fiole pour l'approcher des lèvres du mort.

Il suspendit son geste et interrogea la jeune fille du regard. Elle hocha la tête, lui donnant une dernière fois son accord. Le chirurgien vida la fiole dans la gorge de Closter.

Il se redressa et recula avec Blanche. Ils avaient tous deux le sentiment d'avoir déclenché une machine infernale sans la moindre idée de ce qui allait se produire.

Les secondes qui suivirent s'écoulèrent au compte-gouttes. Malgré tout, ils n'entendirent pas l'intrus qui, dans la pièce voisine, collait son oreille contre la porte.

Par les lucarnes, ils virent une lueur rouge s'allumer dans le ciel. Un homme en robe portant trois sphères, un cadenas lui muselant les lèvres, venait d'apparaître sur les nuages. Victor et Émilienne étaient passés à l'action.

Blanche cessa de respirer lorsque Benjamin Closter ouvrit les yeux pour la fixer avec une expression terrorisée et curieuse à la fois.

6

Quand ils arrivèrent à la Préfecture, on informa Loiseau et Léo qu'une visiteuse voilée patientait dans le bureau du commissaire.

– Qui nous a convoqués ? s'emporta Loiseau. La reine des gitans ?

Sarah Bernhardt était assise dans le fauteuil du commissaire. Elle avait pris la liberté de tirer les rideaux devant les fenêtres.

Les cœurs de Loiseau et Léo bondirent dans leurs poitrines. Côtoyer la Divine faisait toujours cet effet-là.

– Je vous remercie d'avoir été si rapides.

Commissaire et inspecteur se débarrassèrent de leur manteau. La pièce était convenablement chauffée, pour une fois.

– Que vous arrive-t-il ? l'interrogea Loiseau. Surtout, pourquoi nous avoir appelés, nous ? ajouta-t-il pour lui-même.

Elle sortit un jeu de cartes de sa manche et commença à les battre avec une adresse de croupier.

– Je cherche des partenaires.

Léo tourna la tête vers Loiseau. « Elle est folle ? » demanda-t-il en mode muet.

La Bernhardt n'était pas folle, non. Loiseau avait compris ce que signifiait cette mascarade.

Il tira un guéridon devant l'actrice ainsi que deux fauteuils dans lesquels ils s'assirent.

– C'est Blanche, n'est-ce pas ?

– Elle tient absolument à ce que vous vous changiez les idées. Vous travaillez trop, à son goût.

Léo, bon élève, leva le doigt.

– Vous pourriez me mettre dans le secret des dieux ?

Loiseau lui raconta sa dernière entrevue avec sa nièce. Elle voulait les inviter à l'Opéra. Il lui avait répondu qu'une partie de cartes avec Sarah Bernhardt ne le ferait pas dévier de sa route.

– La coquine, jugea Léo, charmé par tant d'audace.

– La délicieuse, rectifia l'actrice.

Elle avait promis à Blanche de meubler au moins une heure. Et elle n'était pas venue les mains vides. Elle fouilla dans un panier posé à côté de son fauteuil, en sortit un poulet froid et deux bouteilles de champagne.

¢

L'horloge de la Préfecture, en retard d'un quart d'heure sur celle de l'Hôtel de Ville, sonna neuf heures alors qu'on frappait à la porte. Le museau du greffier apparut dans l'embrasure.

Lefebvre rougit quand Loiseau le présenta à Sarah.

309

L'actrice posa une main sur le bras du greffier, hypnotisé.

– La mort me fascine.

– Qu'est-ce qui vous amène, Lefebvre ? intervint Loiseau.

– La partie de cartes ? répondit-il sur le ton de l'évidence.

Il avait reçu un billet signé Loiseau, l'invitant entre neuf et dix. Blanche était derrière cette machination. Mais cela, il l'ignorait.

– Nous sommes quatre, compta Sarah. Je propose un whist.

Un quatrième verre fut posé sur le guéridon. Lefebvre ne refuserait pas une goutte de champagne. Mais juste une larmichette, hein ? Parce qu'il déménageait ses macchabées dans une heure.

– À deux sous le pli ? envisagea Sarah.

– Da, confirma le commissaire.

L'actrice ouvrit la partie. Dès lors, autour du tripot improvisé, le monde cessa purement et simplement d'exister.

Blanche avait déjà eu l'occasion d'interroger un mort vivant. Mais Hercule s'était vite fermé et, au bout du compte, il ne lui avait livré que des réponses évasives. Elle ne ferait pas deux fois la même erreur. D'autant que Klosowski avait accepté de demeurer en retrait pour la laisser mener à bien cet interrogatoire d'un nouveau genre.

Elle avala une de ses pilules miracles – il lui en restait une dizaine – et dénoua ses cheveux pour se donner une contenance.

La pilule effaça de son esprit le fait que l'homme allongé sur la table de la morgue et qui suivait ses allées et venues avec des yeux effarés était mort depuis un mois.

Le fondeur de caractères parvint à articuler au terme d'un long râle :

– Suis-je au palais...

– Des âmes immortelles ? Non.

Blanche réutilisait ce qu'elle avait appris d'Hercule à l'ambulance de l'Odéon.

– Mais vous êtes bien porteur de la clé, même s'il n'en reste pas grand-chose.

Le tatouage sur le bras gauche du fondeur avait été à moitié effacé par la recette achetée au club des Amazones.

– Vous vous appelez Benjamin Closter...

– En fait, mon nom est Benjamin...

– Chevaliers, je sais. Pourquoi faire disparaître votre nom et votre tatouage ?

– Je suis un chevalier de Saint-Pierre ! s'emporta le mort.

Blanche, qui n'avait plus rien de Blanche d'avant le siège, se pencha sur le colérique, leurs nez se frôlant.

– Répondez simplement à ma question : que fuyez-vous ?

– Claude. Mon frère.

Claude Salmacis était un Chevaliers ? Voilà du nouveau !

– Nous avons changé de nom. Chacun ne connaissait que celui de son cadet, le plus jeune, moi en l'occurrence, sachant celui de l'aîné. Claude nous a retrouvés quand même, j'ignore comment. Et il nous a tous tués. Je suis le dernier des Chevaliers.

Petit piège que le fondeur se permettait dans un ultime élan de malice. Il était écrit sur le torse du mort que cinq Chevaliers se cachaient encore. S'il avait juste pu redresser la tête et lire à l'envers, il s'en serait rendu compte.

– Ne me prenez pas pour une idiote. Vous étiez dix et il en reste cinq. Maintenant, dites-moi pourquoi Claude vous en veut autant.

– C'était un monstre.

– C'était?

– Nous l'avons tué.

– Ah, alors nous avons affaire à un revenant.

Le fondeur de caractères raconta ce qui s'était passé, vingt ans plus tôt, dans le bois de Vincennes. La nuit d'orage. Comment les dix frères avaient maîtrisé Claude. Comment le maître de cérémonie, l'aîné des Chevaliers, avait invoqué les puissances des ténèbres avec le livre de Faust – *La triple contrainte de l'Enfer* – avant de plonger la lame dans son cœur.

La plaie avait à peine saigné. Le lynx, surgi de la nuit, avait sauté au visage du sacrificateur. Ils s'étaient enfuis dans les bois. À leur retour, l'autel était vide. Ils avaient tué un chevreuil pour le mettre au fond du cercueil et l'inhumer à la place de Claude dans le calvaire, sur la Butte.

Blanche jubilait. Les révélations de Benjamin collaient avec ce qu'elle avait découvert dans les livres lors de sa convalescence.

– Nous, chevaliers de Saint-Pierre, avons agi en vertu de notre loi.

– Quelle loi permet un crime pareil ?

– Celle des Douze Tables.

Benjamin Chevaliers saisit Blanche à la gorge et serra au risque de la lui broyer. Elle voulut reculer, mais l'homme avait une force de buffle. Elle hoquetait, soufflait, appelait à l'aide. Et Séverin qui ne venait pas à son aide… Finalement, elle sentit l'emprise céder, glisser, se déliter. Le cadavre se liquéfia à une vitesse effrayante.

Elle atterrit dans les bras du chirurgien.

Le fondeur de caractères se trouvait toujours sur la table, entier. Ses yeux s'étaient refermés. Ses lèvres aussi.

– Une… une hallucination, s'excusa-t-elle.

– Allons dehors. L'air frais vous fera du bien.

Ils traversèrent l'enfilade de salles et sortirent de la morgue. Il était temps. La silhouette de Lefebvre approchait d'un côté, celle du fourgon mortuaire de l'autre. Ils ne s'arrêtèrent qu'à bonne distance, à l'abri des ruelles tortueuses du quartier Saint-Séverin. Klosowski assit Blanche sur une borne.

– Vos pilules, donnez-les-moi.

Elle obéit.

– Il a parlé de la loi des Douze Tables ? demanda-t-elle, les sourcils froncés.

Elle peinait à rassembler ses idées.

313

– Ses derniers mots, marmonna Klosowski en ouvrant le flacon.

Blanche voulut prendre une pilule pour se remettre. Il l'en empêcha.

– Vous en prenez combien par jour ?

Blanche ne tenait pas le compte. Elle avalait les comprimés au gré de son angoisse.

– Je vous ramène chez vous.

Ils marchèrent en silence jusqu'à son immeuble. Là, Klosowski lui donna un dernier conseil.

– Les frères encore en vie sont des gens dangereux. Dites tout à votre oncle au plus tôt. Laissez les fauves se dévorer entre eux ou vous recevrez, vous aussi, de méchants coups de griffes.

– Il va me passer un de ces savons…

– Au moins, vous garderez la vie sauve.

Et il partit, tout simplement.

– Mes pilules ! se souvint-elle tout à coup.

– Je ne sais quel incapable vous a prescrit ceci, mais vous n'en avez plus besoin, Blanche Paichain !

Séverin Klosowski la salua avec son képi avant de disparaître définitivement.

Blanche contempla la bande de ciel que la rue Neuve-des-Petits-Champs lui permettait de voir.

L'Alchimiste ! Le piège s'était-il refermé sur les Chevaliers ?

Pas de lumière derrière les carreaux de la loge. Blanche n'osa pas sonner. Elle monta au troisième étage, espérant trouver un mot ou son amie. Rien ni personne. Et pas de pigeon sur le balcon.

« Ne t'inquiète pas, tenta-t-elle de se rassurer. Émilienne est une fille prudente. »

Il fallait le dire très vite pour essayer de s'en convaincre.

≈ X ≈

L'homme à face
de pétroglyphe

1

Blanche se réveilla avec la prémonition d'une catastrophe. Elle ouvrit la fenêtre du salon, sortit sur le balcon. Le jour était levé depuis longtemps. Le soleil se cachait derrière des nuages gris. Un omnibus tournait autour de la statue de Louis XIV, place des Victoires. Ses plaques de verre accrochées dans le dos, un artisan criait :

– Vitrier ! Vi-hi-hi-trier !

« Nous ne sommes pas le 10 mais le 9 janvier. Pas mardi mais lundi. Je n'ai pas interrogé Benjamin Closter et Émilienne n'a pas tendu son piège », essaya-t-elle de se convaincre.

Mais Blanche savait désormais tout du rituel odieux accompli par les Chevaliers et de la folie qui dirigeait l'esprit de Claude Salmacis.

En bas, le café des parents de Mathilde était ouvert. « Ouvert tous les jours sauf le lundi comme le Louvre », s'amusait à répéter le patron avec son accent à couper au couteau. On était donc bien le mardi 10 janvier.

Blanche avait interrogé un mort et Émilienne tendu son piège.

Elle se débarbouilla et tenta de chasser le goût de bile dans sa bouche avec de la poudre de corail. Elle enfila bottines et manteau de ragondin et descendit à la loge de la concierge qui lui ouvrit avant qu'elle ait eu le temps de frapper.

– Tu n'as pas vu Émilienne ? Elle n'est pas rentrée de la nuit. Ça ne lui ressemble pas.

Blanche parvint à donner le change. Elle n'avait aucune idée de l'endroit où Émilienne pouvait se trouver. Il fallait qu'elle y aille, maintenant. Elle avait mille choses à faire. Bonne journée, madame Bonvoisin.

Devant la colonnade de la Bourse, à l'abri d'un kiosque, elle s'arrêta pour reprendre son souffle. Les journaux titraient : « L'Institut des jeunes aveugles bombardé ! La sauvagerie des Prussiens ne connaît plus de limites. »

Un obus de vingt serait tombé aux pieds de Blanche pour creuser un entonnoir dans le bitume, elle n'aurait pas changé le cours de ses pensées fixées sur une obsession : faites qu'Émilienne soit toujours vivante.

Elle se précipita à la gare du Nord, produisit son laissez-passer, ne vit pas son amie mais Mathilde qui travaillait sur le méridien d'un ballon de l'armée de Paris.

– Elle devrait être là depuis une bonne heure, répondit la fille du marchand de vins. Si ça se trouve, la veinarde a été enlevée par un prince charmant ?

Blanche imaginait bien pire.

Un omnibus la déposa à Bastille. Elle descendit au terminus et parvint sans difficulté au dépôt de la ligne F. Fermé. Blanche donna du poing contre le portail.

Un petit vieux vint voir qui causait tout ce boucan. Il ne répondit à aucune de ses questions concernant le club des Lanternes rouges. Il claqua le portail au nez de cette demoiselle au bord de la crise de nerfs.

Blanche retourna à la manufacture de ballons. Mathilde profitait de sa pause déjeuner.

– Toujours pas d'Émilienne ? Alors là, y a anguille sous roche. Faut qu'on termine c't'enveloppe pour ce soir et elle nous aurait jamais laissé tomber. Pas son genre.

Blanche quitta Mathilde sans un mot. Quoi faire ? Aller au bureau des personnes disparues ? Tout raconter à son oncle ? Elle repassa néanmoins par chez elle. Au cas où...

Un pli à son nom avait été déposé dans la matinée. On l'avait remis à la concierge.

Chère mademoiselle Paichain, si vous désirez revoir vos amis vivants, rendez-vous au café de l'Eldorado, ce soir, dix-neuf heures.
Venez seule.
Nous vous reconnaîtrons.
Bien à vous, M.S.

₵

– Ce ne sont pas de mauvaises nouvelles, au moins ? demanda la mère d'Émilienne.

– Non, non, répondit Blanche qui se dépêcha de monter au troisième étage pour que la concierge ne voie pas que tout, sur son visage, clamait haut et fort le contraire.

2

L e fiacre stoppa devant le poste de la rue Vivienne le temps que Léo monte à l'intérieur.

– Bien dormi ? voulut savoir Loiseau qui se poussa pour lui faire de la place.

– Pas assez.

– Elle nous a plumés comme des bleus, hein ?

Léo soupira, résigné.

– La moitié de ma solde y est passée. Qu'est-ce qui vous a pris de proposer un tarot à cinq sous le point ?

– Vous n'étiez pas obligé de suivre.

– Je pensais que vous aviez une tactique.

– Moi non. Mais Sarah, oui. Et meilleure que la nôtre.

Le changement de cahots les informa qu'ils quittaient le pavé haussmannien pour la terre battue des quartiers récents encore en construction.

– Vous êtes armé ?

Léo souleva le revers de sa veste pour montrer la bosse à l'intérieur.

– Nous ne savons rien de ce Scrobe. Ne prenons aucun risque. Il y a eu assez de morts dans cette affaire.

Le fiacre s'arrêta. Loiseau et Léo mirent pied à terre.

Le 34 de la rue de Valois n'avait pas été terminé. De cet hôtel particulier, seul le pavillon central avait été bâti. Par contre, la grille qui entourait le jardin avait été scellée et fermée. Loiseau fit carillonner la cloche. Son nez de policier lui disait que cette maison aux volets clos voulait paraître inhabitée mais qu'elle ne l'était pas, à l'image de celle de Benjamin Closter, rue du Pré-Maudit.

À sa grande surprise, un homme en sortit et remonta l'allée de gravier. Vu son costume tiré à quatre épingles, on aurait pu le prendre pour un majordome. Mais son visage en lame de couteau le rangeait plutôt dans le tiroir « Étrangleurs des barrières », dossier « Connus de nos services ». L'homme s'arrêta derrière la grille sans l'ouvrir.

– Marcel Scrobe ? interrogea le commissaire.

– Il est sorti, répondit l'homme qui gardait les mains dans le dos.

Gaston jeta un coup d'œil vers la maison.

– Quand rentrera-t-il ?

– Quand le siège sera fini.

– Monsieur est en province ?

– C'est ça. En province.

– Vous n'avez pas peur, tout seul dans cette grande maison ?

L'homme exhiba une canne. Le pommeau sculpté représentait un serpent enroulé sur lui-même.

– Elle me tient compagnie.

– Je vois.

Loiseau s'inclina, l'autre tourna les talons et remonta l'allée de gravier.

– Foncez à la Préfecture réclamer des renforts, glissa Loiseau à Léo.

Les volets, à l'étage, s'entrouvrirent.

– Que se passe-t-il ?

– Le type qui m'a ouvert ment comme il respire. Il a affirmé être seul et il y a quelqu'un d'autre, dans cette maison. Quelqu'un qui travaille pour nous.

– Prisonnier ?

– Sans doute.

– Qui ?

– Baylac.

Gaston Loiseau avait reconnu la canne en cornouiller du furet. Le patron de l'agence *Prudentia* ne se séparait jamais de son casse-tête. Et si le croquemort, derrière cette porte, le tenait entre ses mains, cela signifiait que Baylac était son prisonnier ou que son espérance de vie s'était prématurément raccourcie.

Le furet était toujours vivant. Une corde lui entravait les poignets et les chevilles.

Il venait de reprendre connaissance. Que s'était-il passé ? Où était-il ?

Des détonations retentirent.

Baylac repéra une ardoise cassée. Il rampa vers elle et commença à frotter ses liens sur le bord tranchant.

En même temps, il se rappelait.

Il marchait dans Paris, en début de soirée – un, deux, cinq jours plus tôt ? –, le tract de l'omnibus dans la poche. Il se rendait à son agence lorsque le tatouage que Gaston Loiseau lui avait montré à la *Halle aux faits divers* était apparu sur les nuages. Il avait hélé un cocher pour traquer la source lumineuse, songeant d'abord à quelque facétie de la Préfecture.

La course l'avait mené dans le XIe arrondissement, au fond d'une arrière-cour, dans un hangar encombré par un tas de machines bizarres. Un énorme projecteur était braqué vers le ciel. Des piles Bunsen en batterie étaient posées sur le sol. Un bonhomme s'affairait autour d'elles, vérifiant les niveaux des liquides acides.

Baylac parvint à libérer ses poignets, les frotta et mit moins de cinq minutes à dégager ses chevilles. Libre, il se leva, s'étira, s'approcha d'une lucarne. Des gardiens de la paix tiraient sur la maison au petit bonheur la chance. Gaston Loiseau était du nombre.

Une vingtaine de personnes, dont Baylac, avaient écouté l'inventeur vantant son projecteur. La réunion finie, il avait quitté le hangar avant de revenir sur ses pas pour surveiller les allées et venues de ce club atypique. Il avait vu un gavroche et une demoiselle sortir, l'air dépités, puis trois phaétons se garer à leur niveau.

Tout s'était déroulé très vite. Quatre hommes descendus de la voiture du milieu s'étaient emparés des adolescents. Les portières avaient été refermées, les fouets avaient claqué et les voitures s'étaient élancées.

– Un enlèvement ! s'était-il exclamé, partant illico à leur poursuite, à pied puis en fiacre.

Les phaétons s'étaient séparés au niveau de l'Opéra. Deux d'entre eux étaient des leurres. L'agent n'aurait pas été de taille pour remporter cette gigantesque partie de bonneteau s'il n'avait eu une carte maîtresse : un ruban de satin mauve appartenant à la robe de la demoiselle kidnappée s'était coincé dans la porte de sa voiture. Il avait donc suivi le bon phaéton jusqu'à la rue de Valois, au 34, présentement sous le feu de la police municipale.

Baylac souleva la trappe, descendit l'escalier, entra dans une pièce en chantier. Un tireur était accroupi derrière une fenêtre. Baylac lui asséna une manchette à la nuque. Il récupéra l'arme et continua son exploration.

Il était arrivé près de la maison sans se faire remarquer. Pensait-il. Il avait assisté au transfert des prisonniers à l'intérieur. Et là, il avait commis une erreur.

Au lieu d'informer aussitôt Loiseau, il avait décidé de vérifier en personne ce qui se tramait à l'intérieur de cet hôtel particulier. Il avait franchi la grille avec une agilité de furet.

Baylac parcourut ce qui avait dû être une salle de bal. Deux tireurs tenaient le rez-de-chaussée. Mais ils étaient mal en point, d'après leurs gémissements. L'assaut final ne tarderait pas.

« Comment vais-je faire pour que les fonctionnaires ne me prennent pas pour cible ? » se demanda tout à coup l'agent de renseignement.

Il se débarrassa de son arme et arpenta l'étage. Il retrouva sa canne en cornouiller abandonnée sur le plancher. En voilà une qu'il n'espérait plus revoir.

Du rez-de-chaussée lui parvint le vacarme d'une porte enfoncée puis une cavalcade. Baylac jugea plus prudent de retourner dans la salle de bal. Au milieu de la grande pièce, il prit la pose, prépara une tirade...

Le plancher céda sous ses pieds. Il s'écrasa un niveau plus bas, entre Léo et Loiseau, dans une avalanche de plâtre et de poussière.

Les agents reculèrent, toussèrent, s'époussetèrent. Baylac, assommé, ne bougeait plus.

– Quatre cadavres, informa un gardien de la paix.

Loiseau lissa ses cheveux prématurément blanchis.

– Celui-là?

Léo écouta son cœur.

– Vivant.

– Pourtant, on dirait un fantôme! s'exclama le gardien.

Loiseau l'aurait reconnu même sans sa canne qu'il tenait serrée envers et contre tout.

– Quand les fantômes traversent les murs, ils laissent moins de dégâts derrière eux, rappela-t-il.

Baylac sortit un mouchoir d'une poche, entreprit de s'essuyer le visage. Il s'arrêta en surprenant le regard de Loiseau, braqué sur lui, qui n'augurait rien de bon.

– Ne me dites pas que cette chute vous a fait perdre l'esprit, le prévint le commissaire. Vous me reconnaissez?

Baylac tendit un index, réfléchit quelques secondes, ânonna :

– Vous... vous êtes Castor. À moins que ce ne soit – atchoum ! – Pollux...

Loiseau souleva Baylac par le col et le traîna dehors sans se soucier de son état. Il le hissa dans le fiacre de la Préfecture et lança tout son petit monde vers l'île de la Cité.

– Vous devez être Castor, essaya Baylac en direction d'Arthur Léo.

L'inspecteur se contenait pour ne pas éclater de rire. Gaston faisait une de ces têtes !

– Ce plâtre de Paris en poudre m'est monté au cerveau, voulut s'excuser l'inspecteur.

Il céda au fou rire qui ne le lâcha pas jusqu'au Pont-Neuf malgré le silence renfrogné de Gaston Loiseau qui en aurait calmé plus d'un.

3

L oiseau, Léo et les valeureux agents de la neuvième brigade virent, dans les heures qui suivirent, leurs efforts récompensés. Ils étaient comme
des archéologues venant d'ouvrir une tombe igno-
rée par les pillards. Et ils y découvrirent non pas les
restes d'un obscur souverain d'une ancienne dynas-
tie, mais les preuves que Marcel Scrobe était ce qu'il
convenait d'appeler un maître du crime organisé.

Les premiers éléments recueillis le furent de la
bouche de Baylac qui narra l'enlèvement de l'adolescent que Loiseau identifia comme étant Victor
Pilotin. Par contre, cette jeune fille rousse à la
dégaine canaille ne lui disait rien.

Lorsqu'il s'était aventuré dans le jardin du 34 rue
de Valois, Baylac avait pu espionner une scène
d'interrogatoire par une fenêtre du rez-de-chaussée. Un homme se tenait debout devant ses prisonniers. Il avait vu mais rien entendu. De toute façon,
on l'avait assommé juste après et son témoignage
s'arrêtait là.

La description du ravisseur qui s'était imprimée dans la mémoire de Baylac en aurait fait reculer plus d'un : la cinquantaine, corpulent, une puissance animale, la face tailladée par d'anciennes cicatrices, comme si un fauve, un rapace ou une harpie lui avait déchiré le visage.

Ce Marcel Scrobe n'apparaissait dans aucun registre, sinon celui de Saint-Pierre de Montmartre sous le nom de Marcel Chevaliers comme l'aîné d'une fratrie de dix enfants, et il bénéficiait de moyens financiers conséquents.

Après vérification auprès de la mairie du VIIIᵉ arrondissement, on apprit que M. Scrobe avait acheté le terrain pour bâtir son hôtel particulier quelques milliers de francs-or un an plus tôt et qu'il avait réglé la note rubis sur l'ongle.

Sur l'acte d'achat de la maison que le notaire leur fournit, Marcel Scrobe était présenté comme « homme d'affaires ». Ce fut Arthur Léo qui lui accola l'épithète plus précise de « ponte ».

Pour cela, il s'était rendu à l'administration des Télégraphes, rue Jean-Jacques-Rousseau. Dans ces bureaux étaient réceptionnées les dépêches micro-photographiques reçues par pigeon. Pour les rendre lisibles à leurs destinataires, des commis les projetaient sur grand écran et les transcrivaient à la main.

La plupart des informations étaient envoyées par des familles de province aux leurs, restés prisonniers de la capitale. Mais d'autres présentaient un caractère commercial. Et Arthur Léo savait qu'une branche de la police secrète reformée par Cresson était chargée d'étudier ces missives, à l'origine pour y déceler le moindre ferment de fédération insurrectionnelle entre Paris et le reste du pays.

Or on avait écrit à Marcel Scrobe. Beaucoup. D'Évian. De Spa. De Royan et de Gérardmer. De Bourbonne-les-Bains et de Biarritz. Toutes villes d'eaux et de casinos.

Les dépêches ressemblaient à des feuilles de comptes, sous forme de grilles, avec de simples initiales en tête de colonnes (CdF, TdM, B, L, Ph). Leur aspect occulte avait incité à les copier avant livraison au destinataire. Et c'est armé de ces doubles qu'Arthur Léo s'était rendu à la division de la police des jeux. Le fonctionnaire qui l'accueillit lui expliqua le sens de tous ces codes.

CdF signifiait « Chemin de fer », TdM « Tour du Monde », B « Baccarat », L « Lansquenet », Ph « Pharaon ». Tous jeux de hasard interdits par la loi. Les chiffres dans les colonnes correspondaient à des sommes d'argent.

Ce Marcel Scrobe était un gros poisson du monde des cercles et des casinos, soit un ponte, d'autant plus difficile à coincer que ce type de personnage présentait en façade un air de parfaite respectabilité.

Loiseau n'avait pas chômé, lui non plus. Après avoir confié Baylac à l'infirmier en chef du Dépôt, il était retourné sur la butte Montmartre pour remuer les strates du passé entourant l'église Saint-Pierre. Il était parvenu à reconstituer son histoire grâce aux témoignages des anciens du quartier qui vivaient encore dans le périmètre.

L'édifice avait été fermé au culte en 1850 à cause de sa vétusté. Les fidèles n'y allaient déjà plus depuis des années. Le curé qui tenait la chaire les avait fait fuir.

L'homme, un illuminé, truffait son discours religieux de notions païennes. Une vieille, qui se souvenait du dernier sermon auquel elle avait assisté, s'était signée en l'entendant appeler aux forces des ténèbres pour accéder à un nouveau mode de pensée, pour comprendre l'équilibre du monde, pour avoir la mainmise sur sa clef de voûte et le dominer.

On n'était pas loin des visions de Faust dans son cabinet lorsqu'il avait l'esprit embrumé par les vapeurs infernales.

Ce n'était pas tout : le curé s'était entouré d'une véritable légion. On chuchotait que les onze garçons qui le suivaient partout, du plus grand au plus petit, étaient ses enfants. Chacun avait été déposé sur les marches de l'église par une inconnue, à tant d'années d'intervalle. Chacun avait fait sienne cette demeure grise et froide sur la plus haute colline de Paris.

Ils agissaient toujours ensemble, en corps uni, soudés. Le vocable sous lequel ils s'étaient baptisés était inscrit dans les mémoires : les Chevaliers de Saint-Pierre.

Le curé était mort sans qu'on sache quand ni comment. Les enfants Chevaliers s'étaient évanouis dans la nature. Ils deviendraient chapelier, drapier, fondeur de caractères pour réapparaître sous des noms différents.

Les enquêteurs conclurent cette journée riche en découvertes par un passage à la *Halle aux faits divers*. Le gouverneur Trochu, moqué pendant tout le siège pour son ignorance des choses militaires, était maintenant brocardé pour sa frayeur à remettre les clés de la ville aux Prussiens. Victor Hugo avait gravé son épitaphe en le définissant avec une efficacité terrible : « Bon canon, beaucoup de recul. » Le mot faisait les choux gras des journalistes qui remplissaient la salle.

Baylac rejoignit les compères chez le marchand de vin, un bandage autour du crâne. Il s'attabla en leur compagnie. Malheureusement, il n'avait pas un sou vaillant en poche.

C'était le jour de bonté du commissaire Loiseau. Il paya les bouteilles qui furent bues à leur table. Quant à la palette à la diable, Baylac la trouva délicieuse. Comme la dernière fois.

– C'est encore meilleur réchauffé, l'assura le patron, sincère.

4

L'heure du rendez-vous avec celui qui avait enlevé Victor et Émilienne approchait. Le pli déposé à la loge de concierge avait précipité Blanche dans un monde dangereux aux arêtes terriblement réelles et aiguisées.

Jusqu'à présent, elle avait joué. À traquer les indices, à faire parler les morts, à prendre le contre-pied de l'enquête de son oncle, à braver les interdits pour reconstituer le puzzle des frères Chevaliers. Hormis l'épisode de la rue du Pré-Maudit qui s'était achevé par une escapade dans les nuages, Blanche avait vécu ces quatre mois comme un roman d'aventures dont elle aurait été l'héroïne. Avec l'enlèvement de Victor et d'Émilienne, tout changeait.

Elle n'était plus dans un livre que l'on peut refermer. Elle ne poursuivait plus des êtres irréels. Le danger était présent. Pas pour elle, mais pour ceux qu'elle aimait. Blanche n'en était plus à se demander comment cacher à son oncle qu'elle avait marché sur ses plates-bandes, mais comment tirer ses amis du pétrin dans lequel ils s'étaient fourrés.

L'*Eldorado* portait bien son nom. Comptoir démesuré, double rotonde, coupole ornée de figures sculptées. La salle, immense, n'accueillait aucun client.

Les armoires à glace qui gardaient la porte à tambour accompagnèrent Blanche derrière un rideau rouge. Dans l'arrière-salle, à côté d'une table de jeu, l'attendait un homme au visage carré et aux yeux flamboyants. Il avait les joues et le front marqués de coups de griffes. Ses cicatrices lui donnaient un air impitoyable.

– Blanche Paichain, commença-t-il d'une voix éraillée. Même la Pucelle d'Orléans, une illuminée dans votre genre, avait un nom plus chantant que le vôtre.

L'homme posa un ruban de satin mauve sur la table. Il appartenait à Émilienne et il avait évidemment valeur de message.

« C'est Marcel Scrobe, comprit Blanche. Celui que le lynx a attaqué. Il a plongé le couteau dans le cœur de son frère. »

– À quoi joue-t-on dans un gentil foyer de la rue Neuve-des-Petits-Champs ? s'intéressa le ponte. Au jeu de l'oie ? Aux petits chevaux ? Je vois le tableau d'ici : les trois sœurs réunies autour du feu, papa rédigeant ses assurances-vie, maman brodant… Charmant.

D'une chiquenaude, il lança la roulette encastrée dans la table de jeu. Elle se mit à tourner dans un silence fascinant.

– Le jeu que j'ai à vous proposer s'appelle les dix frères. Son enjeu : deux vies humaines.

Blanche ne bougeait pas.

– D'après votre amie Émilienne et pour des raisons qui m'échappent, vous êtes sur la piste de celui qui a déjà tué…

Ses mâchoires se contractèrent.

– … cinq des miens.

– Il est aussi l'un des vôtres.

L'homme la regarda avec étonnement et sourit, donnant à son visage l'apparence d'un tapis de feuilles mortes soulevé par quelque animal rampant.

– Qui fut l'un des nôtres, certes. Mais surtout la dernière erreur de notre regretté père. Revenons à nos moutons. D'après votre amie, à force de traquer le monstre, le monstre a fini par vous traquer. Il vous suit en espérant remonter jusqu'à moi pour accomplir sa petite vendetta. Est-il sur le trottoir, en train de vous attendre ? Possible. J'userai d'une issue dérobée pour quitter cet endroit, si cela ne vous dérange pas.

Blanche signifia qu'elle comprenait. Elle comprit aussi qu'elle se retrouvait, malgré elle, à jouer les ambassadeurs entre deux assassins aux visées différentes, mais aux destins liés par le sang.

– Cette soirée avec projection lumineuse était puérile. Mais elle aura au moins eu l'intérêt de précipiter notre rencontre.

– Vous me parliez du jeu des dix frères, rappela Blanche qui sentait la claustrophobie la gagner.

– La règle est simple : vous avez une semaine pour me mener à Claude, à sa cache. Que vous la connaissiez ou non, je m'en fiche. Jusqu'au 17 janvier, vos amis seront bien traités. Après, c'est une autre histoire.

Le cœur de Blanche cognait fort dans sa poitrine.

– Il va sans dire que votre oncle ou tout élément de la gent policière doit demeurer en dehors de la partie. Voilà. À vous de jouer.

Fin de l'entrevue.

Blanche franchit le rideau rouge, la porte à tambour... Elle marcha, marcha, ne voyant pas les gens qu'elle croisait, ignorant les rues qu'elle traversait.

Quand elle rentra chez elle, le pigeon roucoulait sur le balcon. Blanche lui ouvrit, le prit entre ses mains.

– Si tu savais... Nos amis sont dans une drôle de situation. Mais on va les sortir de là.

Blanche sentit un objet dur accroché à ses rémiges. Elle le décrocha et mit quelques secondes à le reconnaître.

– Le doigt de corail d'Émilienne ! Tu sais où ils sont ?

Les pigeons ne parlent pas, bien sûr. Et celui-là avait faim.

Blanche se dépêcha de lui servir tout ce qui lui restait de graines. Elle réfléchit en le regardant picorer, le doigt de corail posé dans le creux de sa main, telle une amulette.

C'était inespéré. Si elle le laissait repartir, le pigeon la mènerait à l'endroit où Victor et Émilienne étaient enfermés.

Mais comment le suivre ?

Elle vida le matelas parental de ses billets de banque et lança au pigeon avant de partir :

– Je reviens dans une heure. Tiens-toi prêt, camarade volatile.

Blanche était insensible aux temples modernes. Les magnifiques catalogues illustrés de la *Belle Jardinière* présentaient autant d'intérêt à ses yeux qu'un indicateur des chemins de fer. C'était d'ailleurs la première fois qu'elle entrait seule, non contrainte et forcée, dans un sanctuaire de la consommation.

Mais aujourd'hui, elle savait quoi chercher. Et elle ne se laisserait pas étourdir par les milliers d'articles dont la Samaritaine regorgeait en dépit du siège.

Blanche consulta le panneau d'informations à l'entrée du magasin et se rendit directement au rayon qui l'intéressait.

Cliente atypique que cette jeune fille décidée qui s'arrêta devant le responsable des fils et tissus pour lui dire, de but en blanc :

– Il me faut un fil très fin, le plus fin possible, mais qui ne casse pas tout de suite. Et il m'en faut au moins trois mille mètres.

« Pardon ? » aurait pu s'exclamer le vendeur.

Heureusement, Blanche avait affaire à un professionnel. Il l'invita à s'approcher d'un présentoir à fuseaux.

Le chanvre, le lin, la cretonne, ne convenaient pas. Finalement, la soie dorée de Mazulipatam fut choisie. Elle résistait jusqu'au point de tension voulu et le fuseau pouvait dévider environ deux mille cinq cents mètres de cette matière rare et précieuse. Par contre, il coûtait une fortune. Dans les deux cents francs.

Blanche sacrifia les économies familiales. Après tout, son père les avait accumulées grâce à ses assurances-vie et c'était ce qu'elle s'apprêtait à faire : souscrire une assurance sur deux vies.

Le pigeon déambulait dans le couloir de l'appartement quand elle revint. Blanche testa aussitôt son stratagème, attrapant le bout du fil de soie et le nouant à la patte gauche du pigeon. L'idée était de ne pas le blesser, de lui permettre de voler tout en se réservant la possibilité de le suivre. Le soleil était radieux et encore assez bas. Il tracerait un chemin doré au-dessus de Paris.

Blanche hésita à envoyer un message. Elle préféra glisser un crayon taillé et un morceau de papier vierge dans le tube d'aluminium qu'elle noua aux rémiges de l'oiseau. Quant au doigt de corail, elle trouva une chaîne d'or dans le coffret à bijoux de sa mère et elle se l'accrocha autour du cou.

Le fuseau installé devant la fenêtre afin qu'il se déroule sans anicroche, Blanche obligea le pigeon à la regarder dans les yeux et lui expliqua :

– Vole droit, vite et haut. Évite les cannes-fusils et les sarbacanes.

Elle s'assura que le fuseau tournait bien autour de son axe et lâcha le messager. Il partit aussitôt vers le sud à tire-d'aile. Blanche dévala les escaliers pour se lancer à sa poursuite.

¢

Son idée fonctionnait à merveille. Le soleil accrochait le fil doré et le montrait ondulant dans le vent léger, selon une ligne assez droite.

Le fil guida la moderne Ariane jusqu'aux Halles. Là, elle pensa l'avoir perdu. Mais elle le retrouva au-dessus de la fontaine des Innocents. Elle reprit son exploration dans le labyrinthe des rues que Haussmann n'avait pas eu le temps de transformer en quadrillage aux façades droites et coupées au cordeau.

Nombreux furent les piétons qui l'imitèrent et cherchèrent dans le ciel ce qui attirait son regard.

Le pigeon s'était apparemment posé sur le cheval de bronze. Le fil tournait autour du bâton de commandement de Henri IV avant de survoler la Préfecture. Blanche laissa la Conciergerie derrière elle, passa devant le porche de Notre-Dame.

La cathédrale…

Le fil d'or grimpait jusqu'à l'espace entre les deux tours. Minuscule point clair, le pigeon se tenait sur la balustrade, au bord du vide.

– Ils sont enfermés dans Notre-Dame.

Maintenant elle avait une longueur d'avance sur les ravisseurs et une bonne chance de sauver Victor et Émilienne. Pas seule, bien sûr. Le temps de la clandestinité était révolu.

Blanche se trouvait à un pas de la borne qui marquait le kilomètre zéro de toutes les routes de France.

Le signe d'un nouveau départ.

¢

Elle traversa le sommier, frappa à la porte du commissaire Loiseau. Arthur Léo lui ouvrit. Gaston était en réunion avec le préfet. Blanche déclara à l'inspecteur :

– Il faut que je vous parle.

Au même moment, le pigeon se débarrassait enfin de son entrave. Le fil de la Vierge s'envola dans le ciel de Paris et s'éloigna des horreurs à venir.

≈ XI ≈

Les monstres

1

Trois jours les séparaient de la date fatidique du 17 janvier. Une pluie fine tombait sur Paris. Blanche cherchait un air au piano lorsque l'inspecteur frappa à la porte de l'appartement.

Elle récupéra sa redingote luisante pour l'accrocher à une patère et le précéda dans le salon, fermant le couvercle du piano au passage. Elle prit le rocking-chair alors qu'Arthur Léo adoptait le fauteuil de Robert Paichain.

– Vous êtes sûre que nous ne faisons pas une monumentale erreur ? commença Léo.

C'était leur rituel depuis que Blanche lui avait raconté sa propre traque des tatoués. Ils avaient décidé de ne rien dire à Loiseau. Il était tellement sanguin... Et Blanche voulait conserver le silence sur ses talents d'enquêtrice. Tomber sur l'inspecteur avait été une chance.

– Comment réagirait mon oncle s'il savait ce que vous savez ?

– Il prendrait Notre-Dame d'assaut.

– Et comment réagirait Scrobe ?

– Il exécuterait ses otages.

– Donc, discrétion absolue. Mardi, les ravisseurs prendront contact avec moi. Je leur confierai le secret de Claude…

– Vous ignorez toujours où il se cache.

Blanche comptait sur Salmacis pour sortir de l'ombre au moment opportun. Il n'avait jamais été très loin.

– Si Salmacis ne se manifeste pas, j'inventerai. Ou vous me conseillerez. Les frères Chevaliers se rendront à l'endroit désigné. Vous y serez aussi et vous attraperez tout le monde.

– Et s'ils décidaient de vous éliminer ?

– On n'élimine pas les jeunes filles sans défense.

« Sans défense, mon œil ! », songea Léo.

– Notre problème principal reste comment sortir Victor et Émilienne de Notre-Dame, rappela-t-il. Vous n'avez pas reçu de nouveau message ?

– Non.

Elle se remémora les événements des derniers jours. Le pigeon effectuait quatre ou cinq allers-retours quotidiens entre la cathédrale et la rue Neuve-des-Petits-Champs, maintenant un lien ténu entre Blanche et ses amis.

Les prisonniers avaient décrit une cellule avec deux paillasses, éclairée par une meurtrière. L'ouverture était trop haute pour voir à l'extérieur. Victor, grimpé sur les épaules d'Émilienne, n'avait pu l'atteindre. On leur bandait les yeux pour sortir. Les repas étaient glissés sous la porte. Ni Victor ni Émilienne n'avaient pu estimer le nombre de geôliers.

346

Indices bien maigres.

Les prisonniers avaient recopié les graffitis qui recouvraient les murs de leur cellule. Ils aideraient peut-être leurs sauveteurs à les localiser ? Victor s'était donc appliqué à retranscrire des formules grecques et latines telles ce *Homo homini monstrum* (L'homme est un monstre pour l'homme), *Astra, castra, nomen, numen* (Astres, camp, nom, divinité) ou Αναγχοφαγια qui ne voulait pas dire grand-chose.

– C'est incroyable, grogna-t-elle.

– Quoi ?

– Deux personnes sont retenues contre leur gré dans l'île de la Cité, en plein cœur de Paris, et nous ne pouvons pas les atteindre !

Arthur Léo croisa les mains sur son ventre, geste volé à Gaston Loiseau.

– Prendre la porte noire au pied de la tour sud, monter la vis de Saint-Gilles, traverser la galerie de colonnettes, franchir une seconde porte, dépasser la cage des cloches, nous arrêter sur un palier... (Il sortit un carnet et lut :) « ... pratiqué dans un renfoncement latéral et, sous la voûte, une basse porte ogive. Au-dessus de la porte, une inscription gravée : *J'adore Coralie, 1823, signé Ugene.* » Derrière se trouvent nos deux amis du club des Lanternes rouges.

L'inspecteur observa son interlocutrice avec un air satisfait.

– C'est le chemin pour gagner la cellule ? Vous y êtes allé ?

Léo se leva pour étudier la bibliothèque de Robert Paichain. Il y dénicha l'ouvrage que la plupart des foyers parisiens possédaient. Il l'ouvrit à la bonne page et le donna à Blanche qui avisa le titre en lettres d'or :

– *Notre-Dame de Paris* ?

– Les graffitis décrits par Victor et Émilienne sont retranscrits là-dedans. Hugo a situé la cellule de l'archidiacre Frollo, là où il pratiquait ses opérations alchimiques en rêvant d'Esméralda, à cet endroit précis. Là où ils sont enfermés.

Blanche parcourut le morceau de littérature dans lequel Léo avait pioché ses informations.

– Mais alors, fit-elle, on peut les délivrer ? Avec suffisamment d'hommes armés...

Arthur Léo avait réintégré le fauteuil du *pater familias*. Maintenant il se frottait le front, soucieux.

– Comme vous le savez, le secteur de Notre-Dame a été neutralisé par le gouverneur. L'édifice est imprenable. J'ai prétexté une visite de sécurité pour essayer de rentrer dans la cathédrale. Le bedeau m'a signifié que j'avais besoin d'une autorisation préfectorale. Normalement, il faut compter trois jours pour obtenir une signature officielle. Avec la vacance des fonctionnaires, comptons plutôt une semaine.

– Une opération de nuit avec des hommes aguerris ? suggéra Blanche en désespoir de cause.

– L'accès à la cellule s'effectue uniquement par cette porte noire, rappela Léo en indiquant le roman de Victor Hugo. Elle est gardée, vingt-quatre heures sur vingt-quatre. Et chaque palier doit l'être aussi. Autre chose : le bedeau, celui qui a les clés de l'édifice. Vous savez comment il s'appelle ? Ernest Rhadamanthe. D'après l'acte d'enterrement où les frères sont cités, le deuxième se prénomme Ernest. Rhadamanthe est un des juges des Enfers. Je vous fais un dessin ?

– Le bedeau est un des Chevaliers.

– Donc...

– Marcel Scrobe est chez lui dans Notre-Dame.

Léo parti, Blanche retourna au piano, en souleva le couvercle, posa un cahier de musique qu'elle avait exhumé d'un tiroir. Il appartenait à Père, son grand-père maternel, ingénieur mélomane. Madeleine Paichain avait expliqué à sa fille que Père aimait composer des phrases musicales simples pour scander le travail des ouvriers indigènes sur les chantiers qu'il dirigeait. Blanche ouvrit une page au hasard, déchiffra les notes, commença à les reproduire laborieusement au piano.

– *Ré*, *ré*, *ré*, *si* bémol, *fa-ré*, *si* bémol, *fa-ré*... (Elle fronça les sourcils.) Qu'est-ce que c'est que cet air ? Une marche funèbre ?

Pendant qu'une partie du cerveau de Blanche battait la campagne, à la poursuite de son grand-père disparu sur les rives du Mékong, une autre poursuivait la conversation avec l'inspecteur Léo au sujet de la façon d'atteindre la geôle.

L'appartement de la rue Neuve-des-Petits-Champs n'était pas encore équipé de l'électricité. Mais Blanche en avait eu la démonstration chez un riche client de son père qui les avait invités pour admirer la merveille : il suffisait de manipuler un commutateur pour que le lustre garni d'ampoules s'allume, s'éteigne, s'allume, s'éteigne. Les enfants avaient joué durant un après-midi à ce jeu fascinant. Et là, le cerveau de Blanche venait de s'allumer.

– Si on ne peut entrer par en bas, entrons par en haut ?

Elle sortit le plan de Paris du bureau de son père et ouvrit son agenda-journal.

« Comment contraindre le vent ? » se demanda-t-elle, se mordant les lèvres, traquant l'idée qui lui manquait.

Le claquement d'un fouet dans la rue et un martèlement de sabots donnèrent à son lustre mental une intensité véritablement solaire.

Elle déplia une carte des lignes d'omnibus à côté du plan de Paris, étudia l'une et l'autre, dessinant, calculant, projetant dans un état d'euphorie intellectuelle.

Une fois sûre d'elle, elle replia les documents, les glissa dans une serviette et enfila son manteau de ragondin pour rejoindre le dieu de la photographie aérienne. Elle le dénicherait dans son atelier du boulevard des Capucines ou au pire, dans les nuages.

2

Entre le 14 et le 17 janvier, deux ballons montés, le *Général Faidherbe* et le *Vaucanson* s'envolèrent, l'un de la gare d'Orléans, l'autre de la gare du Nord. Le premier emmenait des chiens de berger, « forts à étrangler dix Prussiens », qui avaient pour mission de revenir sur Paris le dos lesté de courrier. Le second emportait les plans d'un sous-marin conçu pour établir une liaison province-Paris sous la Seine.

La poste aux chiens fut un fiasco et des molosses l'on n'entendit plus jamais parler. Quant au submersible, il ne fut pas construit.

Paris recevait son lot quotidien de bombes. Et les Parisiens vivaient, s'agitaient, espéraient. Quant à Blanche, durant ces trois jours, elle ne vit pas le temps passer.

Il lui fallut d'abord raconter son histoire à Nadar et le convaincre de l'aider. Ce ne fut pas difficile. L'homme avait une vie d'aventures derrière lui. Surtout, l'une de ses couturières était en danger.

351

L'aéronaute parvint à réunir l'équipement néces-saire et les équipages qui iraient avec.

Les marins reclus dans la capitale ainsi que les gymnastes étaient impatients d'en découdre avec qui que ce soit.

Blanche s'acquitta d'une autre tâche, celle de lever des troupes dans la Compagnie des omnibus. Le nom de Victor Pilotin fit des merveilles. L'esprit d'entraide qui régnait dans Paris depuis le début des bombar-dements aussi. Des voitures légères seraient affectées à l'opération de sauvetage. Leurs lanternes rouges allumées, rien ne pourrait les arrêter.

La veille du jour fatidique, Blanche prévint les pri-sonniers de leur libération à venir. Elle traversa le parvis de la cathédrale, vit la porte noire au pied de la tour sud, les deux hommes qui la gardaient.

Salmacis ne s'était toujours pas manifesté. Blanche allait être obligée de mentir à Scrobe.

Léo connaissait Paris comme sa poche. Elle le laisserait choisir la prétendue cachette de l'assassin. D'autant plus que le policier s'y rendrait en force pour appréhender les frères Chevaliers encore de ce monde.

Ses pas l'avaient menée sur une placette populeuse. Des objets étaient vendus sur les trottoirs. Statuettes de plâtre, Napoléon et Vénus de Milo. Articles du *Magasin de Nouveautés*, du corset compensateur à la bibliothèque démontable. Tissus électromagnétiques, pistons à coulisse, coucous suisses, fleurs artificielles, vêtements de toutes tailles, tous âges, toutes saisons. Un homme-orchestre ajoutait une note absurde à ce marché de grand vent.

Un sifflement, comme celui d'une couleuvre, fit lever toutes les têtes.

L'obus prussien entra dans un café par la verrière et explosa à l'intérieur, projetant sur la foule une pluie de verre brisé. La débandade fut générale et immédiate, chacun piétinant son prochain et ses maigres biens avec lui. Blanche n'avait eu qu'un pas à faire pour se mettre à l'abri avant que son instinct ne la ramène vers la place. Par miracle, il n'y avait aucun blessé.

Et les Parisiens riaient.

Ils riaient de leur frayeur.

Ils riaient d'avoir été pris pour cible.

Ils riaient parce que l'obus avait frappé un troquet désaffecté dont l'enseigne était *À la comète de 1811*.

Blanche aussi riait.

De nervosité, de fatigue, d'inquiétude.

Elle riait à en pleurer.

Une main amie lui tendit un mouchoir. Elle s'essuya les yeux avec. Il était parfumé à la violette.

Claude Salmacis lui demanda d'une voix douce comme il le lui avait déjà demandé lors de sa première incursion dans le couloir sordide de la morgue :

– Vous cherchez quelqu'un, mademoiselle ?

Un message fut déposé pour Blanche le matin du dernier jour. Scrobe lui donnait rendez-vous au café de l'*Eldorado* à dix-sept heures.

Blanche passa chez Nadar. Il avait mis ses ballons à gonfler la veille au soir.

Les hommes s'entraînaient à la hache et au couteau depuis le lever du soleil.

Les montres furent réglées sur celle de Blanche qui l'avait réglée sur l'horloge de la Conciergerie.

Blanche retourna à son appartement une dernière fois. Elle arrangea son lit, nettoya la cuisine, rangea les menus objets qui paraissaient déplacés.

Elle enfila la casquette de renard offerte par Victor, ferma la porte à double tour et se rendit au *Café de la Salamandre* où Arthur Léo l'attendait.

Elle lui révéla l'information que Salmacis lui avait confiée en personne, soit l'endroit où il se cachait. Tout en s'attachant à rester vague, car elle avait l'intention de le voir la première, elle lui donna aussi une fausse lettre signée Pilotin.

Arthur Léo voulut arracher à la jeune fille la promesse qu'elle rentrerait chez elle dès l'information donnée à l'aîné des frères Chevaliers. Elle lui répondit qu'à son avis Scrobe ne la laisserait pas repartir aussi facilement et qu'il l'emmènerait sur place pour s'assurer qu'elle n'avait pas menti. Ce serait alors à eux, les héros de la force publique, d'intervenir.

– C'est le quartier de Paris où il tombe le plus de bombes en ce moment, lui rappela l'inspecteur.

– Je sais, soupira Blanche. Je me mettrai à l'abri si des serpents sifflent sur ma tête.

– Insensée… Et si Gaston vous surprend?

– Je lui dirai que je faisais une promenade ? avança la jeune femme prête à appliquer le précepte : plus le mensonge est gros plus il a de chances d'être avalé.

Blanche quitta le *Café de la Salamandre* pour celui de l'*Eldorado*. Marcel Scrobe l'y attendait avec sa garde rapprochée. Quatre inconnus, en retrait, l'observaient avec curiosité. Ils étaient d'âge et de condition différents, mais ils présentaient un air de famille.

– Alors ? s'impatienta le ponte.

Blanche livra son secret.

– Votre frère se cache dans le Jardin des Plantes.

Les quatre se levèrent d'un bloc. Scrobe tiqua.

– Vous n'avez rien de plus précis ? Le Jardin est immense.

Blanche haussa les épaules. Elle avait rempli sa part du contrat. Scrobe la considéra en silence pendant quelques secondes, puis il donna ses ordres.

– Toi, va chez le libraire à côté et rapporte un guide du Muséum. Nous aurons besoin de vingt hommes de plus pour garder les issues. Prends-les où tu sais, dit-il à un autre.

Un des frères que Blanche soupçonna être Ernest Rhadamanthe – il portait la condition de bedeau sur son visage – s'approcha et demanda :

– Nous libérons les prisonniers ?

L'aîné lui adressa un sourire carnassier.

– Je les couverai pendant que vous accompagnerez mademoiselle au Muséum.

3

— Léo! Où êtes-vous, nom d'une pipe?

Gaston avait parcouru les trois étages, hurlé sous les fenêtres de la rue de Harlay, de Jérusalem et de Nazareth. La deuxième division était déserte, la tour Tardieu aussi. Les prisons avaient été vidées de leurs occupants. Donc les gardiens s'étaient eux aussi fait la belle. La Préfecture n'était plus qu'un immense navire de pierre à la dérive, sans maître à bord.

Arthur Léo l'attendait dans son bureau lorsqu'il y retourna, fulminant.

— Et moi qui vous cherche partout! J'ai repéré Salmacis, annonça Loiseau en s'allumant un londrès, se transformant illico en machine à fumée.

— Vraiment? s'étonna Léo.

Il savait que Gaston repasserait au sommier en fin d'après-midi. Il avait pris soin d'y laisser le faux confié par Blanche.

— Un informateur nous le signale au Jardin des Plantes.

– Baylac ?

– Non.

– Ne me dites pas que Victor vous a encore écrit ?

Loiseau vérifia que son Lemat était chargé. Léo l'imita avec son Lefaucheux.

– Serrons le lièvre avant qu'il ne quitte sa tanière. Vous m'accompagnerez ainsi que tous les agents disponibles.

Ils avaient besoin de renforts. Ils écumèrent l'infirmerie, les locaux de la Sûreté, les sous-sols et les combles de ce bâtiment où l'on rendait la justice depuis près de mille ans. Une heure plus tard, ils se retrouvèrent sur le quai des Orfèvres avec trois fonctionnaires qui ne savaient pas se servir d'une arme, sept gardiens de la paix désœuvrés et les huit gardes nationaux stationnés dans leurs guérites. Vu que la Préfecture était vide, ils n'avaient plus rien à garder.

En tout et pour tout, vingt personnes, eux y compris. C'était peu en regard de l'étendue du Jardin des Plantes. Surtout s'il leur fallait, tels des braconniers, en bloquer les issues pour éviter que le fauve ne s'en échappe.

En bas, au bord du fleuve, Jojo la Grimace et ses compères dansaient. Ils ne paraissaient pas fin soûls, juste joyeux. Gaston Loiseau descendit sur le quai pour parlementer avec eux.

– Nous n'avons rien de prévu pour ce soir, mon prince, avoua Bouche d'Égout.

Loiseau les enrôla sur-le-champ. La troupe hétéroclite s'ébranla alors que les premières bombes tonnaient dans la zone du Jardin des Plantes.

L'édifice en pierre blanche du Cabinet d'histoire naturelle brillait faiblement au bout des deux longues allées de tilleuls. Les bombes qui tombaient derrière l'éclairaient d'éclats phosphorescents.

Les accès au Jardin étaient désormais gardés par les hommes de Marcel Chevaliers, rues Cuvier, Censier et Geoffroy-Saint-Hilaire. Cinq d'entre eux surveilleraient la grande grille qui donnait sur la rivière. Le périmètre était bouclé.

Blanche, à l'écart, observait celui qui avait hérité du rôle de meneur depuis que Marcel était reparti à Notre-Dame, le prénommé Louis. Son sourire était glaçant, comme celui de l'aîné. Il distribuait des carabines et des munitions à ses frères, expliquant :

— Ce sont des Springfield à deux coups, calibre cinquante. Les Yankees s'en servent pour chasser l'Indien et le bison.

— Où tu les as dégotés ? demanda l'un des Chevaliers.

— Des négociants américains bloqués à Paris avec leur cargaison.

Le bedeau refusa de prendre une arme, exhibant le bréviaire qu'il avait emporté. Un obus qui tomba plus près que les autres, rue Censier, sur le côté droit du Jardin, abrégea les moqueries de ses frères.

Ils passèrent les grilles. Blanche les accompagna, fermement encadrée. Louis ordonna une dernière fois aux hommes qui gardaient l'accès :

– Vous ne laissez sortir personne.

La troupe avançait sous les tilleuls. Le ciel était d'un noir d'encre. Louis s'agenouilla pour tracer un plan avec une branche brisée, dans le gravier. Une lanterne, posée par terre, l'éclairait.

– Étienne, tu t'occupes de la ménagerie. Guillaume, tu explores les serres. Ernest, tu commences par le Cabinet d'anatomie comparée. Moi, je vais dans le labyrinthe. *A priori*, nous sommes seuls dans le Jardin. Donc on tire à vue… ou on sort son bréviaire. Quant à vous…

Il se tourna pour chercher Blanche des yeux. Il avait l'idée de lui ordonner de rester près des grilles. Manquerait plus qu'on l'abatte à bout portant, comme une biche lors d'une chasse de nuit en plein bois. Mais la jeune fille leur avait discrètement faussé compagnie.

– Idiote, siffla Louis entre ses dents. Tant pis pour elle.

Il effaça son plan du pied. Ils remontèrent l'allée. Étienne partit de son côté pour inspecter la ménagerie. Le bedeau, à mi-voix, priait.

Debout sur les plombs de Notre-Dame, sous les gigantesques arcs-boutants qui soutenaient le chœur, Marcel Chevaliers contemplait Paris. Il sirotait de l'hypocras aux lèvres d'un hanap découvert dans la sacristie de la cathédrale. Le vin des Templiers parfumé au clou de girofle et le métal lui laissaient dans la bouche un goût âcre qui lui convenait. Marcel avait toujours aimé le froid, la peur, le sang et l'argent.

Marcel Chevaliers se trouvait à la tête d'une véritable fortune mise à l'abri dans différentes contrées du monde. Même ses frères ne soupçonnaient pas l'étendue de ses richesses.

Oui !

Ses frères...

Se baptisant de noms fabuleux.

Croyant dur comme fer à leur future immortalité.

Pauvres illuminés.

Il sortit de sa poche de redingote le livre légué par son père. *La triple contrainte de l'Enfer*, lut-il. *Livre de mon art et de mes miracles, avec lequel j'ai forcé les esprits à m'apporter ce que je désirois et à se soumettre à mes ordres*. Le curé de Saint-Pierre avait noirci ces deux cents pages de signes cabalistiques. Marcel avait hérité du grimoire auquel il n'avait jamais rien compris.

Peu importe.

Un obus survola la rive gauche et tomba sur les entrepôts à côté du Jardin des Plantes. L'écho assourdi de la déflagration arriva avec deux secondes de retard.

Le monstre s'en sortirait-il ? Il avait fait preuve d'une certaine combativité. Suivant les pistes, s'embusquant, frappant au moment où l'on s'y attendait le moins. Au Muséum, maintenant, les Chevaliers étaient à quatre contre un. Pourtant, Marcel n'aurait pas parié un centime sur la perspective de les revoir vivants. Ils n'avaient pas affaire à un être humain. Ni à un animal, d'ailleurs.

Il vida son hanap avant de le lancer dans le vide.

Restait une chose qu'il ne comprendrait jamais. Il avait planté son couteau, dans le cœur, à deux mains, jusqu'à la garde. Et le monstre avait survécu.

Une immense flamme verte s'éleva à la limite du Jardin des Plantes. Elle rappelait l'aurore boréale qu'ils avaient pu admirer en octobre. L'obus avait enflammé les réserves d'eau-de-vie du quai Saint-Bernard.

D'aucuns y auraient vu un signe et se seraient agenouillés pour prier. Marcel décida de rejoindre la logette de l'alchimiste qui servait de cellule.

Il était temps de changer de continent. Les deux lingots qui alourdissaient ses poches suffiraient amplement à assurer sa fuite. Il sortirait de Paris cette nuit, d'une manière ou d'une autre, pour disparaître à tout jamais. Sans laisser de traces.

Restait à régler le cas des jouvenceaux enfermés un étage plus haut.

Marcel n'avait jamais manifesté qu'un médiocre intérêt pour les choses scientifiques, sinon pour les mathématiques. Il savait pourtant qu'un certain Galilée avait découvert la loi de la pesanteur grâce à la tour penchée de Pise. Certes, Guillaume de Paris avait bâti une cathédrale droite comme un fil à plomb. Ça n'empêchait pas de tenter à nouveau l'expérience, histoire de vérifier si l'apprenti et la couturière, lâchés ensemble de la plate-forme, embrasseraient le parvis au même moment.

4

Blanche connaissait le Jardin des Plantes comme sa poche. La loge du concierge se trouvait derrière l'amphithéâtre. L'obscurité ne représenta donc pas un obstacle. Seule l'explosion très proche, alors qu'elle était à mi-chemin, l'arrêta. Ainsi que l'apparition des flammes vertes et bleues lorsqu'elles se mirent à lécher le ciel.

Elle quitta l'allée de tilleuls, contourna l'amphithéâtre où Buffon avait départagé les espèces, et marcha vers le bâtiment à un étage. Deux défenses de mammouth montaient la garde devant le porche.

Les volets de la loge, côté cour, étaient entrebâillés. Blanche entendit des cris, des appels, la cloche des pompiers qui passaient rue Cuvier derrière la porte cochère fermée par des barres d'acier.

– Pssit, appela-t-elle. Vous êtes là?

Blanche recula lorsqu'un panneau de bois s'ouvrit. Le visage de Claude s'inscrivit dans le rectangle. Avec ce ciel couleur d'absinthe, ses yeux ressemblaient à des feux follets figés dans de la résine.

Blanche entra dans la loge. Claude Salmacis referma les volets, montra son modeste intérieur éclairé aux bougies et annonça avec une révérence :

– Mon royaume.

¢

Ce qu'il était en train d'accomplir n'apparaîtrait dans aucun livre d'histoire. Sa biographie n'en parlerait pas. Mais le photographe n'en avait cure. Car depuis sa nacelle, lancée à pleine vitesse au-dessus de Paris, il jubilait.

La calèche découverte de la Compagnie des petites voitures, tirée par deux chevaux, les tractait, lui et son ballon, à la verticale de la rue du Faubourg-Saint-Denis.

L'incendie qui s'était déclaré quai Saint-Bernard se reflétait sur les nuages bas, éclairant la ville d'un halo maladif. Quel dommage que cette scène ne fût pas fixée par les sels argentiques ! Dans l'irréel, elle aurait valu toutes les visions fantastiques de Victor Hugo.

Nadar avait réussi à dénicher quatre ballons de mille mètres cubes. Ils avaient été gonflés gare d'Orléans, gare du Nord et sur des terrains vagues près de l'Observatoire et de la place du Trône. Ses gymnastes aérobates avaient obtenu le commandement du *Pampero*, de l'*Autan* et de l'*Harmattan*. Nadar s'était réservé le *Borée* pour lui seul, dieu cheval qui courait assez vite pour ne pas s'enfoncer dans l'eau et ne pas coucher le blé sur son passage.

Il gémit lorsque l'arche de la porte Saint-Denis approcha. Si jamais le conducteur oubliait l'avertissement et décidait de passer dessous...

Mais la calèche contourna la porte.

Le ballon captif suivit le mouvement et la course continua par la rue Saint-Denis. Nadar voyait les autres équipages grâce à l'incendie monstre, au sud, à l'est et à l'ouest. Dans dix minutes, ils se rejoindraient sur l'île de la Cité. Et les marins, tels des pirates, jetteraient leurs grappins contre les tours de Notre-Dame.

La troupe du commissaire Loiseau venait d'arriver devant l'entrée principale du Jardin des Plantes lorsque les entrepôts du marché aux vins prirent feu. Ils sentirent le souffle de la flamme initiale.

Les brigades de sapeurs-pompiers ne tardèrent pas à se manifester. Cinq minutes plus tard, la portion de quai entre la Seine et les bâtiments était encombrée de tuyaux, de dévidoirs et de pompes à vapeur. Des dizaines de gardiens de la paix rappliquèrent – tous ceux qui n'étaient pas à la Préfecture –, ainsi qu'Ernest Cresson en personne. Pour la discrétion, c'était plutôt raté.

– Quelle pagaille ! l'interpella le préfet après avoir remarqué sa présence. Une chance que vous soyez venu aussi vite. Nous avons besoin de bras pour maîtriser l'incendie. Vous, vous et vous, ordonna-t-il, envoyant les agents que Gaston et Arthur avaient péniblement rassemblés au secours des pompiers.

Gaston et Arthur se retrouvèrent seuls à scruter les grilles du Jardin des Plantes. Ils avaient repéré deux types louches sur un banc et trois autres derrière un kiosque aux stores baissés. Gaston n'avait aucune envie de remettre leur coup de filet à plus tard. Arthur non plus. Mais à eux deux, que pouvaient-ils faire ?

Fut-ce le sentiment d'urgence ou le fait de porter des noms de héros ? Castor et Pollux se dirigèrent vers la grille. Les gueules d'empoigne les regardèrent approcher. Ils appartenaient à la même équipe que ceux abattus au parc Monceau. Si une fusillade devait éclater, se disait Gaston, il y avait assez de policiers et de pompiers dans les parages pour venir leur prêter main-forte.

Les hommes de Marcel Scrobe poursuivaient un raisonnement similaire. De plus, on leur avait ordonné de ne laisser sortir personne du Jardin des Plantes. Donc entrait qui voulait.

Ils ne s'interposèrent pas lorsque le commissaire et l'inspecteur franchirent les grilles du Jardin. Mais ils se rassemblèrent ensuite derrière. Les policiers saisirent le message et marchèrent jusqu'à l'allée de tilleuls.

L'inspecteur lâcha :

– Gaston.

– Oui, Léo ?

– Si on en réchappe, je demanderai à être muté à la neuvième brigade.

Le commissaire sourit et répondit :

– J'appuierai votre requête.

L'éclat d'obus donné par le marmot rue du Pré-Maudit ne quittait pas la poche de manteau de l'inspecteur. Il le brisa en deux morceaux avec la crosse de son Lefaucheux, en offrit un à Gaston, conserva l'autre.

– Un porte-bonheur. Pour éloigner les projectiles malfaisants.

Ils se séparèrent, chacun prenant une des allées qui remontaient vers le Cabinet d'histoire naturelle.

5

Une table. Un poêle. Un bahut encombré de boîtes métalliques. Cinq bougies en cire rouge posées sur des étagères. Une porte donnant sur une pièce dont on ne voyait rien. La loge de l'assassin était des plus simples. Elle ne présentait aucun des attributs auxquels Blanche s'attendait : couteaux, scalps, alchimiste peint sur le mur.

Claude Salmacis, emmitouflé dans sa cape, effleurait les boîtes de ses doigts longs et fins.

– Êtes-vous une adepte du thé ? lui demanda-t-il.

– Vous en avez ?

– N'oubliez pas que vous êtes au Jardin des Plantes. Thé noir. Thé vert. Choolan. Hyson. Thé poudre à canon. Pouchong. Mon thé de caravane est une merveille.

Blanche, qui s'était assise, opina. Elle observa Salmacis pendant qu'il faisait infuser les feuilles.

Qui était-il ? Un tueur. Un enfant sacrifié par ses aînés. Un maître des poisons. Un chasseur. Un être humain. Un homme qui se parfumait à la violette. Ce qui n'était pas banal.

Succession de vignettes montées dans le désordre, ces portraits n'auraient pu tenir sur une seule fiche du sommier judiciaire.

Insaisissable, c'était peut-être la caractéristique principale de Claude Salmacis. Jusqu'à son contour trouble, noyé sous les plis de sa cape et son visage… asexué ?

Salmacis posa les tasses sur la table.

– Miel ? Sucre ?

– Miel.

Il sortit un pot et une bouteille d'un placard.

– C'est du kéfir, de l'alcool de champignon, expliqua-t-il en proposant à Blanche d'allonger son thé.

– Je préfère garder les idées claires.

Salmacis s'en servit une rasade et ils burent leurs tasses en s'étudiant.

Blanche était allée loin, très loin dans le mystère des Chevaliers. Jusqu'à la loi des Douze Tables, formule après laquelle Benjamin Closter avait décidé de se taire. Que signifiait cette loi ? En quoi Claude Salmacis était-il un monstre ? Quel serait le fin mot de l'histoire ?

– Pourquoi vos frères ont-ils voulu vous tuer ?

Salmacis se leva avec sa tasse et observa le Jardin par la fente entre les volets.

– Tout le monde est là pour la curée ?

– Marcel est resté à Notre-Dame. Là où il se cache.

« Et où mes amis sont retenus », se dit-elle en se demandant où Nadar en était de son sauvetage.

– Guillaume est dans la ménagerie, Étienne dans les serres. Ernest dans le Cabinet d'anatomie comparée et le dernier…

– Louis.

– Dans le labyrinthe.

Les flammes des bougies tremblèrent, mais ne s'éteignirent pas.

– Votre oncle ?

– Il ne va pas tarder. À moins qu'il ne soit déjà dans le Jardin avec ses hommes.

– Et vous trouvez que c'est le bon moment pour que je vous raconte ma vie ?

Elle sourit, rangea ses cheveux derrière ses oreilles, se frotta le bout du nez.

– Je n'en vois pas de meilleur.

Salmacis dénoua le lacet qui retenait sa cape. Il écarta les pans de sa veste et entreprit de déboutonner sa chemise pour montrer son torse. Blanche le regardait faire, fascinée. Sa peau était glabre. Une cicatrice ronde et nette, créée par le poinçon de Closter, marquait le centre d'une autre, plus longue, plus vieille, plus ancienne. Le stigmate de la nuit de Vincennes.

Salmacis reboutonna sa chemise.

– Mes frères n'ont pas essayé de me tuer. *Ils m'ont tué*. Et j'ai ressuscité.

Il ne s'en tirerait pas avec une pirouette fantastique. Blanche répéta :

– Qu'est-ce que la loi des Douze Tables ?

– Du droit romain. Dans l'Antiquité, la loi des Douze Tables stipulait que les pères de famille avaient droit de vie et de mort sur leurs enfants lorsqu'il s'agissait de monstres. Marcel n'a pas hésité à l'invoquer dès qu'il a pris la place de papa.

– En quoi êtes-vous un monstre ?

– Je suis à la fois homme et femme.

– Pardon ?

– Je suis né hermaphrodite, Blanche Paichain. Et d'après la loi des Douze Tables, les hermaphrodites ne méritent pas de vivre.

Le ponte offrait un divertissement. Ils s'étaient rassemblés sur la plate-forme pour assister au spectacle de leurs deux prisonniers s'apprêtant à sauter. Pas un pour s'en émouvoir. Et, en parfaits ignorants, ils avaient lancé les paris : lequel des deux toucherait le pavé le premier, l'apprenti ou la furie ?

Marcel Chevaliers tourna la clé dans la serrure. La porte de la logette de l'archidiacre aux murs tapissés de signes cabalistiques s'ouvrit.

– N'ayez crainte, essaya-t-il de les amadouer. Vous êtes libres.

Émilienne surgit de la cellule. Elle sauta au visage du ponte qui se laissa tomber par terre. Émilienne eut le temps de lui donner trois coups de griffes avant d'être maîtrisée par les hommes de main. Victor rua quand on le sortit *manu militari*.

Marcel se releva, s'approcha d'Émilienne, la saisit par le menton.

– Tu ne me trouvais pas assez défiguré comme ça ?

Émilienne lui cracha au visage. Marcel la gifla violemment.

– Balancez-les.

Les hommes s'esclaffèrent en traînant les prisonniers vers la balustrade qui dominait le pavé.

Le ponte bascula la tête en arrière pour détendre ses cervicales qui le faisaient souffrir. Trois baudruches de fête foraine étaient accrochées aux tours au-dessus de lui. Des acrobates – de quoi pouvait-il s'agir ? – sautaient avec agilité de contrevent en contrevent, tels de grands singes en pyjamas gris.

– Que signifie…

Un hurlement sauvage l'obligea à se retourner. Des marins armés de haches venaient de bondir des cages des cloches pour charger ses hommes qui avaient lâché les prisonniers. Les acrobates atteignirent la plate-forme, renforçant les rangs. Le ponte jeta un coup d'œil à la porte qui lui permettrait de s'enfuir. Un des colosses lui barrait la route.

Émilienne, repoussée par la mêlée, avait reculé pour se retrouver à dix pas de lui. Marcel Chevaliers fit jaillir un cran d'arrêt, se colla contre le dos de la jeune fille, la lame contre sa gorge.

– On m'écoute !

Il avait le commandement inné. Les marins, les hommes de main, les acrobates et Victor Pilotin qui caressait les côtes d'un de ses geôliers à coups de godillot, s'arrêtèrent pour le fixer. Un photographe n'aurait pu obtenir semblable immobilité.

– Vous nous laissez partir gentiment ou je lui tranche la gorge.

Marins et acrobates s'observaient, ne sachant quoi faire. Nadar serait arrivé à temps, il les aurait commandés. Même Victor n'osait bouger.

Marcel Chevaliers se trouvait à mi-chemin de la porte donnant sur l'escalier, Émilienne contre lui, lorsqu'une ancre aérienne cogna contre la façade. Elle racla la plate-forme, fonça sur le ponte. Instinctivement, il s'y cramponna et serra son emprise sur Émilienne qu'il emporta avec lui.

À ce moment, Nadar lâcha ses sacs de lest. Le *Borée*, sa nacelle, son ancre et ses passagers s'envolèrent vers le faîte de la cathédrale. Marcel Chevaliers et Émilienne Bonvoisin virent avec horreur le vide s'ouvrir sous leurs pieds et, dans un élan commun pour ne pas tomber, s'accrochèrent désespérément l'un à l'autre.

6

— Du jour où l'on me déposa sur les marches de l'église, j'entrai dans le cercle très fermé des Chevaliers de Saint-Pierre, racontait Salmacis. La vie n'était pas facile, mais nous étions chez nous, entre nous, tout-puissants et couvés par notre père. Nous formions un clan indestructible, craint et respecté. Du haut de la Butte, lorsque nous observions la ville, nous nous prenions pour les maîtres de Paris.

Un coup de feu retentit, suivi d'un bruit de verre brisé. Une des cinq bougies s'éteignit. Salmacis contempla la fumerolle avant de poursuivre :

— J'ai eu conscience assez tôt de la bizarrerie de mon état. Mais je n'y voyais rien de mal. Je trouvais juste cela… incongru. Mon père ne m'en parla jamais. Après sa mort, j'eus la naïveté de me confier à Marcel. Il m'écouta, vérifia la chose, ne fit aucun commentaire. Et nous en restâmes là jusqu'à cette nuit de décembre 1851.

Salmacis entrouvrit un volet. Un éclat lumineux suivi d'une explosion, au pied du labyrinthe, lui rappela l'orage qui incendiait le ciel de Vincennes, ce soir dont il réveillait le souvenir.

– Nous avions coutume de nous rendre en forêt pour y pratiquer des sacrifices d'animaux. Bien entendu, du haut de mes dix ans, j'admirais mes aînés. Je ne vis rien venir.

Le regard et la voix du tueur acquirent une nouvelle profondeur.

– Lorsque Marcel me planta son couteau dans le cœur, je ressentis un vide plus fort que la douleur : le sentiment de la trahison. Quand je rouvris les yeux, ils étaient partis, Iouri me portait dans ses bras et il m'emmenait loin de ce cauchemar.

– Iouri ?

– Le précédent concierge du Muséum. Un Slave ramené de Sibérie par une expédition de botanistes. Il m'a élevé comme son fils. Il m'a tout appris. À parler aux plantes et aux animaux. À les soigner. À les aimer. À confectionner le kéfir et l'écume de la Lune... Il est mort il y a cinq ans. Ce que j'avais vécu dans le bois de Vincennes ne me hantait plus depuis longtemps. Mais un de mes frères croisa mon chemin.

Un obus tomba à proximité. Les murs tremblèrent. Pour rien au monde Blanche ne se serait enfuie afin de se mettre à l'abri. Une deuxième bougie s'était éteinte. Claude reprit avec un débit égal, sans se précipiter :

– Avant le siège, je travaillais dans un hammam derrière l'église de la Trinité, comme rebouteux.

Début septembre, un homme s'y est présenté. Il souffrait d'une tendinite et il avait besoin d'un massage. En voyant le tatouage sur son bras gauche, celui qu'ils s'étaient appliqué avant de me sacrifier en invoquant la triple contrainte de l'Enfer…

– La conjuration qui permettait de soumettre les esprits infernaux, intervint Blanche.

– Tout m'est revenu en mémoire. Et la haine.

Salmacis serra les poings.

– C'était Edmond Abba, le chapelier de la galerie Vivienne ? devina-t-elle.

Claude acquiesça.

– Il avait changé d'identité. Je me doutais que les autres avaient fait pareil. Alors je les ai tués pour forcer les masques à tomber. Edmond me donna le nom de Camille…

– Vesper, le drapier.

– Qui m'amena à Jules…

– Ensifer, le machiniste de scène.

– Qui me donna le nom de Josse qui tenta de franchir les lignes…

– Vous l'avez déniché à l'Odéon.

– Où nous nous sommes croisés une seconde fois.

Blanche ne savait toujours pas quoi penser de Claude Salmacis : coupable ou innocent ?

– Sans le message que vous avez laissé sur le ventre de Closter, nous nous serions retrouvés au point mort, renchérit-elle.

– Nous avons formé une sacrée équipe ! s'enthousiasma Salmacis avec une joie enfantine. Vous, moi, votre oncle, Victor et votre amie… Comment s'appelle-t-elle déjà ?

– Émilienne, répondit-elle froidement.

Elle détestait être associée à cette tuerie perpétrée de sang-froid. Claude l'observa avec un nouvel intérêt.

– Vous avez des frères ?

– Deux sœurs.

– Vous vous entendez bien avec elles ?

– Ça va, ça vient.

Elle rechignait à ouvrir une fenêtre sur son intimité familiale. Mais penser à Berthe et à Bernadette lui donnait envie de se confier, bizarrement. Et Salmacis, par son expression attentionnée, réclamait plus.

– Berthe, c'est ma petite sœur. Elle est mignonne comme tout. Elle a toujours été fragile. Des poumons. Dès qu'on peut, on l'emmène respirer l'air de la mer.

– Et la grande ?

– Bernadette... Elle est... comment dire... lunatique ?

Les mots qui lui venaient spontanément à la bouche lorsqu'elle la côtoyait au quotidien tels qu'idiote, courge ou *mollusca debilita* lui firent défaut.

– Elles me manquent, avoua Blanche. J'ai hâte de les revoir.

– Profitez de ce bonheur. Entretenez-le. L'amour et l'amitié sont comme les plantes ou les animaux. Il faut s'occuper d'eux pour leur faire connaître une grande, longue et belle existence.

Blanche joua avec le doigt de corail pendu à son cou.

Salmacis paraissait plongé dans ses pensées.

– Quand vous arrêterez-vous ? demanda-t-elle.

Salmacis fixait les trois flammes qui tremblotaient encore. Il en éteignit une avec les doigts.

– Lorsque mes frères ne seront plus de ce monde.

– Nous ne sommes plus à l'ère du talion. Si on vous attrape, vous serez condamné à mort.

– Vous oubliez que je suis *déjà* mort.

Un courant d'air souffla les deux dernières bougies. La loge plongea dans l'obscurité.

– Salmacis ?

Blanche se leva, se cogna à la table, tâtonna, parvint à gagner l'extérieur. Sur sa gauche, le Jardin subissait un feu nourri d'obus prussiens. Sur sa droite, la porte cochère de la rue Cuvier avait été ouverte. Blanche se risqua sur le trottoir. Il n'y avait plus personne pour la garder. Les flammes achevaient de ravager les entrepôts. Une odeur d'alcool brûlé saturait l'atmosphère.

Blanche mit son châle devant son nez et partit en courant avec l'intention de rejoindre la Seine. « Pourvu qu'Émilienne soit saine et sauve ! » se disait-elle.

¢

En réalité, Émilienne était accrochée à l'ancre du *Borée* cent pieds au-dessus du vide. L'ancre s'était prise dans la gueule d'une gargouille comme un hameçon géant dans celle d'un silure. Marcel Chevaliers grimpait par la corde vers la nacelle. Ce navire volant était un don du ciel. Il tenait son moyen de locomotion pour quitter Paris.

Nadar, quant à lui, essayait de comprendre ce qui lui était arrivé. La calèche, freinant brusquement sur le parvis de Notre-Dame et libérant le ballon, l'avait lancé en direction de la cathédrale. Il était passé entre les tours pour échouer au chevet de Notre-Dame alors qu'il aurait dû s'arrêter à la façade.

Il vit les trois autres ballons partir à la dérive dans le ciel de la nuit. Une fois la situation sous contrôle, ils avaient convenu de laisser les enveloppes filer. Le combat avait donc connu une fin heureuse.

– Hip hip hourra ! hurla le photographe.

Une voix féminine l'appela en contrebas :

– À l'aide.

« Encore une innocente à sauver d'un péril certain ? » se demanda avec emphase le héros en fourrure.

Il se penchait par-dessus bord lorsque deux bras le saisirent par les épaules et le firent basculer dans le vide. Nadar vit l'arc-boutant se précipiter vers lui ainsi qu'un certain nombre d'épisodes de sa vie résumés en deux minuscules secondes. Sa main gauche frôla la corde et se referma sur elle.

Nadar s'arrêta d'un coup, oscilla, lâcha prise et atterrit deux mètres plus bas à califourchon sur la gargouille. L'ancre s'y était accrochée. Ainsi qu'une charmante jeune fille.

– Mais… vous êtes mon ouvrière prisonnière ? reconnut Nadar.

– Oui monsieur, répondit Émilienne, le rouge aux joues.

Plus haut, Marcel Chevaliers sauta dans la nacelle. La gargouille choisit ce moment pour céder.

Son poids, celui d'Émilienne et de Nadar tirèrent inéluctablement le *Borée* jusqu'au sol. Par miracle, l'équilibre était presque parfait entre la force ascensionnelle du gaz contenu par l'enveloppe et celle des masses qui l'attiraient vers le bas. La descente s'effectua en douceur.

Nadar toucha terre le premier. Il fonça, emporté par son élan, vers une fontaine pour y plonger tête la première. La gargouille continua sa course et se ficha dans un tas de sable, souvenir du parc d'artillerie, pour y rester plantée avec l'ancre qui se décrocha de son filin. Émilienne roula sur l'autre pente du talus.

Les vents, de mèche avec Salmacis, dirigèrent le ballon libéré sur le Jardin des Plantes.

7

Le premier à mourir fut Guillaume Chevaliers qui avait pour mission d'explorer les serres.

Celle du Cafier était la plus ancienne du Jardin des Plantes. Le bouquet de frangipaniers, de palmiers dattiers et de *Spaedonca tamarindifolia* d'Abyssinie répandait une odeur délicieuse. Guillaume Chevaliers, tenant fermement sa carabine américaine, n'en avait cure. Il avançait pas à pas, prêt à tirer au moindre mouvement suspect.

Pourquoi une branche de dattier se dégagea-t-elle à cet instant précis d'une liane tortueuse pour grimper en un doux froissement vers le plafond de verre ? Guillaume, surpris, ouvrit le feu. Le toit de l'édifice, qui avait souffert des bombardements, céda. Une pluie d'échardes de cristal tomba sur le tatoué dont le dernier souffle s'envola vers l'éther, accompagné de senteurs exotiques.

Le deuxième fut Louis, l'armurier. Pour le coup, il n'eut pas le temps de se servir de sa carabine.

Il venait de se courber sous les branches basses du cèdre du Liban, au pied du labyrinthe, lorsqu'un obus explosa à proximité. Un éclat le décapita. Un tombereau de terre pulvérisée retomba sur lui comme pour le recouvrir.

Le troisième fut Ernest, le bedeau de Notre-Dame. Il avait visité le Cabinet d'anatomie comparée, les mains serrées sur son missel, le missel appuyé contre son cœur. Chaque salle l'avait entendu murmurer un *Confiteor* plein de terreur et de repentance. Car le Cabinet ressemblait, à la lumière des entrepôts en feu, à un véritable musée des horreurs.

Ernest était passé devant des Hottentots et des Tartares, des squelettes de colibris et d'oiseaux-mouches, des écorchés de bras et de jambes, l'appareil intestinal d'un enfant de douze ans, des bocaux remplis d'esprit-de-vin dans lesquels flottaient des colonies de globes oculaires.

Le meilleur, comme toujours, était cependant réservé pour la fin, dans la salle des monstres. Là, les fœtus anormaux étaient exhibés dans toute leur crudité. Créatures à deux têtes et à trois pattes, colonnes vertébrales en points d'interrogation et autres erreurs de la nature.

En tout cas, il y avait ici de quoi assembler une bonne dizaine de Quasimodo.

Alors qu'Ernest avançait dans cette galerie cauchemardesque, un visage vert le regardait approcher et psalmodiait comme lui des paroles inintelligibles. Le bedeau fut brave, il marcha jusqu'à ce que son cœur lâche.

On retrouva son corps, raide, face au grand ovale d'obsidienne noire que les Péruviens utilisaient comme miroir avant la conquête des Espagnols, curiosité minéralogique qui clôturait la visite du Cabinet d'anatomie comparée.

Étienne, enfin, pécha par excès de confiance. Il avait entendu, comme tous les Parisiens, que les animaux de la ménagerie avaient été mangés par les rupins. Aussi descendit-il dans la fosse aux ours après y avoir surpris un grognement. Le plantigrade qui l'attendait dans la caverne en sortit, le tua d'un coup de patte et prit son temps pour le dévorer à son aise.

Gaston Loiseau et Arthur Léo, eux, avaient fouillé le Cabinet d'histoire naturelle de fond en comble sans rencontrer âme qui vive. Depuis le perron, ils regardaient en direction de la Seine, perplexes. Une silhouette noire, au milieu des parterres, retenait leur attention. Ils s'approchèrent.

Un homme cueillait des fleurs.

Gaston l'interpella, l'arme au poing :

– Vous !

L'autre se retourna. Ils reconnurent dans ses traits la description que Blanche avait faite de Claude Salmacis.

– Les mains en l'air ! ordonna le commissaire.

Salmacis leva les mains.

La suite logique des événements aurait voulu que les policiers l'entravent et l'emmènent rue de Jérusalem en vue d'un interrogatoire serré. Au lieu de quoi, un filin passa entre eux, gracieux et aérien.

L'assassin l'attrapa et s'envola au nez et à la barbe des fonctionnaires qui le suivirent du regard, trop stupéfaits pour réagir. Le ballon qui emportait Salmacis, sphère d'ombre sur l'ombre, fut soulevé avec sa charge par un brusque coup de vent et s'éloigna pour disparaître vers la porte d'Italie.

– Ben ça alors, commenta Loiseau.

Léo, fidèle à son intérêt pour les indices, rangea son Lefaucheux pour s'intéresser au parterre. S'y imprimaient encore les semelles de celui qu'ils traquaient depuis des mois et qui venait de s'envoler. Nul doute qu'elles correspondraient à celles de la rue du Pré-Maudit. Il reviendrait avec du plâtre pour les conserver.

Il arracha une fleur panachée et la montra à Loiseau en caressant ses pétales.

– Un lilas ? demanda le commissaire, inculte en botanique.

– Une violette.

Le fin mot de l'histoire

Les Paichain avaient décidé de rester chez tante Odette tant que la vie, à Paris, ne serait pas redevenue normale. La capitulation signée, fin janvier, Blanche avait pu les rejoindre. Mais les Communards s'étaient ensuite soulevés contre M. Thiers pour mettre Paris à feu et à sang.

Les nouvelles qui arrivaient à Saint-Cénéri étaient partielles et inquiétantes. Les Tuileries, la Préfecture, l'Hôtel de Ville et d'autres grands monuments de l'art français avaient été ravagés par les flammes. Le pouvoir avait repris les choses en main. Pourtant, il incitait les Parisiens qui voulaient rentrer chez eux à la prudence.

Le déjeuner s'achevait dans le jardin derrière la maison. Madeleine Loiseau couvait son petit monde d'un regard maternel. Berthe jouait avec ses poupées. Bernadette se promenait avec son huissier de justice. Tante Odette, assommée par la mirabelle, ronflait. Gaston, venu se mettre au vert, discutait avec Robert qui avait forcé sur l'eau-de-vie apportée par la bonne Jeanne. En fait, il finissait de raconter pour la énième fois ce qu'il avait intitulé : *L'affaire de la triple contrainte de l'Enfer*.

— Encore cette histoire abracadabrante ? se plaignit Madeleine.

— Mon pinson, se défendit Robert qui avait lancé Gaston sur le sujet. On la lirait dans un livre que l'on n'y croirait pas.

Il remplit les verres, incitant le commissaire à continuer.

— Alors, les quatre frères sont morts de mort naturelle.

— Ou surnaturelles, au choix. Il reste tant de zones d'ombre… Comme ces cadavres… Comment pouvaient-ils se dissoudre ?

— Nous digérons ! rappela Madeleine.

— Pourquoi le chevreuil dans le cercueil ? Pourquoi cette vengeance ? insista Gaston.

— Et il s'est évanoui dans la nature, ajouta Robert.

— Comme l'aîné des Chevaliers. Je me demande s'il n'était pas à bord de ce ballon…

— L'apprenti du chapelier n'avait rien à voir avec tous ces meurtres ?

— Nous l'avons soupçonné au départ, reconnut Gaston. Mais j'ai vite compris qu'il était innocent. Il s'est présenté spontanément à la Préfecture deux jours avant la capitulation et je l'ai lavé de tout soupçon.

— À grande eau, j'espère, essaya Robert, spirituel.

Le rire de Bernadette leur parvint malgré la distance.

— Et notre grande qui se marie en juillet, soupira Madeleine. C'est fou comme le temps passe vite !

Elle leva les yeux vers les volets clos au premier étage de la maison et se pencha vers son frère pour lui murmurer :

– Tu sais que Blanche a reçu du courrier ce matin ? De Turquie ! Si elle avait fait une rencontre, pendant ce siège horrible, tu me le dirais ?

– Bien sûr, sœurette.

– Parce qu'un Sarrasin...

Madeleine s'éventa avec un vent-du-nord.

– J'aurais du mal à m'en remettre.

Gaston étendit les jambes et se laissa aller à une douce somnolence alors que Robert poursuivait une pensée personnelle sans se soucier de ce qui se passait autour de lui, exercice dont il était assez coutumier.

– Ces Chevaliers ! Je suis bien aise de ne leur avoir vendu aucune assurance-vie !

Sa sœur et son beau-frère l'observèrent, interloqués.

– Avec ce jeu de massacre, ç'aurait été la ruine assurée !

Le bon mot ne fit rire personne, pas même Blanche qui, dans sa chambre, entendait ce qui se disait en bas car les volets étaient fermés, mais la fenêtre ouverte. Elle relisait la lettre qui lui avait été envoyée rue Neuve-des-Petits-Champs avant que la mère d'Émilienne ne l'aiguille vers la Sarthe. Elle datait de près d'un mois.

Chère Blanche, en premier lieu, mes excuses. Nous nous sommes quittés un peu vite. Dès les portes de Paris ouvertes, j'ai rejoint un vieil ami au bord de la mer Égée.

Je vous sais gré de m'avoir informé des ultimes déroulements de votre enquête. Passant mes journées avec un helléniste qui sera bientôt de renom (suivez les publications scientifiques et arrêtez-vous sur le nom du docteur Schliemann!), je tenais à vous transmettre une information qui ne vous laissera pas indifférente.

Salmacis désignait une nymphe qui s'éprit d'Hermaphrodite, fils de Mercure et de Vénus. Échouant à se faire aimer du jeune homme, elle demanda aux dieux de les unir l'un à l'autre. Leur fusion eut lieu dans une fontaine, en Carie, près d'Halicarnasse, fontaine dont l'eau a depuis un pouvoir que vous devinerez sans mal.

Notre vengeur masqué ne s'est donc pas baptisé par hasard. Il faut croire que lui aussi possédait une certaine érudition.

J'ai été heureux d'apprendre que Victor avait été innocenté et que votre amie Émilienne s'en était sortie sans heurts. J'ai eu vent de ce qui se passait à Paris. Faites attention à vous, Blanche. Mettez-vous à l'abri, toute sorcière que vous soyez. Les monstres créent des monstres. Laissons-les s'entre-tuer et les choses rentreront dans l'ordre.

De plus, ni Victor, ni Émilienne, ni Léo n'avaient vendu la mèche concernant l'implication de Blanche dans cette histoire. Les choses n'étaient pas seulement *rentrées dans l'ordre* pour ce qui était du versant familial, elles étaient restées en l'état.

Je vous salue et vous remercie encore. Sans vous, cette réclusion de quelques mois n'aurait pas été si wunderbar.

J'oubliais ce point pour le moins mystérieux : la blessure au cœur de Salmacis. Vous dites – et j'ai assez confiance en vos connaissances anatomiques pour vous croire – que notre ami a été poignardé par deux fois à un point vital. La réponse pourrait se trouver dans un mot : hétérotaxie. Je transcris l'article correspondant de mon dictionnaire médical : « Dérangement, soit idiopathique, soit symptomatique, c'est-à-dire avec ou sans altération appréciable, des propriétés physiques qui appartiennent à chaque organe. On peut classer dans les hétérotaxies les changements de forme, de dimension, de cohésion, de couleur, de nombre, de situation. »

L'hermaphrodisme est une hétérotaxie de nombre (deux sexes au lieu d'un). À mon avis, Claude souffrirait aussi d'une lésion de situation. Son cœur pourrait se trouver plus bas que la normale, ce dont ni lui ni ses frères ne se seraient jamais rendu compte.

Dans ce cas, une monstruosité l'aurait condamné, l'autre lui aurait sauvé la vie. Ce jeu d'équilibriste aura, je le souhaite, assez d'élégance pour vous plaire.

Vôtre, Séverin Klosowski

Blanche replia la lettre et la rangea dans la boîte à secrets qui contenait son agenda-journal, une perle enrobée dans du papier Japon, une casquette en peau de renard et une fiole vide.

Gaston, Robert et sa mère s'étaient tus. C'était l'heure de la Sainte-Sieste. Blanche sortit discrètement de la maison et remonta la grand-rue du village, profitant du silence, du soleil et de l'incroyable douceur de l'atmosphère.

Elle passa devant l'église et parvint en haut de la sente pavée, au portillon qui ouvrait sur le pré. Le méandre de la Sarthe le faisait ressembler à une presqu'île. En contrebas, une chapelle médiévale était plantée au milieu du gazon. Au bord de la rivière, un vieil homme peignait.

Blanche se laissa emporter par la pente et s'arrêta à côté de lui, essoufflée. Il travaillait sur cette toile depuis des jours. Il ne parlait pas de peinture mais de sensations colorées.

– Bonjour, monsieur Camille !

– Bonjour, mademoiselle Blanche, lui répondit le peintre.

Elle se pencha sur la toile, recula les mains sur les hanches, se rapprocha encore.

– Vous peignez la rivière ?

– Quoi d'autre d'après vous ?

– Hum, fit Blanche, à court de mots.

Elle le quittait déjà pour remonter le courant. Elle voulait marcher jusqu'aux forges.

– Dans le sens de l'eau, mon enfant, dans le sens de l'eau, lui conseilla le peintre. Elle montre la direction.

Blanche suivit le conseil. Soit : elle n'irait pas aux forges, mais au barrage. Elle emprunta le sentier tracé par les mules et les pêcheurs, l'esprit volage, les mains frôlant les pissenlits dont les graines s'envolaient sur son passage.

La lettre de Klosowski l'avait ramenée à leur visite chez la voyante. Rebecca… N'avait-elle pas parlé d'une rivière, d'un peintre et de libellules ? Des libellules qui rasaient l'eau vermeille où flottaient, ici et là, nénuphars, iris et salicaires.

« Idiote ! Tu crois que tu vas tomber sur ton prince charmant comme cette grande courge de Bernadette ? »

Les bois, sur les deux rives, s'épaissirent. Blanche avançait dans de hautes herbes qui freinaient sa marche, mais elle atteindrait le barrage, coûte que coûte, comme elle tirerait à nouveau le démon de la curiosité par la queue lorsqu'ils retourneraient dans leur appartement des Petits-Champs... Si l'appartement existait encore.

La digue apparut. Le vestige de moulin, plus loin, ressemblait à un château pétrifié par quelque obscur enchantement. Blanche enjamba une souche échouée et s'arrêta.

Un jeune homme s'amusait à construire un barrage sous la digue. Il avait de l'eau jusqu'aux genoux. Leurs regards se croisèrent.

Il perdit l'équilibre, moulina des bras et partit en arrière pour s'étaler de tout son long dans la rivière. Blanche resta plantée, sans bouger.

Il s'ébroua, lança avec un sourire ravi :

– Bonjour !

– Bonjour, répondit Blanche.

Elle avait tout oublié du siège. Elle se tenait là, face à l'inconnu, la peur au ventre et le cœur lumineux.

Et en attendant
la suite...

L e ballon s'était posé près de Nantes où Marcel avait quelques contacts, comme dans toute ville d'importance. Il y avait changé ses lingots et pris le train pour rejoindre Bordeaux, Toulouse, puis Marseille où il avait embarqué à bord du *Rhamsès*, vapeur qui assurait la liaison avec l'Égypte. Après sept jours de traversée sans histoires, Marcel Chevaliers avait débarqué sur la terre des pharaons, de confortables liasses de lettres de change dans sa ceinture.

Sa fortune lui ouvrirait les portes de l'Asie, de l'Afrique et de l'Amérique centrale.

Maintenant qu'il zigzaguait entre les âniers et les douaniers du pacha, dans cette foule composée de Grecs, de Juifs, d'Arabes et d'Anglais, il se demandait pourquoi il n'était pas parti plus tôt de Paris. L'anonymat conféré par le voyage lui allait comme un gant.

Ses quatre frères avaient été retrouvés morts dans le Jardin des Plantes. Quatre et pas cinq. La Préfecture était restée muette sur une éventuelle dépouille d'hermaphrodite. Qu'il brûle dans les flammes de l'Enfer! Sa fuite avait été un exemple du genre. À moins de voler, Claude aurait été incapable de le suivre jusqu'ici.

Cinquante pas derrière lui, une femme ne quittait pas des yeux le canotier de Marcel Chevaliers. Elle portait une robe de coton bouillonnant et un corsage Agnès Sorel qui lui laissait les bras découverts. Elle se protégeait du soleil à l'aide d'une ombrelle dont le bec de cornaline représentait un satyre. Son passage était marqué par un étourdissant parfum de violette, emblème de la modestie, de la pudeur et de l'innocence.

Les Européens qui la croisaient la saluaient et passaient leur chemin, troublés.

Claude avait survolé la France accroché au guide-rope du *Borée* sans que son frère s'en aperçoive.

Il avait opté pour l'autre sexe avant d'embarquer sur le *Rhamsès*, en partie pour brouiller les pistes, aussi pour expérimenter une part de lui-même qu'il n'avait jamais osé explorer jusqu'à présent. Pour cela, il lui avait suffi de dénouer le nœud qui retenait ses cheveux et d'adopter une nouvelle garde-robe.

Il rendit son salut à un marchand perché sur un âne qui s'essuyait un front luisant de sueur. Plus loin, Marcel, précédé de son porteur, venait de pénétrer dans l'*Hôtel des Deux-Mondes* qui avait des allures de temple.

Claude s'arrêta et contempla le soleil de bronze posé sur le pyramidion d'un obélisque de granit rose. L'Égypte ! À l'inverse des autres contrées, les monstres humains n'y étaient-ils pas traités, autrefois, à l'égal des dieux ? Ne les inhumait-on pas avec le soin accordé aux êtres d'exception ?

La belle Occidentale tourna son ombrelle dans un sens et dans l'autre. Elle traversa la place des Consuls, la foule s'écartant devant elle, pour gravir le perron de l'hôtel avec la majesté qui sied à une reine.

Table des matières

Découvrez

Blanche et la bague maudite
dès juin 2014

Blanche et le vampire de Paris
dès juillet 2014

Pour plonger dans l'univers de Blanche,
rendez-vous sur
www.hervejubert.fr

Du même auteur
chez Rageot Éditeur

MONSTRE

Cœur de harpie

Larmes de sirène

L'auteur

Né en 1970, **Hervé Jubert** est l'auteur d'une trentaine de romans dans les domaines du fantastique,
de l'aventure et du thriller. Il a conquis de nombreux
lecteurs français et étrangers avec *L'Opéra du Diable*,
la série *Vagabonde*, les deux premiers volumes de la
série événement M.O.N.S.T.R.E – *Cœur de harpie*,
Larmes de sirène – chez Rageot...
Il s'est aussi fait remarquer dans le domaine du policier historique, avec la série *Blanche*, trois enquêtes
dans le Paris du XIXe siècle, dont voici une nouvelle
version.

L'illustrateur

Illustrateur autodidacte, **Miguel Coimbra** réside à Lyon.

Il a été concepteur graphique dans le milieu du jeu vidéo pour Eden Games, sur des titres tels que *Titeuf*, *Test Drive Unlimited* ou *Alone in the dark*.

Aujourd'hui il travaille en free lance, essentiellement dans le monde de l'édition et du jeu vidéo, avec une prédilection pour le jeu de plateau et les cartes à collectionner.

Vous pouvez le retrouver sur son site :
http://miguelcoimbra.com

Retrouvez Rageot

sur le site

www.rageot.fr

RAGEOT s'engage pour
l'environnement en réduisant
l'empreinte carbone de ses livres.
Celle de cet exemplaire est de :
1084 g éq. CO_2
PAPIER À BASE DE   Rendez-vous sur
FIBRES CERTIFIÉES   www.rageot-durable.fr

Achevé d'imprimer en France en avril 2014
sur les presses de l'imprimerie Hérissey
Dépôt légal : mai 2014
N° d'édition : 6111 - 01
N° d'impression : 122221